W9-BIV-841

Las crónicas del Límite.
El Cazatormentas

Las crónicas del Límite. El Cazatormentas

Paul Stewart y Chris Riddell

Traducción de
Isabel Margelí

Rocaeditorial

Título original: *The Edge Chronicles. Stormchaser*

First Published by Random House Children's Books
© Paul Stewart and Chris Riddell 1999

Primera edición: junio de 2007

© de la traducción: Isabel Margelí
© de esta edición: Roca Editorial de Libros, S.L.
Marquès de l'Argentera, 17. Pral. 1.ª
08003 Barcelona
correo@rocaeditorial.com
www.rocaeditorial.com

Impreso por Brosmac, S. L.
Carretera Villaviciosa - Móstoles, km 1
Villaviciosa de Odón (Madrid)

ISBN: 978-84-96791-01-5
Depósito legal: M. 19.808-2007

Para William y Joseph

EL BOSQUE PROFUNDO

LA ESPESURA DEL CREPÚSCULO

LAS TIERRAS DEL LÍMITE

El Límite

Introducción

Lejos, muy lejos, asomándose al vacío que hay más allá, como el mascarón de proa de un imponente barco de piedra, se encuentra el Límite. Un río ancho y crecido, el río del Límite, cae sin cesar sobre el borde de rocas en su punto más sobresaliente hacia el vacío. Su nacimiento se halla tierra adentro, en lo alto del Bosque Profundo, lóbrego y hostil.

Allí donde las nubes descienden, se encuentran las Tierras del Límite, un terreno árido poblado por remolinos de brumas, espíritus y pesadillas. Los que se pierden en esos territorios se enfrentan a dos posibles destinos: los más afortunados tropezarán a tientas con el borde del acantilado, se despeñarán y encontrarán la muerte; los desventurados, por su parte, irán a parar a la Espesura del Crepúsculo.

Este paraje, bañado en su interminable penumbra dorada, es encantador pero traicionero. Porque su atmósfera es embriagadora y tóxica, y quienes la respiran demasiado tiempo olvidan el motivo por el que han ido hasta ahí, como los caballeros perdidos en misiones ya olvidadas, que abandonarían la vida si la vida quisiera abandonarlos a ellos.

En ocasiones la densa quietud se ve interrumpida por violentas tormentas que llegan inesperadamente desde más allá del Límite y, arrastradas hacia la Espesura del Crepúsculo como limaduras de hierro a un imán o como polillas a una llama, a veces revolotean por el incandescente cielo varios días seguidos. Además, algunas tormentas son especiales porque los relámpagos que liberan crean meteoprax, una sustancia tan valiosa que también ella —a pesar de los terribles peligros de la Espesura del Crepúsculo— actúa como un imán y una llama para aquellos que querrían poseerla.

En su tramo más bajo, la Espesura del Crepúsculo da paso a la Ciénaga. Es éste un lugar apestoso y contaminado, denso a causa de los desperdicios de las fábricas y las fundiciones de Subciudad, que llevan tanto tiempo bombeando y vertiendo sus desechos que la tierra ya está muerta. Y sin embargo —como en cualquier lugar del Límite—, también hay quien vive ahí. Son los husmeadores —los carroñeros—, de ojos de color rosa y piel tan descolorida como su entorno.

Los que consiguen abrirse paso a través de la Ciénaga van a parar a un laberinto de destartaladas casuchas y barrios deteriorados que cabalga a ambas orillas del río del Límite. Se trata de Subciudad.

Su población la componen toda clase de gentes extrañas, criaturas y tribus del universo del Límite, apiñadas en sus estrechas calles. La ciudad está sucia, superpoblada y a menudo es violenta, aunque es también el centro de toda la actividad económica, tanto la legal como la sumergida; ruge, se agita y bulle de energía. Los habitantes tienen un oficio concreto, cada uno en su asociación, y un distrito claramente definidos. Este sistema favorece las intrigas, las conspiraciones, una competitividad feroz y constantes disputas entre distritos, asociaciones y comerciantes rivales. El único interés que los une a todos en la Asociación de Mercaderes Libres es el miedo y el odio que comparten frente a los piratas aéreos, que dominan los cielos que cubren el Límite, a bordo de sus barcos particulares, y desvalijan a cualquier mercader desafortunado que se cruce en su camino.

En el centro de Subciudad hay un enorme anillo de hierro, desde el que se extiende una larga y pesada cadena —a veces tensa y a veces floja— que sube hacia el cielo y en cuyo extremo se halla una gran roca flotante.

Como todas las demás rocas flotantes del Límite, ésta se originó en los Jardines de Piedra: brotó del suelo, creció empujada por nuevas rocas que se desarrollaban por debajo de ella y se hizo cada vez mayor. Cuando llegó a ser lo bastante grande y ligera para flotar hacia el cielo, se le amarró la cade-

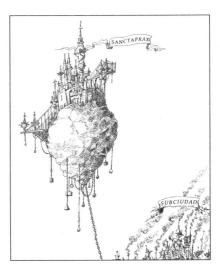

na y se le construyó encima la magnífica ciudad de Sanctaprax.

Esta ciudad, de altas y esbeltas torres conectadas mediante viaductos y pasarelas, es la sede del conocimiento y está habitada por académicos, alquimistas y aprendices y repleta de bibliotecas, laboratorios, salones de lectura, refectorios y edificios públicos. Los temas que se estudian en esos recintos son misteriosos, pues se guardan con gran celo y, a pesar del aparente ambiente de anacrónica y pedante benevolencia, la ciudad es un hervidero de rivalidades, complots, contracomplots e implacables luchas internas.

El Bosque Profundo, las Tierras del Límite, la Espesura del Crepúsculo, la Ciénaga y los Jardines de Piedra... Subciudad y Sanctaprax. El río del Límite... Nombres en un mapa.

Pero detrás de cada nombre yacen un millar de historias, historias que han quedado registradas en pergaminos antiguos, historias que han pasado de generación en generación por transmisión oral, historias que aún hoy se siguen contando.

Lo que se explica a continuación no es sino una de esas historias.

Capítulo uno

Reunión

Era mediodía y se notaba mucho ajetreo en Subciudad. Bajo la nube de mugrienta niebla que se cernía sobre la ciudad, cubriendo los tejados y difuminando la luz del sol, sus estrechas callejuelas y callejones bullían con una actividad febril.

Se producían iracundos trueques y regateos y pululaban músicos callejeros y vendedores ambulantes que, arrastrando sus carretillas, voceaban tentadoras ofertas, mientras los mendigos entonaban sus lamentos y peticiones desde las oscuras y tenebrosas esquinas, pese a que eran pocos quienes se detenían a echarles alguna moneda en los sombreros. Apresurados de aquí para allá, todos caminaban demasiado preocupados por sus propios asuntos sin intención de dedicar el más mínimo pensamiento a los demás.

El hecho de llegar de un lugar a otro lo más rápido posible, ser el primero en cerrar un trato o conseguir el mejor precio al mismo tiempo que los competidores rebajaban el suyo... suponía el triunfo en Subciudad. Se necesitaba tener nervios de acero y ojos en la nuca para sobrevivir, y aprender a sonreír incluso mientras se apuñalaba a alguien por la espalda. Era una vida dura y difícil, casi despiadada.

Era una vida estimulante.

Twig se apresuró desde el estruendoso muelle flotante y pasó por en medio del mercado, no porque tuviera especial prisa, sino porque la sensación de frenesí era contagiosa. En cualquier caso, había aprendido por las malas que aquellos que no se adaptaban al ritmo acelerado del lugar tenían muchas probabilidades de ser derribados y pisoteados. Junto con las normas de «evitar el contac-

16

to visual» y «no mostrar debilidad», una de las reglas fundamentales de Subciudad era «dejarse llevar por la masa».

Hacía tanto calor que Twig se sentía incómodo. El sol estaba en su cenit y, pese al asfixiante y nauseabundo humo de las fundiciones de metal que lo atenuaba, pegaba con fuerza. No corría ni una brizna de aire y, mientras el chico se escabullía entre tiendas, tenderetes y casetas, una desconcertante mezcla de olores le asaltó la nariz: leñobirra rancia, quesos en su punto de maduración, leche requemada, cola para hervir, café de pino torrefacto y salchichas de tilder asadas...

Como siempre, el aroma picante de las salchichas le trajo a Twig el recuerdo de su infancia. En la aldea de leñotrols donde había crecido, cada Noche del Cometa los adultos se daban un festín de sopa de salchicha de tilder. ¡Cuánto tiempo había pasado y qué lejos parecía ahora todo aquello! La vida entonces era tan distinta: autónoma, ordenada, sin prisas... Sonrió para sus adentros. Nunca recuperaría aquella vida; ya no. Ni por todos los árboles del Bosque Profundo.

A medida que atravesaba el mercado, el delicioso aroma de las salchichas se debilitó y fue reemplazado por un olor distinto que desató otro torrente de recuerdos: la inconfundible fragancia del cuero recién curtido. Se detuvo y miró alrededor.

Un individuo alto, de piel rojiza y el cabello bermellón, típico de los masacradores, se hallaba de pie junto a una pared. Del cuello le colgaba una bandeja rebosante de talismanes y amuletos, provistos de una cinta de cuero, que vendía, o más bien intentaba vender.

—¡Amuletos de la suerte! —gritaba—. ¡Consiga aquí su amuleto de la suerte!

Nadie le prestaba la más mínima atención y cada vez que trataba de ensartar una cinta en el cuello de los que pasaban, recibía un irritado rechazo por parte del duende, trol o de cualquiera a quien había querido ponérsela.

Twig lo observó con lástima. El masacrador, como tantas otras tribus del Bosque Profundo que habían oído decir que las calles de Subciudad estaban pavimentadas con oro, se daba cuenta de que la realidad era bastante diferente. Con un suspiro, el vendedor estaba ya a punto de ponerse en marcha cuando un papirotrog de aspecto malvado, con la ropa hecha jirones y que calzaba unas botas muy gruesas, pasó por su lado.

—¿Un amuleto de la suerte? —le ofreció el masacrador alegremente aproximándosele con la cinta de cuero preparada para colocársela.

—¡Quita tus rojas manos asesinas de mí! —bramó el papirotrog, y apartó con un gesto violento los brazos que se tendían hacia él.

El masacrador giró en redondo sobre sí mismo y cayó al suelo, y los amuletos de la suerte salieron volando en todas direcciones.

Mientras el papirotrog pasaba por encima de él, maldiciendo en voz baja, Twig se acercó al masacrador.

—¿Te encuentras bien? —le preguntó al tiempo que extendía la mano para ayudarlo a ponerse en pie.

El masacrador se dio la vuelta y parpadeó al mirarlo.

—¡Vaya con la mala educación! —se quejó, y añadió—: Pues no lo sé. —Y se dedicó a buscar los amuletos esparcidos por el suelo, los recogió y los colocó de nuevo en la bandeja—. Lo único que intento es ganarme la vida honestamente.

—No siempre es fácil —contestó Twig, comprensivo—. Además, estás muy lejos de tu hogar, en el Bosque Profundo.

El muchacho conocía bien a los masacradores. En una ocasión lo habían acogido en una de sus aldeas del bosque y todavía llevaba puesto el chaleco de cuernolón que le regalaron. El masacrador alzó de nuevo la vista. Twig le tocó la frente amistosamente a modo de saludo y volvió a tenderle la mano.

Esta vez, con todos los amuletos de nuevo en su sitio, el masacrador se agarró a la mano que se le ofrecía,

tomó impulso y se levantó, antes de tocarse la frente a su vez.

—Soy Tendon —se presentó—. Te agradezco que te hayas preocupado por mí. La mayoría de gente de por aquí ni siquiera te da la hora. —Se sorbió los mocos—. Supongo que no... —Pero se calló.

—¿Qué?

—Me preguntaba si me comprarías un amuleto de la suerte... —respondió el masacrador encogiéndose de hombros.

Twig sonrió para sus adentros cuando el individuo, sin recibir confirmación, eligió uno de los talismanes de cuero y se lo ofreció:

—¿Qué te parece éste? Es muy poderoso.

El chico observó la intrincada espiral estampada en el cuero rojo oscuro. Sabía que, para los masacradores, cada dibujo de los amuletos tenía un significado.

—Quien lleve este amuleto —iba diciendo el masacrador mientras pasaba la cinta alrededor del cuello de Twig— será liberado del miedo a lo conocido.

—¿No debería ser del miedo a lo desconocido?

—El miedo a lo desconocido es para los tontos y los débiles —contestó Tendon con un resoplido—. Pero no te había tomado por uno de ellos. Mira, apostaría todo mi dinero a que lo conocido es por lo general mucho más espantoso. Y hablando de dinero, serán seis centavos. —Twig rebuscó en sus bolsillos—. A menos —añadió el masacrador en un susurro conspirativo— que tengas algo de meteoprax. —Observó el medallón redondeado de plata que le colgaba del cuello—. Con una pizca bastará.

—Lo siento —dijo Twig mientras dejaba caer las monedas en la rojiza palma—. No me sobra nada.

—Sólo era una idea... —murmuró con resignación Tendon.

Con el último amuleto colgando entre los muchos que había acumulado con los años, Twig continuó su camino por el laberinto de estrechos callejones serpenteantes. Justo cuando pasaba junto a una tienda de animales, de la que emanaba un intenso olor a paja húmeda y pieles cálidas, una criatura de aspecto fiero se dirigió hacia él a toda prisa enseñándole los dientes. Retrocedió, nervioso, y se echó a reír cuando la bestia tensó al máximo la correa y se puso a dar saltos arriba y abajo, gruñendo excitada. Era un cachorro de rondabobo y quería jugar.

—¡Hola, chico! —dijo al tiempo que se agachaba y acariciaba el mentón de la criatura retozona. El rondabobo ronroneó de placer y se tendió sobre la espalda—. ¡Pero mira que eres suave!

Aunque sabía que esa suavidad no le duraría mucho porque los rondabobos adultos se convertían en bestias de carga o bien en los guardianes favoritos de aquellos que poseían algo digno de ser protegido.

—¡Eh, eh! —se oyó un susurro áspero e insistente—. ¿Qué haces perdiendo el tiempo con un saco de sanguipulgas como ése? Acércate.

Twig echó una ojeada; junto al rondabobo, en la fachada de la destartalada tienda, se amontonaba una multitud de criaturas de pelo, con plumas o escamas, así como algunos trols y duendes, encadenados a la pared. Ninguno tenía aspecto de haber dicho nada.

—Estoy aquí arriba, Twig —se oyó de nuevo la voz, que ahora sonaba con más apremio. Un escalofrío le recorrió al chico la columna vertebral. Lo que fuera que había hablado también sabía cómo se llamaba—. Aquí, aquí.

Miró hacia arriba y se quedó boquiabierto.

—¡Aveoruga! —exclamó.

—El mismo que viste y calza —susurró el animal, y se dio la vuelta torpemente sobre la percha para quedar frente a él—. Saludos.

—Saludos. Pero...

—No alces la voz —siseó el aveoruga mientras vigilaba la entrada de la tienda con el ojo derecho—. No quiero que Flabsweat sepa que sé hablar.

Twig asintió y tragó saliva tratando de deshacer el nudo que se le había hecho en la garganta. ¿Cómo era posible que una criatura tan noble hubiera acabado en aquel lugar miserable? ¿Quién se había atrevido a capturar al aveoruga, que había protegido al chico desde que éste fue testigo de su nacimiento? ¿Y por qué lo habían metido en aquella jaula —apenas un poco más alta que la propia criatura—, de modo que tenía que mantenerse encogida en la percha y sacar por los barrotes su magnífico pico en forma de cuerno, sin poder incorporarse ni aletear?

—Te liberaré enseguida —dijo Twig, y se sacó el cuchillo del cinturón.

Introdujo la fina hoja en el agujero del candado y la desplazó de derecha a izquierda febrilmente.

—¡Date prisa! —lo apremió el aveoruga—. Y por lo que más quieras , no dejes que Flabsweat vea lo que estás haciendo.

—Estoy a punto... —gruñó Twig con los dientes apretados. Pero el candado permanecía obstinadamente cerrado—. Si pudiera...

En ese momento resonó un ¡CRAC! ensordecedor. Twig interrumpió de inmediato lo que estaba haciendo y observó con expresión de alarma. Ya sabía lo que ha-

23

bía ocurrido; pasaba continuamente: las cadenas de
emergencia que ayudaban a sostener la ciudad flotante
de Sanctaprax siempre se rompían.

—¡Una menos! —gritó alguien.

—¡Cuidado! —chilló otro.

Pero ya era demasiado tarde. La cadena que se había partido caía hacia el suelo con un delicado tintineo totalmente incongruente. En la calle, todo el
mundo se apresuraba de un lado para otro, cho-
cando entre sí, sin saber muy bien adónde dirigirse.

La cadena se estrelló contra el suelo
y se oyó un grito. Luego silencio.

Mientras el polvo se asentaba,
Twig inspeccionó el lugar: el

techo de la ferretería

que había al otro lado de la calle se había derrumbado; había dos puestos completamente destrozados y, sobre el pavimento, yacía una infortunada criatura, aplastada hasta morir por el peso del metal caído del cielo.

Twig observó la ropa hecha jirones y las conocidas botas gruesas. Era el papirotrog.

«Quizá deberías haber hecho caso al masacrador», pensó, y se tocó el amuleto que le colgaba del cuello.

Ya no se podía hacer nada. Al papirotrog se le había acabado la suerte.

—Vaya —oyó Twig que musitaba el aveoruga—, la situación está llegando a un punto crítico, no hay duda.

—¿Qué quieres decir?

—Es una larga historia —contestó el aveoruga con lentitud—. Y... —se calló.

—¿Qué?

El animal permaneció en silencio y echó una mirada significativa a la entrada de la tienda.

—¡Eh! —se oyó una voz brusca—. ¿Acaso quieres comprar ese pájaro?

Twig se giró mientras deslizaba el cuchillo en su funda y se encontró frente a un ser robusto, plantado con las piernas separadas y las manos en las caderas.

—Yo... yo... me he escondido aquí cuando se ha roto la cadena —explicó.

—Mmm —rezongó Flabsweat controlando los daños que se habían producido—. Mal negocio, estas roturas de cadenas, y todo gracias a esa pandilla de supuestos académicos. Al fin y al cabo, ¿qué hacen por nosotros? Parásitos, eso es lo que son. ¿Sabes qué? Si por mí fuera, cortaría todas las cadenas y dejaría que Sanctaprax flotara a cielo abierto. ¡Ya sería hora! —añadió con amargura mientras se acariciaba la brillante cabeza con un pañuelo sucio.

Twig se había quedado sin habla. Jamás había oído a

nadie hablar mal de los académicos de la ciudad flotante.

—Por lo menos —prosiguió Flabsweat—, ninguna de mis propiedades ha sufrido daños... esta vez. Así pues, ¿estás interesado en ese pájaro o no? —preguntó con un resoplido.

Twig echó un vistazo al sucio aveoruga.

—Estaba buscando uno que hable.

Flabsweat se rio entre dientes, sin alegría.

—Pues a éste no le sacarás nada —dijo desdeñosamente—. Es un lerdo. Pero puedes intentarlo si quieres; te lo dejaría a un precio muy razonable. —Se marchó con brusquedad—. Bueno, ahora estoy con otro cliente. Pégame un grito si necesitas ayuda.

—¡Además, lerdo! —exclamó el aveoruga cuando Flabsweat se hubo ido—. ¡Menuda jeta! ¿Cómo se 27 atreve? —Su ojo giró y se centró en Twig—. Y tú, no te quedes ahí como un pasmarote —le soltó al chico—. Sácame de aquí mientras no hay moros en la costa.

—No —replicó Twig.

El aveoruga continuó mirándolo, desconcertado; inclinaba la cabeza hacia un lado, tanto como la jaula se lo permitía.

—¿Cómo que no?

—No —repitió Twig—. Antes quiero escuchar esa «larga historia». «La situación está llegando a un punto crítico», eso fue lo que dijiste y quiero saber por qué. Quiero saber qué ocurre.

—Déjame salir y te lo contaré todo —prometió el aveoruga.

—No —negó Twig por tercera vez—. Te conozco. Te

irás volando en cuanto abra la jaula y no volveré a verte hasta vete a saber cuándo. Cuéntame la historia primero y luego te dejaré en libertad.

—¿Por qué, insolente jovenzuelo? —gritó enfadado el aveoruga—. ¡Después de todo lo que he hecho por ti!

—No alces la voz —advirtió Twig mirando nerviosamente hacia la puerta—. Flabsweat te oirá.

El pájaro guardó silencio y cerró los ojos. Por un momento el chico pensó que se iba a quedar obstinadamente callado. Estaba a punto de ceder cuando el pico del aveoruga se puso en acción.

—Todo empezó hace mucho tiempo. Veinte años, para ser preciso, cuando tu padre era sólo un poco mayor que tú ahora.

—¡Pero entonces tú ni siquiera habías nacido! —se extrañó Twig.

—Los aveorugas comparten los sueños, ya lo sabes. Lo que sabe uno, lo sabemos todos. Y si te vas a pasar todo el rato interrumpiéndome...

—No. No lo haré. Lo siento. No volveré a hacerlo.

—Trata de que así sea —gruñó el pájaro, irritado.

Capítulo dos

El cuento del aveoruga

Imagínate la escena —dijo el aveoruga—: una noche clara, fría y ventosa; la luna luce sobre Sanctaprax y las torres y los chapiteles de la ciudad se recortan en el cielo de color púrpura; a todo esto, alguien sale de una torre especialmente fea y atraviesa a toda prisa el patio adoquinado. Es un aprendiz de catalluvias; se llama Vilnix Pompolnius.

—¿Cómo? ¿Te refieres a Vilnix Pompolnius? —se le escapó a Twig—. ¿El Sumo Académico de Sanctaprax?

Aunque nunca había visto al famoso académico, su reputación lo precedía.

—El mismo —confirmó el aveoruga—. Muchos de los que alcanzan la grandeza proceden de un origen muy humilde. De hecho, trabajaba como afilador de cuchillos en Subciudad. Pero Vilnix Pompolnius siempre fue despiadadamente ambicioso, y esa noche más que nunca. Mientras se apresuraba, con la cabeza gacha para protegerse del viento, hacia las relucientes torres de la Escuela de Luz y Oscuridad, no dejaba de intrigar y conspirar.

Twig se estremeció y el pelo de su chaleco de cuernolón se erizó de un modo familiar.

—Debes saber que Vilnix gozaba de la confianza, una confianza indulgente, de uno de los eruditos más poderosos de Sanctaprax en aquella época: el profesor de Oscuridad. Éste había sido su padrino para que entrara en la Academia de Caballeros, y cuando más tarde fue expulsado por insubordinación, fue él quien le aseguró una plaza en la Facultad de Catalluvias, antes que permitir que lo desterraran de Sanctaprax.

El aveoruga tomó aire y prosiguió:

—Una vez que hubo entrado en el opulento despacho del profesor, Vilnix agitó exageradamente un vaso de precipitados.

»—La lluvia que llega del Límite es cada vez más ácida —afirmó—, y se debe a un incremento del número de partículas de niebla ácida en las gotas de lluvia. Creí que podría interesarle... —añadió taimadamente.

»El profesor sí estaba interesado; muy interesado.

La presencia de partículas de niebla ácida podía presagiar la llegada de una Gran Tormenta.

»—Debo consultar a los palpavientos y los oteanubes —dijo el profesor—, para comprobar si también ellos han observado signos de que se acerca una Gran Tormenta. Buen trabajo, muchacho.

»Los ojos de Vilnix echaron chispas y su corazón le dio un vuelco. Las cosas iban mejor de lo que esperaba. Poniendo mucho cuidado en no dejar traslucir sus intenciones, intentó sonsacar al viejo profesor.

»—¿Una gran tormenta? —preguntó inocentemente—. ¿Significa eso que enviarán a algún académico caballero en busca de más meteoprax?

»Mientras tamborileaba sobre los papeles que tenía ante sí, el profesor se lo confirmó:

»—Y no tendrán mucho tiempo, además, si estas ci-

PAUL STEWART Y CHRIS RIDDELL

fras son correctas. La gran roca sobre la que se asienta Sanctaprax todavía está creciendo; cada vez es más y más grande, más ingrávida.... —La voz se le debilitó y él movió la cabeza con desesperación.

»Vilnix lo miró por el rabillo del ojo.

»—Y necesitáis más meteoprax en el tesoro para conseguir más peso, para... para...

»El profesor asintió vigorosamente.

»—En efecto, para preservar el equilibrio. Ha pasado ya mucho tiempo desde que la Academia de Caballeros regresó con reservas frescas de meteoprax.

»Vilnix esbozó una sonrisa.

»—¿Y a qué caballero mandarán en esta ocasión?

»—Al protegido del profesor de Luz. Quintinius... —respondió el profesor resoplando exageradamente, y frunció el entrecejo—. Quintinius... Oh, ¿cómo se llama?

»—Quintinius Verginix —dijo Vilnix Pompolnius con una mueca.

—¡Mi padre! —exclamó Twig, incapaz de quedarse callado ni un momento más—. No sabía que conocía al Sumo Académico, ni que había estado en la Academia de Caballeros... —Calló y se quedó pensativo—. Eso quiere decir que hay muchas cosas que no sé sobre su vida antes de que se convirtiera en un pirata aéreo.

—Si pudieras tener

la boca cerrada un ratito —le advirtió el aveoruga con impaciencia— quizá...

Pero lo interrumpió un aullido desesperado proveniente de la tienda. Casi enseguida, Flabsweat apareció en la entrada, blanco como la nieve, balbuciendo algo acerca de un vulpón, un ave de rapiña con el pico serrado y las garras como cuchillos, que había deshecho sus ataduras y arremetido contra un lamebufo.

—¿Está bien? —preguntó Twig.

—¿Bien? —resolló Flabsweat—. ¿El lamebufo? No, no está bien. Tripas por todas partes, eso es lo que hay. Y podía haber conseguido un buen precio por él. Tendré que reconstruir al animalejo; coserlo de arriba abajo. —Miró a Twig como si lo viera por primera vez—. ¿Puedo confiar en ti? —preguntó. Twig asintió—. Mmm... Bueno, puesto que todavía estás aquí, ¿te importaría vigilar la tienda en mi ausencia? Quizá encuentres algo que te sirva.

—De acuerdo —contestó Twig, tratando de no parecer demasiado entusiasmado.

Tan pronto como Flabsweat estuvo lo bastante lejos para no oírlos, el aveoruga volvió a reclamar su liberación. Pero Twig se mostró inflexible.

—Cada cosa a su tiempo —dijo—. Después de todo, no hay nada peor que un cuento sin terminar.

—¿Dónde estaba? —refunfuñó el aveoruga—. ¡Oh, sí...! Vilnix y tu padre... Ambos ingresaron en la Academia de Caballeros la misma mañana y, sin embargo, desde el primer día Quintinius Verginix eclipsó a todas las demás jóvenes promesas, Vilnix incluido. En esgrima, tiro al arco y combate cuerpo a cuerpo, nadie logró batirlo; y en el manejo de los cazatormentas, los barcos aéreos especialmente diseñados para cazar grandes tormentas, su maestría fue impecable.

Twig sonrió con orgullo y se imaginó a sí mismo cazando una gran tormenta, aunque se cayera y diera tumbos mientras el barco mantenía en el punto de mira los remolinos de viento, y atravesando el silencio desde...

—¡Presta atención! —susurró el aveoruga.

—Si ya lo hago... —protestó sintiéndose culpable.

—Mmm —dijo el aveoruga sin terminar de creérselo, al tiempo que erizaba las plumas del cuello—. Como te iba diciendo, el profesor le explicó a Vilnix que, si se confirmaba que se acercaba una Gran Tormenta, entonces, tal como exigía la tradición, Quintinius Verginix sería nombrado caballero y enviado a la Espesura del Crepúsculo. Si los cielos así lo querían, volvería con el meteoprax.

»Vilnix sonrió con esa sonrisa tan suya: inescrutable, de reptil. Por fin había llegado el momento de tocar el tema al que quería llegar desde el principio.

»—Este meteoprax... —dijo del modo más casual que pudo—. Cuando yo estaba en la Academia de Caballeros, a menudo oía hablar de él; se decía que era la sustancia más maravillosa que haya existido nunca y que sus fragmentos eran en realidad luz pura —comentó con voz empalagosa y traicionera—. ¿Es eso cierto?

»El profesor de Oscuridad asintió con solemnidad y, cuando habló de nuevo, parecía que recitaba un antiguo texto.

»—Lo que llamamos meteoprax se crea en el ojo de la Gran Tormenta, un poderoso tornado que nace más allá del Límite cada varios años; sus vientos son secos y cargados de azufre y, mientras atraviesa el firmamento hacia la Espesura del Crepúsculo, llena el aire de aullidos y brillos relampagueantes. Y allá, en la Espesura, es donde se desata la Gran Tormenta, descarga un único y potente relámpago que atraviesa el denso aire del crepúsculo y se hunde en la tierra blanda. Es en ese momento cuando se convierte en meteoprax sólido y brilla en la penumbra. Afortunado aquel que es testigo de tal acontecimiento.

»Los ojos de Vilnix brillaron de codicia y pensó: "¡Pura luz! ¡Cuánto poder contenido en cada pedazo de meteoprax!".

»—Y... mmm... ¿qué aspecto tiene?

»—Su belleza es insuperable —contestó el profesor adoptando una expresión soñadora—. Es como un cris-

tal efervescente, que resplandece y brilla...

»—Sin embargo, me han dicho que pesa mucho —comentó Vilnix—. Pero ¿cuánto pesa en realidad?

»—Cuando se crea en la hora del crepúsculo, no pesa más que la arena. Pero un pellizco del que se halla en la oscuridad total del tesoro, en el centro de Sanctaprax, pesa más que mil árboles leñoplomo —le explicó el profesor—. Sirve como contrapeso a la ingravidez de la propia roca; sin él, la ciudad flotante rompería sus amarras y volaría a cielo abierto.

»Vilnix hizo un gesto teatral y cuestionó:

»—Hay algo que no entiendo: si los cristales y los fragmentos pesan tanto, ¿cómo es posible transportar el meteoprax a través de la oscuridad de los túneles hasta el lugar del tesoro?

»El profesor contempló al joven con suspicacia. Quizá —interrumpió el aveoruga su narración—, por un momento, puso en duda los motivos de tanto interés del joven aprendiz. Aunque no estoy seguro ni tampoco puedo afirmar qué le decidió a confiar finalmente a Vilnix aquella información. Pero lo hizo, y esa decisión cambiaría el curso de la historia de Sanctaprax.

»—Lo transportan en una caja de luz y se calibra la luz que emite para que se parezca a la del crepúsculo.

»Vilnix se giró para ocultar su regocijo. Si se usaba una caja de luz para meter el meteoprax, lo más seguro es que también se utilizara para sacarlo.

»—¿Cree que yo podría verlo? —preguntó con cierta vacilación.

»—¡Por supuesto que no! —bramó el profesor de Oscuridad, y Vilnix se dio cuenta de que había ido demasiado lejos—. Nadie debe posar los ojos sobre el meteoprax; nadie, excepto el académico caballero y el guardián del tesoro, que resulta que soy yo. Sería una blasfemia que unos ojos indignos mancillaran la pureza del meteoprax —despotricó—. Ésa es una acción que se castiga con la muerte.

El aveoruga hizo una pausa drástica y dijo:

—En ese momento el viento cambió bruscamente, de modo que la roca flotante de Sanctaprax se desplazó hacia el oeste y se agitó con violencia cuando las cadenas se tensaron.

»—Ya lo entiendo —dijo Vilnix humildemente.

»—¡Ay, Vilnix! —exclamó el profesor en tono más amable—. Me pregunto si de verdad lo entiendes. Hay mucha gente que codicia el meteoprax para sí misma: palpavientos sin escrúpulos y oteanubes traidores que no dudarían en observar... tocar... —experimentó un violento estremecimiento—... experimentar con el meteoprax, si creyeran que les serviría para sus propias intenciones.

El aveoruga guardó un momento de silencio antes de proseguir con su historia.

—A la mañana siguiente, temprano, el guardián del tesoro observó a una figura desgarbada que andaba con sigilo por el pasillo de la sala del tesoro; eso si no había estado echando una cabezadita. El intruso sostenía entre sus huesudas manos una caja de luz y dentro de ella había pedazos de meteoprax.

Twig contuvo la respiración. ¡Así que por fin Vilnix lo había robado!

—Vilnix volvió a toda prisa al laboratorio de aprendices, situado en lo más alto de la torre de los catalluvias —continuó explicando el aveoruga.

Con un gesto triunfal, depositó la caja frente al grupo de jóvenes catalluvias que lo esperaban con impaciencia y levantó la tapa, victorioso. Los cristales de meteoprax brillaron y relucieron como jamás habían visto antes nada parecido.

»—¡Pura luz! —exclamó Vilnix Pompolnius—. Si podemos liberar y capturar su energía, nos convertiremos en los académicos más poderosos que Sanctaprax haya conocido.

»Los catalluvias trabajaron sin descanso durante horas; sin embargo, pese a que lo intentaron todo: disolver, congelar, fundir o mezclar los cristales con otras sustancias, nadie consiguió liberar el poder del meteoprax.

»El tiempo pasó y, cuando el sol ya se ponía, la luz adquirió un tono entre dorado y anaranjado.

»Vencido por la frustración, Vilnix levantó la mano del mortero, la dejó caer con fuerza y machacó el fragmento con furia. De inmediato le asaltaron los remordimientos: había destruido el valioso meteoprax.

»O eso es lo que creyó al principio. —El aveoruga entornó los ojos—. Sin embargo, al mirar con más atención, Vilnix vio lo que en realidad había provocado con su acción: los cristales se habían convertido en un polvo de color sepia, que se desplazaba por el fondo del mortero como si fuera mercurio.

»—No sé lo que es —confesó Vilnix a los demás—, pero hagamos más.

»Así que cogieron un nuevo fragmento de meteoprax y lo pusieron en otro mortero. Se dispusieron a machacarlo con la mano de mortero, mientras cada vez había menos luz. Entonces los aprendices, a excepción de Vilnix que vertía su propio polvo líquido en un tarro, se situaron en círculo alrededor del mortero; alguien alzó la mano y... ¡BUM!

Twig casi se cayó hacia atrás de la sorpresa.

—El poder de la luz se había liberado —resopló el

aveoruga—, pero con graves consecuencias: la explosión destrozó la torre, reduciéndola a un montón de escombros ardientes, hizo temblar los cimientos de Sanctaprax y casi rompió la cadena ancla. Todos los aprendices murieron; todos, excepto uno.

—Vilnix Pompolnius —susurró Twig.

—Exacto —afirmó el aveoruga—. Quedó allí, tendido en el suelo, medio muerto, pero con el tarro agarrado aún sobre el pecho. El aire olía a almendras. Aturdido y confuso, Vilnix observó el polvo de meteoprax y se preguntó qué había ocurrido esa segunda vez y qué había ido mal.

»Mientras se incorporaba sobre los codos, una gota de sangre de un corte que tenía en la mejilla cayó al tarro. En el momento en que entró en contacto con el polvo, la densa y roja sangre se convirtió en agua cristalina.

El aveoruga adoptó una expresión terriblemente seria.

—La crisis amenazaba ahora la noble Sanctaprax —dijo con solemnidad—. Gracias a aquellos jóvenes y

arrogantes catalluvias, la vieja cadena estaba a punto de romperse, y lo que es peor, el robo del meteoprax había mermado el tesoro. Mientras que la flotación de la roca aumentaba cada día, ya no había suficiente peso para compensarla y la presión ascendente de la roca se volvió intolerable.

»Sólo quedaba una esperanza: los palpavientos y los oteanubes habían confirmado que, efectivamente, se acercaba una gran tormenta. Así pues, se organizó a toda prisa una ceremonia de iniciación, en la que Quintinius Verginix sería nombrado caballero y luego partiría a cazar la Gran Tormenta en la Espesura del Crepúsculo en busca de meteoprax.

»Mientras tanto —prosiguió el aveoruga— Vilnix yacía en la cama, reponiéndose, y su mente trabajaba sin descanso. Quizá no había sido capaz de usar el poder de la luz, pero se daba cuenta de que el polvo de meteoprax que había obtenido era milagroso: con sólo echar una gota sobre cualquier agua nauseabunda, ésta se purificaba al instante. ¡Qué no darían los habitantes de la mugrienta y fétida Subciudad por ese maravilloso polvo!

»—Cualquier cosa —susurró con avidez—. Absolutamente cualquier cosa.

»Sin esperar a que le dieran el alta, abandonó el lecho y volvió a la torre en ruinas de los catalluvias... o mejor dicho del catalluvias, pues él era el único que quedaba. Al llegar se puso manos a la obra. Todo tenía que estar listo para el gran día.

»Finalmente, ese día llegó. Cuando amaneció, los rayos de luz se desparramaron desde el arco oriental de la Gran Sala, donde el Consejo de Sanctaprax ya se había reunido.

»El profesor de Luz y el de Oscuridad, ataviados con una toga blanca y una negra respectivamente, se hallaban en la parte delantera de la sala, sentados a una mesa sobre la que había una espada y un cáliz. Ante ellos, acomodados en filas, se encontraban los académicos de Sanctaprax. Todas las disciplinas estaban representadas: la Escuela de Nubes, la Academia de Viento, el Instituto de Hielo y Nieve; los cerneaires, los nivelabrumas, los investiganieblas. Y también, apoyado en unas muletas, el único miembro superviviente de la Facultad de Catalluvias.

»En éstas, un joven y fornido caballero atravesó la sala y se arrodilló frente al profesor de Luz.

»—Por los poderes que me han sido otorgados, ¡oh, sed de conocimiento!, ¡oh, agudeza de ingenio! —hizo saber el profesor alzando primero la espada y luego el cáliz—, someto a tu aprobación a Quintinius Verginix de la Academia de Caballeros.

44

»El profesor de Luz bajó la mirada hacia la figura arrodillada.

»—¿Juras en nombre de la sabiduría, Quintinius Verginix, que servirás a la Orden de la Academia de Caballeros con el corazón y la mente, abjurando de cualquier otra lealtad que no sea a Sanctaprax?

»Quintinius se estremeció, pero dijo:

»—Lo juro.

El corazón de Twig se hinchó de orgullo y pensó: «¡Mi padre!».

»—¿Y juras también que dedicarás tu vida a encontrar meteoprax? ¿Que perseguirás grandes tormentas? ¿Y que... —el profesor inspiró lenta y profundamente—... que no regresarás hasta que hayas cumplido tu sagrada misión, y sólo en ese caso?

El aveoruga clavó la mirada en Twig sin pestañear.

—El padre de tu padre —tu abuelo—, Viento Jacal, era un pirata aéreo. ¡Y no sabes lo furioso que se puso Quintinius cuando el viejo lo puso a disposición de la Academia de Caballeros! Porque él quería seguir los pasos de su padre. Pero en esos momentos... En esos momentos... no hay palabras para describir lo honrado que se sentía al recibir el mayor honor que Sanctaprax podía otorgar.

»—Quintinius —decía el profesor con amabilidad—, ¿lo juras?

»Quintinius Verginix alzó una mano.

»—Lo juro —dijo.

»Entonces el profesor de Luz se inclinó hacia él, le aproximó el cáliz y le instó:

»—Bebe.

45

»Quintinius se acercó el cáliz a los labios. El profesor de Luz levantó la espada, la sostuvo encima de la cabeza del nuevo caballero y esperó a que apurara el cáliz. Y esperó y esperó... pero Quintinius Verginis permaneció inmóvil, incapaz de beber el espeso brebaje nauseabundo.

»De pronto se produjo un revuelo en los bancos. Era Vilnix, que se había levantado ruidosamente y, apoyándose en las muletas, se acercó a la parte delantera de la sala.

»El profesor de Oscuridad se escurrió hasta el borde del asiento, inquieto, preguntándose qué iba a hacer aquel joven insensato. Entonces observó cómo Vilnix levantaba una muleta y daba unos golpecitos al cáliz con ella.

»—Las antaño buenas aguas del río del Límite ya no son lo que eran —afirmó el joven con una sonrisita, antes de darse la vuelta para dirigirse a la sala—. ¿No va siendo hora de que dejemos de engañarnos? Todas estas tonterías sobre la Academia de Caballeros, los cazatormentas, el sagrado meteoprax... —Y añadió en un tono desagradablemente sarcástico—: ¿Cuándo regresó por última vez un académico caballero? ¿Alguien me lo puede decir? ¿Qué ha ocurrido con todos los demás?

»Un murmullo se extendió por la sala. ¿Garlinius Gernix? ¿Lidius Pherix? ¿Petronius Metrax? ¿Dónde estaban ahora? El murmullo aumentó de volumen.

»—Siete años atrás partió el último académico caballero —continuó Vilnix—. Su nombre, Screedius Tollinix...

»—¡Eso fue hace ocho años! —chilló alguien.

»—¡Casi nueve! —gritó otro.

»Vilnix esbozó una sonrisa taimada. ¡Los tenía en el bote!

»—Cierto, casi nueve años —afirmó, y su voz resonó por toda la sala. A continuación se volvió hacia Quintinius Verginix y lo señaló acusadoramente—. Y depositamos todas nuestras esperanzas en... ¡él! —Hizo una pausa exagerada—. ¿Por qué iba él a triunfar donde otros han fracasado tan trágicamente?

»Ante tales palabras los asistentes de la Gran Sala se inquietaron considerablemente.

»—Nueve años... —volvió a gritar Vilnix—. ¡Hay que hacer algo ya! —Los presentes se mostraron inquietos de nuevo—. Pero ¿qué? —De las grietas del techo cayó algo de polvo—. La respuesta es muy sencilla, amigos míos: debemos construir más cadenas.

»Hubo un grito sofocado de asombro y luego la sala

quedó en silencio. El plan en sí era realmente sencillo, aunque extravagante. Hasta entonces sólo había habido una cadena: la cadena ancla.

»Un anciano profesor de la Facultad de Estudios del Aire fue el primero en romper el silencio y dijo:

»—La elaboración de cadenas significará más fábricas, más fundiciones, más forjas... Pero el río del Límite ya está bastante contaminado. —Señaló con la cabeza el cáliz, que estaba todavía entre las manos de Verginix—. Corremos el riesgo de que el agua se vuelva totalmente tóxica.

»Todas las miradas se fijaron en Vilnix, que sonrió con benevolencia. Entonces, tomando nota mental de recompensar con una cátedra al viejo profesor por su planteamiento, se acercó cojeando a Verginix y asió el cáliz. Con la otra mano, sacó de entre su toga un medallón esférico de plata y lo hundió en el turbio líquido. Al instante el agua se volvió cristalina. Devolvió el cáliz a Verginix, quien bebió un sorbo.

»—Está dulce —dijo—. Pura y limpia. Es como el agua de los manantiales del Bosque Profundo.

»El profesor de Luz cogió el cáliz y bebió a su vez. Después alzó la vista con los ojos entornados.

»—¿Cómo es posible? —cuestionó.

»Vilnix sostuvo la mirada del profesor, impasible.

»—Es posible gracias a un asombroso descubrimiento —explicó—. "Mi" asombroso descubrimiento. —Dio un golpecito al me-

dallón—. Dentro de este bonito colgante hay una sustancia tan poderosa que bastaría un pellizco para proveer a una persona de agua potable todo un año. —Se volvió hacia las filas de incrédulos académicos—. Este meteo... —Se interrumpió—. Esta sustancia, a la que he llamado praxpolvo en honor a nuestra amada ciudad flotante, significa un nuevo comienzo. A partir de ahora seremos capaces de asegurar el futuro de Sanctaprax fabricando esas cadenas que tan desesperadamente necesitamos, con la seguridad de que nunca tendremos que pasar sed.

49

»Resonó un aplauso. Vilnix agachó la cabeza con modestia y, cuando la alzó de nuevo, los ojos le resplandecían de excitación por la victoria inminente.

»—Mis socios de la Asociación de Mercaderes Libres están a punto esperando el aviso para empezar a fabricar las cadenas —dijo, y esbozó una sonrisa—. Naturalmente, sólo harán tratos con el Sumo Académico; es decir, con el nuevo Sumo Académico.

»Volvió a mirar al profesor de Luz y al de Oscuridad, y añadió:

»—¿Para que querríais a este par de bufones que, codo con codo, han llevado a Sanctaprax al borde de la destrucción gracias a sus rituales arcanos y sus tradiciones sin sentido? ¿Acaso no preferís a alguien que ofrezca un cambio, un nuevo comienzo y un nuevo orden?

»Gritos de "un nuevo comienzo" y "un nuevo orden" se multiplicaron por la Gran Sala, donde hubo un revuelo más.

»—Y un nuevo Sumo Académico: Vilnix Pompolnius —proclamó el profesor de Estudios del Aire.

»Los demás lo corearon y Vilnix cerró los ojos mientras se bañaba en la adulación y el coro aumentaba de volumen. Finalmente, los abrió.

»—¡Hágase vuestra voluntad! —gritó—. Yo, vuestro nuevo Sumo Académico de Sanctaprax, hablaré con los asociados. Construiremos esas cadenas y Sanctaprax, que estaba a punto de caer en el olvido, se salvará.

El aveoruga miró a Twig con tristeza y le dijo:

—Sólo una persona se quedó inmóvil. Alguien que, en el último momento, había visto cómo todo aquello a lo que aspiraba se desvanecía cruelmente en el aire: tu padre, Quintinius Verginix. Las facciones se le endurecieron. Pero había algo que no podrían arrebatarle: el barco aéreo construido especialmente para él, el *Cazatormentas*.

»Quintinius escupió con indignación y atravesó la

sala a zancadas. Al llegar a la puerta, se detuvo, se giró y rugió:

»—Si yo, Quintinius Verginix, no puedo demostrar mi coraje como académico caballero, lo haré como Lobo Tizón; seré un pirata aéreo. Y te prometo una cosa, Vilnix Pompolnius: tú y tus amigos traidores de la asociación lamentaréis hasta el fin de vuestras vidas lo que ha ocurrido hoy.

»Y tras decir esto, partió.

El aveoruga movió la cabeza con tristeza y dijo:

—Por supuesto, nunca nada es tan sencillo. Pese a las palabras que pronunció tu padre al despedirse, transcurrieron muchas lunas antes de que su desafiante promesa se hiciera realidad. Su primero y desgraciado viaje casi fue testigo del final, tanto de él como de su barco; lo único bueno que sucedió fue su encuentro con el Piloto de Piedra. Lo obligaron a quedarse callado, sin llamar la atención, amarrar el *Cazatormentas* en un lugar seguro y meterse en una asociación naviera hasta que obtuviera suficiente dinero y experiencia acerca del funcionamiento de las asociaciones, para intentarlo de nuevo. —El aveoruga entrecerró los ojos al tiempo que le giraban en las órbitas—. Terminó a las órdenes de un capitán, el famoso Multinius Gobtrax.

—Fue en su barco donde nací yo —comentó Twig pensativamente—. Pero ¿qué ocurrió con Sanctaprax?

—Pese a las bonitas promesas de Vilnix acerca de «un nuevo comienzo» y «un nuevo orden», la situación enseguida empeoró —replicó el aveoruga con un bufido—. Hoy en día, como sabes, los habitantes de Subciudad trabajan como esclavos en las fundiciones y las forjas fabricando cadenas y pesos que sujeten la cadena ancla. De ese modo consiguen que Sanctaprax permanezca en su sitio, pero nada más. Es un trabajo que no tiene fin. Y mientras tanto, las aguas del río del Límite están cada vez más y más contaminadas. Es sólo gracias a las partículas de praxpolvo, suministradas por Vilnix Pompolnius a los integrantes de las asociaciones que han permanecido leales, que Subciudad no se ha ahogado hasta morir en su propia porquería.

—¿Y qué consigue Vilnix con todo esto? —preguntó Twig, consternado.

—Riqueza y poder —replicó el aveoruga con sencillez—. A cambio del agua potable, las asociaciones colman a Vilnix y su nueva Facultad de Catalluvias de todo lo que desean y más. Siempre que los pellizcos de praxpolvo continúen llegando.

—Pero la situación no puede seguir así para siempre. Cuando se termine el praxpolvo, Vilnix Pompolnius tendrá que robar más meteoprax del tesoro.

—Eso es precisamente lo que hace. Y el profesor de Oscuridad no tiene ninguna autoridad para impedírselo. Además, la producción de más praxpolvo ha resultado infructuosa. Pese a los miles de intentos —muchos de ellos trágicos—, nadie ha sido capaz de reproducir los resultados del primer experimento.

—¡Eso es una locura! Cuanto más meteoprax extraigan del tesoro más cadenas tendrán que construir; cuantas más cadenas fabriquen más contaminada estará el agua, y cuanto más contaminada esté el agua ¡más praxpolvo necesitarán para purificarla!

—Un círculo vicioso; eso es lo que es. Un terrible círculo vicioso. Y veinte años después de aquella reunión crucial en la Gran Sala, las perspectivas son más sombrías que nunca, tanto para Sanctaprax como para Subciudad. Absortos en sus propios problemas, tanto los catalluvias como los asociados permanecen ciegos a lo que sucede a su alrededor. Pero si nadie hace nada, o no lo hace pronto, sólo es cuestión de tiempo que todo se venga abajo.

—¿Y qué se puede hacer?

—No me corresponde a mí decirlo —opinó el aveoruga encogiéndose de hombros. Entonces ladeó la cabeza y enfocó el correspondiente ojo de color púrpura hacia Twig—. Muy bien; he terminado mi historia. Ahora, ¿podrías, por favor, dejarme en libertad?

Twig se apresuró con aire culpable.

—¡Oh, claro! —exclamó mientras sacaba el cuchillo de la funda.

Empezó a manipular el candado con la hoja una vez más, hasta que se oyó un suave clic. El candado había cedido. Lo abrió y a continuación hizo lo mismo con la puerta de la jaula.

—¡Eh! —se oyó un grito furioso—. ¡Dijiste que eras de fiar! ¿Qué narices estás haciendo?

Twig se giró a medias y sofocó un grito. Se trataba de Flabsweat, por fin de vuelta con el doctor-animal , y estaba a punto de echársele encima como un poseso.

—No puedo... —oyó que se quejaba el aveoruga—. Ayúdame, Twig.

El chico lo miró. El pájaro había conseguido sacar de la jaula la cabeza y un ala, pero la puerta era pequeña y la otra ala se le había quedado retorcida y atascada.

—Métete dentro e inténtalo otra vez —le ordenó Twig.

El animal lo obedeció: encogió las alas y sacó de nuevo la cabeza. Flabsweat estaba ya muy cerca de ellos; llevaba a un costado un pesado palo que se balanceaba. Twig se aproximó a la jaula y, cogiendo a la criatura por el cuello y los hombros, la estiró con delicadeza. Flabsweat levantó el palo. El aveoruga empujó con fuerza con las patas contra la percha.

—¡Vamos! —le urgió Twig con desesperación.

—Ya casi... —El aveoruga hizo un último esfuerzo—. Lo... ¡conseguí!

Aleteó a modo de prueba, una vez, dos. Entonces se lanzó desde el borde de la jaula y se elevó en el aire, al parecer sin secuelas a causa de su reclusión.

Era hora de que Twig se esfumara también. Sin mirar atrás, giró los talones y se lanzó hacia la calle atestada. Mientras huía, el palo le rozó el hombro; un segundo antes y le habría machacado el cráneo.

Twig corrió cada vez más rápido, abriéndose paso a empujones a través de la multitud y dando codazos

54

a los más lentos para que se apartaran de su camino. Tras él, Flabsweat aulló con rabia:

—¡Ladrón! ¡Sinvergüenza! ¡Canalla! ¡QUE NO SE ESCAPE!

Twig se metió por un callejón estrecho. Los gritos perdieron intensidad, pero siguió avanzando más rápido que nunca, dejando atrás

55

a prestamistas y arrancadientes, barberos y posadas; al fin torció en una esquina y se dio de bruces con su padre.

Lobo Tizón lo agarró por los hombros y lo sacudió con fuerza.

—¡Twig! —bramó—. Te he estado buscando por todas partes. Estamos listos para zarpar. ¿Qué has estado haciendo?

—Na... nada —vaciló Twig, incapaz de sostener la mirada furiosa de Lobo Tizón.

Muy arriba en el cielo, a espaldas de su padre, Twig distinguió al aveoruga batiendo las alas en dirección al sol poniente, más allá de Sanctaprax, de Subciudad, mucho más allá. Suspiró con envidia. Puede que el aveoruga se hubiera ido, pero sus palabras premonitorias y fatales le habían quedado grabadas: «Un círculo vicioso, eso es lo que es. Pero si nadie hace nada, o no lo hace pronto, sólo es cuestión de tiempo que todo se venga abajo».

Y, por segunda vez, Twig se preguntó a sí mismo: «¿Y qué se puede hacer?».

Capítulo tres

Gritos y susurros

I. En la Espesura del Crepúsculo

Era la hora del crepúsculo. Siempre era la hora del crepúsculo en los bosques, donde el sol siempre se ponía. ¿O amanecía? Era difícil decirlo. Lo cierto es que nadie que entrara en la Espesura del Crepúsculo estaba seguro; la mayoría, sin embargo, creía que la penumbra dorada que se filtraba entre los árboles hablaba en susurros de finales, pero no de comienzos.

Los árboles, majestuosamente altos y siempre cubiertos de hojas, se mecían con la ligera brisa que soplaba sin cesar alrededor de los bosques. Como todo lo que había en éstos: la hierba, la tierra o las flores, los árboles también se hallaban cubiertos por un manto de polvo que relucía y brillaba como la escarcha.

Sin embargo, no hacía frío; ni mucho menos. La brisa era suave y la propia tierra irradiaba un calor reconfortante que se elevaba en remolinos a través del aire, de modo que todo parecía flotar ligeramente ante la vista, como si no se pudiera enfocar nada. De algún

modo, la Espesura del Crepúsculo se parecía al fondo
del mar.

No se percibía el gorjeo de ningún pájaro, ni el crujido de ningún insecto, ni el grito de ningún animal,
puesto que ninguna de estas criaturas habitaba los bosques. No obstante, quienes tenían oídos para escuchar,
oían voces, y no eran simplemente los susurros de los
árboles, sino voces reales que refunfuñaban, mas-
cullaban y, en ocasiones, gritaban con rabia.
Una de ellas estaba muy cerca.

—Quédate quieto, Vinchix —indicó
la voz cansadamente, aunque con
confianza—. Por ahí. Ahora; quédate quieto.

La voz provenía de las
alturas, donde un barco
aéreo hecho pedazos
permanecía en-
sartado en la
dentada
copa

de un árbol, con el mástil apuntando acusadoramente al cielo del que había caído. Un caballero colgaba de un arnés, sentado sobre su rondabobo de carga, y su silueta se recortaba contra el firmamento dorado; bajo las oxidadas armaduras, se adivinaban unos cuerpos esqueléticos, pero pese a todo el caballero y su montura estaban vivos... todavía.

El casco del jinete crujió y la voz fantasmal repitió sus palabras de ánimo, que eran al mismo tiempo una orden:

—Casi he llegado, Vinchix. ¡Quédate quieto!

II. En el palacio del Sumo Académico

La habitación, o Santuario Interior, tal como se la conocía, era realmente suntuosa: alfombras de piel blanca como la nieve cubrían los suelos, relieves de oro adornaban el techo y paneles de madera negra y plata con incrustaciones de piedras preciosas revestían las zonas de las paredes que no estaban ocupadas por estanterías; los adornos abarrotaban todas las superficies: jarros de porcelana y figuras de marfil, vistosas esculturas y complicados relojes.

Una araña de cristal centelleaba en el centro de la habitación y, a pesar de estar apagada, disparaba dardos relucientes por la estancia porque la luz del sol le arrancaba multitud de destellos. Éstos titilaban sobre los paneles de plata, las pulidas mesas, los armarios, el piano de cola, los retratos y espejos... y también en la reluciente calva del mismísimo Sumo Académico de

Sanctaprax, quien, tendido en una otomana cerca de las altas ventanas ojivales, dormía profundamente.

Parecía estar fuera de lugar en aquel entorno tan opulento, puesto que la toga negra que llevaba estaba descolorida y unas sandalias modestas y sin florituras le cubrían los pies. Asimismo, el cuerpo anguloso y las mejillas hundidas del personaje hablaban de una vida de abstinencia más que de indulgencia, y la cabeza afeitada, de humildad y rigor, aunque con un punto de vanidad. Si no, ¿por qué iba alguien a ostentar ese anagrama personal: VIP, bordado en el dobladillo de su camisa de pelo?

Un potente sonido chirriante resonó en la habitación y el individuo se movió inquieto, se dio media vuelta y abrió de golpe los protuberantes ojos. El sonido se repitió, más fuerte que antes. El Sumo Académico se sentó y echó un vistazo por la ventana.

Situado arriba de todo de la torre más alta (por supuesto la más esplendorosa de Sanctaprax), el Santuario Interior ofrecía unas vistas espectaculares de Subciudad y sus alrededores. El Sumo Académico miró hacia abajo y, entre la masa flotante de nubes de humo, distinguió a media docena de habitantes de Subciudad ocupados en asegurar la última cadena a un costado de la gran roca flotante.

—Magnífico —murmuró bostezando, y se puso en pie, entumecido. Se desperezó, se rascó, se frotó distraídamente la cabeza con la mano y bostezó de nuevo—. Manos a la obra.

Se dirigió a grandes pasos hacia un enorme cofre de hierro y madera que había en un rincón de la habitación, extrajo una pesada llave de hierro de un pliegue de su toga y se puso en cuclillas. Al atardecer, debía encontrarse con Simenon Xintax, el actual jefe de la asociación. Hasta que llegara el momento, quería pesar el praxpolvo que le quedaba y calcular cuánto tiempo durarían los valiosos pellizcos.

La cerradura se abrió con un suave clic. El Sumo Académico elevó la tapa, que crujió un poco, y miró la intensa oscuridad del interior del cofre. Se inclinó, alargó la mano para coger una probeta de

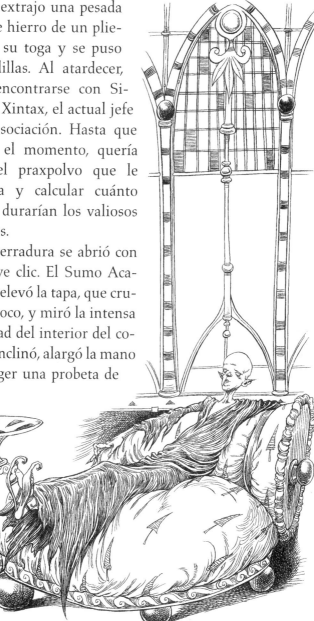

cristal, la sostuvo de cara a la ventana y suspiró.

Incluso él se daba cuenta de que el polvo líquido casi se había terminado.

—Un problema, sin duda —murmuró—; pero todavía no supone una emergencia. Más vale que lo pese y calcule cuántas partículas de praxpolvo quedan. Negociar con Xintax sin disponer de la información completa sería fatídico. —Incómodo e irritado, se retorció—. Pero primero tengo que hacer algo con este picor inaguantable.

Por suerte, su criado humano, Minulis, que siempre pensaba en todo, se había acordado del rascaespaldas. Era un artilugio bastante bonito, provisto de un sólido mango de oro y garras de dragón de marfil. El Sumo Académico se contorsionó de placer mientras se rascaba la espalda arriba y abajo, y recordó, como siempre hacía, que los mayores placeres de la vida son a menudo los más sencillos. Dejó a un lado el rascador y, tras decidir posponer sus cálculos un poco más, se sirvió un vaso de vino del decantador que Minulis también se había acordado de llevarle.

Atravesó la habitación y se detuvo frente a un espejo de cuerpo entero, sonrió, se enderezó y elevó el mentón.

—Por ti, Vilnix Pompolnius —brindó alzando la copa—, el Sumo Académico de Sanctaprax.

En ese momento, volvió a oírse el ruido del taladro, más alto que antes. La roca flotante se movió, mientras el Santuario Interior se estremecía y el espejo temblaba. Vilnix se asustó tanto que le resbaló la copa entre los dedos y se rompió con un crac sordo y el vino se derramó por la alfombra de pelo blanco, como si fuera sangre.

El Sumo Académico se apartó de allí, furioso. Mientras se alejaba, oyó a sus espaldas un sonido sibilante y amortiguado, seguido de un estrépito tremendo. Se quedó inmóvil. Luego observó cómo el espejo yacía en el suelo, destrozado en mil pedazos. Se aproximó de nuevo y, cogiendo un trozo, se lo puso en la palma de la mano.

¿Qué decía siempre su abuela?: «Un espejo que se raja, anuncia penas y mortajas». Miró fijamente el ojo negro que le devolvía la mirada desde el pedazo afilado de espejo y le hizo un guiño.

—¡Menos mal que no eres supersticioso! —exclamó, y se rio para sus adentros.

III. En la Ciénaga

La jefa de los duendinocs, una hembra baja y achaparrada llamada Mim, olisqueó el aire, se acarició la colección de amuletos y talismanes que le colgaban del cuello y avanzó un paso. Pero hizo una mueca de asco cuando el blando barro se le escurrió entre los alargados dedos de los pies.

—¿Todavía crees que puedes atravesar la Ciénaga tú sola? —cuestionó Screed Robadedos mirándola despectivamente.

Mim lo ignoró y siguió vadeando el barro. Chap, chap, chap sonaba éste. El fango viscoso y blancuzco le cubrió primero los tobillos, luego las pantorrillas y poco después las rodillas. La duendinoc se detuvo y alzó la vista: la Ciénaga parecía extenderse interminablemente frente a ella. Incluso si, por milagro, lograba llegar al otro lado, estaba segura de que ni el viejo Torp ni los pequeños lo conseguirían.

—De acuerdo —dijo, y al darse la vuelta enfadada, se hundió aún más en el lodo—. Quizá sí necesitaremos un guía. —Se arremangó la falda porque el barro la había cubierto un poco más—. Ayúdame a salir de aquí.

Screed dio un paso y le tendió una mano blanca y huesuda. Cada centímetro del cuerpo de la criatura ha-

bía adquirido el color de las sábanas sucias al igual que el de la Ciénaga, que era su hogar. Devolvió a la duende a tierra firme y la miró con las manos en las caderas.

—Cincuenta por cabeza —dijo la duende hurgando en su bolsa—. Eso es lo que dijiste, así que son... —Contó las monedas—: Quinientos en total.

—No. El precio ha subido —dijo Screed con su voz nasal en tono burlón—. Cien cada uno; eso os costará ahora.

—Pero ¡son todos nuestros ahorros! —balbució ella—. ¿De qué se supone que vamos a vivir cuando consigamos llegar a Subciudad?

—Ése es vuestro problema. Yo no os obligo a venir conmigo. Si sois capaces de cruzar la Ciénaga a pesar del barro movedizo y los orificios tóxicos, por no mencionar a los boboglobos, los peces rezumadores y los cuervos blancos que os desgarrarán en cuanto os echen el ojo... Vosotros veréis.

Mim miró con abatimiento a su familia, que permanecía agrupada y acurrucada en la orilla. Se dio cuenta de que las opciones estaban muy claras: o bien llegaban a Subciudad sin recursos, o bien nunca lograrían llegar allí.

—Son mil —suspiró alargándole el dinero—; pero

me parece un precio altísimo, eso es lo que me parece.

Screed Robadedos le arrebató el dinero y se lo metió en el bolsillo. Luego se apartó hablando por lo bajo:

—Mi precio es mucho más alto de lo que puedas imaginar, querida dama.

Y se puso en camino hacia el paisaje blanquecino y viscoso.

La familia de duendes recogió los sacos con sus pertenencias.

—Venga, vamos —los llamó Screed con impaciencia—. Estad atentos y manteneos unidos, pisad donde yo piso y sobre todo no miréis atrás.

IV. En la torre de Luz y Oscuridad

El profesor de Luz estaba enfadado.

—Odiosas cadenas, odioso taladro, odioso Vilnix Pompolnius —gruñó con las mandíbulas apretadas—. ¿Así que ahora tenemos que destruir Sanctaprax para salvarla?

Se levantó con esfuerzo, llevando un montón de libros bajo el brazo, y fue colocándolos en las estanterías.

Siempre pasaba lo mismo. Cada vez que sujetaban una nueva cadena a la roca flotante, las vibraciones causaban estragos en su humilde estudio. Aparatos inestimables resultaban dañados, experimentos de valor incalculable, arruinados, y su biblioteca al completo terminaba en el suelo.

Cuando hubo devuelto el último libro a su lugar, el profesor volvió a su escritorio. Estaba a punto de sentarse cuando vio algo con el rabillo del ojo; algo de lo más inoportuno. En ese momento, sin embargo, llamaron a la puerta y el profesor de Oscuridad irrumpió en el cuarto.

—Tenemos que hablar —le dijo.

El profesor de Luz no se movió y comentó abatido:

—Mira.

—¿Qué?

—Allí. —Y señaló con el dedo—. ¡Luz!

—Deberías alegrarte —replicó el profesor de Oscuridad sonriendo—. Después de todo, la luz es tu campo de estudio y experimentación.

—Igual que el tuyo es la oscuridad —contestó con brusquedad—. O mejor dicho, la ausencia de luz. Pero hay un sitio para cada cosa, y del mismo modo que la oscuridad del corazón de tu antiguo protegido, Vilnix Pompolnius, está fuera de lugar, también lo está una luz que aparece a través de las grietas de mi pared. —Se

dio media vuelta y dio un golpecito al mortero—. Mira —dijo—, se está cayendo todo a trozos.

—Mi estudio no tiene mejor aspecto —afirmó el profesor de Oscuridad, y suspiró con tristeza.

Lo primero que había hecho Vilnix Pompolnius al convertirse en el Sumo Académico fue apropiarse de la fastuosa Escuela de Luz y Oscuridad, al tiempo que relegaba a los dos profesores y sus respectivos departamentos a la ruinosa torre de los catalluvias. La explosión había ocasionado graves daños en la estructura y cada vez que se sujetaba una nueva cadena a la roca, el daño aumentaba. Era sólo cuestión de tiempo que la torre se derrumbara por completo.

—Esto no puede seguir así —dijo el profesor de Luz—. Y es por eso precisamente por lo que...

—Por lo que tenemos que hablar —interrumpió el profesor de Oscuridad.

—Por lo que ya he hablado con alguien acerca de cómo podríamos cambiar la situación.

El profesor de Oscuridad se quedó mirando a su colega con una mezcla de admiración y resentimiento. Pese a las actuales circunstancias, la antigua rivalidad entre los dos académicos permanecía intacta.

—¿Con quién has hablado?

—Con Madre Plumacaballo.

—¡Madre Plumacaballo! —El profesor de Oscuridad estaba asombrado—. La anciana y codiciosa mujer pájaro que vendería sus propios huevos si le ofrecieran lo suficiente. ¿De verdad crees que podemos confiar en ella?

—Desde luego, podemos confiar en que hará todo lo posible para engañarnos. Saber eso nos salvará.

V. En los callejones de Subciudad

—Es aquí —afirmó Slitch deteniéndose en seco junto a una casucha destartalada que quedaba a su izquierda.

La abrió y desapareció en el interior. Su compañero lo siguió; empujó la puerta y esperó mientras el duendinoc localizaba una lámpara y la encendía.

—Doy mi palabra de que los masacradores ¡sois realmente rojos! —se estremeció Slitch mientras la débil luz se difundía por la habitación.

Tendon se le acercó arrastrando los pies con torpeza y le dijo:

—Oye, ¿tienes praxpolvo o qué? Porque si no tienes...

—El mejor praxpolvo de Subciudad —le aseguró Slitch—. En potencia.

—¿En potencia?

—He conseguido algo de meteoprax en el mercado negro. Todo lo que tienes que hacer es molerlo y... *voilà!*

Tendon lo miró impasible.

—Debes de creer que estoy loco —dijo por fin—. El meteoprax explota cuando intentas molerlo; todo el mundo lo sabe. El poderoso Sumo Académico es el único que conoce el secreto...

—Yo también conozco ese secreto.

Slitch cogió un cuenco de un estante y lo depositó sobre una pequeña mesa. Luego se sacó un paño de terciopelo del bolsillo interior, lo extendió con cuidado y quedó a la vista un fragmento reluciente y centellean-

69

te de meteoprax, que sujetó entre el dedo medio y el pulgar (no tenía ninguno más) y luego lo depositó con suavidad en el cuenco.

Tendon seguía teniendo sus dudas.

—¿Y cuál es el secreto, entonces?

—Éste —dijo el duendinoc cogiendo una bolsita de cuero de su cinturón. Aflojó el cordel para que Tendon pudiera ver el interior.

—Pero ¿qué es esto?

—Corteza de leñomuerte en polvo —replicó Slitch con aire conspirativo—. La mejor que se puede conseguir.

Tendon retiró la mano, nervioso. Era lo que los médicos de Subciudad usaban para anestesiar a sus pacientes antes de una operación.

—Las cualidades anestesiantes del leñomuerte contrarrestan la volatilidad del meteoprax —explicó Slitch—. La explosión se paraliza, por decirlo de alguna manera.

—¿Estás seguro de eso?

—¡Oh, por todos los cielos! —protestó el duendinoc con impaciencia—. ¿No me habías dicho que estabas harto de gastar en agua potable todo el dinero que tanto te cuesta ganar? ¿No me habías dicho que harías cualquier cosa para conseguir algo de praxpolvo? El leñomuerte dará resultado, te lo prometo —añadió al tiempo que vertía una cantidad generosa en el cuenco—. No va a haber ninguna explosión, y tú, amigo mío, tendrás praxpolvo suficiente para el resto de tu vida.

Tendon se tocó nerviosamente los amuletos que le colgaban del cuello. Pese a sus recelos, lo cierto era que la oferta del duendinoc era demasiado tentadora para resistirse. De modo que pagó los cien centavos que habían acordado, cogió la mano del mortero y la levantó. Con el dinero a salvo en su bolsillo, Slitch se escabulló hasta el otro extremo de la casucha y se agachó detrás de una estufa metálica.

—¡Golpea ahora! —gritó—. ¡Ya verás cómo funciona!

Y Tendon, asiendo el mango con tanta firmeza como le permitían sus dedos sudorosos, bajó la mano bruscamente y con toda su fuerza.

La explosión se llevó por los aires el tejado de la casucha. Tendon se vio arrojado hacia la pared del otro extremo, donde quedó desplomado, un bulto sin vida.

Slitch salió a gatas

de su escondite, se puso en pie, tambaleante, y bajó la vista hacia el cuerpo del masacrador muerto.

—O quizá, por enésima vez —suspiró—, no funcionará.

VI. En la Taberna del Roble Sanguino

Madre Plumacaballo se sentaba a una mesa cercana a la puerta de la floreciente Taberna del Roble Sanguino; a su lado, posado en un taburete, se hallaba Forfículo, el nocheciélago que trabajaba para ella. Ambos observaban cómo los ruidosos grupos de bebedores sumergían sus jarras en el abrevadero común de espumosa leñobirra, uno tras otro. La destilería de cerveza ilegal oculta en el sótano resultaba un buen negocio, especialmente en los días calurosos como aquél.

De repente la puerta se abrió y tres asociados entraron pavoneándose. Madre Plumacaballo movió el pico con disgusto.

—Muy buenas noches —saludó evitando su mirada. Cogió tres jarras del estante situado detrás de ella y las puso sobre la mesa—. Serán veinte centavos cada una.

—Podéis beber tanto como queráis —comentó uno de los asociados, habitual de la taberna, a los otros dos—. ¿No es así, Madre Plumacaballo?

—Por supuesto —contestó, aunque frunció el entrecejo—. Pero no olvidéis las reglas.

Y señaló con la cabeza un cartel que colgaba en la pared: «Prohibidas las palabrotas. Prohibido vomitar en el local».

—No hace falta que nos lo recuerde —dijo el asociado, mientras le entregaba una única moneda de oro que valía el doble de lo que ella les había pedido—. Quédese el cambio, querida dama —añadió, y le guiñó el ojo.

Madre Plumacaballo bajó la vista hacia la caja.

—Gracias de todo corazón, caballero —repuso, y cerró la tapa de golpe. Pero no levantó la vista hasta que él se hubo dado la vuelta.

«Maldito gusano de estiércol de cuernolón», pensó con rencor.

—Vaya, vaya —masculló Forfículo en voz baja al tiempo que movía nerviosamente sus orejas de murciélago.

Madre Plumacaballo giró la cabeza y miró enfurecida al nocheciélago.

—¿Has oído eso? —preguntó con brusquedad.

—Yo lo oigo todo —contestó Forfículo—, como sabes muy bien. Cada palabra, cada susurro, cada pensamiento... ¡todo!

Ella resopló. Tenía las plumas del cuello erizadas y sus ojos amarillos le centelleaban.

—¡Bueno es éste! —exclamó en tono agrio, y señaló con un gesto hacia la mesa donde estaban los asociados—. ¡Buenos son todos! Con su ropa fina, sus propinas y sus aires extravagantes. Estiércol de cuernolón, ¡eso es lo que son!

Forfículo asintió comprensivo. Entendía el odio que sentía su patrona por los asociados. Porque debido a la alianza de éstos con Vilnix Pompolnius, para quien construían cadenas a cambio de praxpolvo, su predominio en el mercado de agua potable les había otorgado un poder inexpugnable. Si no fuera por los tratos que hacía en el mercado negro con los piratas aéreos, Madre Plumacaballo se habría arruinado mucho tiempo atrás.

—¡Ah, los piratas aéreos! —suspiró Forfículo—. ¡Esos intrépidos bandidos de los aires que no se arrodillan ante nadie! ¿Qué sería de nosotros sin ellos?

—Eso digo yo —asintió la mujer pájaro, con las plumas del cuello finalmente lisas y suaves—. Hablando de ellos, Lobo Tizón y su tripulación pronto regresarán. Espero con fervor que haya tenido un viaje tan provechoso como me hizo creer. De lo contrario... —La

conversación que había mantenido con el profesor de Luz le vino de pronto a la memoria, y una idea se le abrió camino en la mente—. A menos que...

Forfículo, que le había estado escuchando los pensamientos, rio entre dientes.

—Si sale cara ganas tú y si sale cruz él pierde, ¿eh?

Antes de que Madre Plumacaballo tuviera ocasión de contestar, la Taberna del Roble Sanguino tembló a causa de la onda expansiva de una explosión cercana. El nochecielago trató de agarrarse las orejas y chilló de pánico.

—¡Qué barbaridad! —chilló Madre Plumacaballo, y las plumas del cuello volvieron a erizársele—. ¡Eso ha sonado muy cerca!

Mientras el polvo se asentaba, Forfículo cambió de lugar las manos y movió la cabeza de un lado a otro. Las enormes orejas del nochecielago se agitaron como dos polillas gigantes.

—Otro par de idiotas intentando conseguir su propio praxpolvo —dijo la criatura con tristeza. Ladeó la cabeza y escuchó con intensidad—. El muerto es Tendon, un masacrador.

—Lo recuerdo —dijo Madre Plumacaballo—. Viene a menudo... Bueno, venía. Siempre olía a cuero.

—Sí, en efecto. El superviviente se llama Slitch —informó Forfículo, y se estremeció—. ¡Es horrible! Ese individuo quería hacer la prueba de mezclar meteoprax con polvo de leñomuerte y había conseguido que Tendon le hiciera el trabajo sucio.

—Todo el mundo está desesperado por conseguir praxpolvo —comentó Madre Plumacaballo, enfurruñada, y los ojos le destellaron irritados—. Si alguien tiene la culpa de lo que ha pasado —añadió señalando con el pico la mesa de ruidosos asociados—, son ellos. ¡Lo que daría por borrar esa expresión engreída de sus repugnantes caras de una vez por todas!

Capítulo cuatro

El cargamento de leñoplomos

Anochecía y, tras haber cerrado con éxito el trato con unos leñotrols sobre la compra de una remesa de leñoplomos, la tripulación del *Cazatormentas* se dirigía de vuelta a Subciudad. El ambiente a bordo del barco pirata aéreo era optimista y Twig, el héroe del momento, se sentía particularmente satisfecho de sí mismo.

Aunque no conocía a ninguno de los leñotrols que habían encontrado, el hecho de haber crecido en una de sus aldeas daba lugar a que estuviera familiarizado con el comportamiento de esa raza. Sabía, por ejemplo, cuándo sus «no» significaban «sí», cuándo tenían que regatear y, lo más importante de todo, cuándo se debía parar en el regateo; porque si a un leñotrol se le ofrecía demasiado poco por su madera, se lo podía tomar como una ofensa y se negaría en redondo a venderla. Cuando Twig observó los característicos gestos en sus caras (las muecas que hacían con los labios y el movimiento nervioso de sus elásticas narices), asintió mirando a su padre. El trato era todo lo bueno que podía ser.

Más tarde, para celebrarlo, Lobo Tizón abrió un barril de leñoponche y repartió copas de la picante bebida entre todos los miembros de su variopinta tripulación.

—¡Por el trabajo bien hecho! —rugieron a coro los piratas aéreos.

Tem Aguatrueno, un tipo peludo y enorme, dio una palmada a Twig en la espalda y le estrujó los hombros.

—Sin los conocimientos de este muchacho sobre las gentes del Bosque Profundo, nunca habríamos conseguido la madera a este precio —afirmó, y a continuación levantó la copa—. ¡Por Twig!

—¡Por Twig! —corearon los demás.

Incluso el cabo Slyvo Spleethe, quien no tenía nun-

ca una palabra agradable para nadie, habló de él en términos elogiosos.

—Lo ha hecho muy bien —concedió.

Pero hubo una persona que no se sumó a las felicitaciones: el propio Lobo Tizón. De hecho, cuando Tem Aguatrueno propuso el brindis, el capitán se apartó bruscamente y regresó al timón. Twig lo entendió. Ningún miembro de la tripulación sabía que él era el hijo de Lobo Tizón; éste así lo había querido para evitar acusaciones de favoritismo. Por consiguiente, trataba al muchacho con más severidad que a los demás y nunca le ofrecía ninguna muestra de afecto.

Comprender las razones de la rudeza de Lobo Tizón era una cosa, pero aceptarlo era muy distinto. Cada desaire, cada injusticia, cada tarea dura le sentaban mal a Twig y le dejaban con la sensación de que su padre se avergonzaba de él. Tragándose el orgullo, se reunió con el capitán en el puente.

—¿Cuándo crees que volveremos? —tanteó.

—Anochece —contestó Lobo Tizón mientras bloqueaba el timón y hacía unos ajustes minuciosos en los pesos colgantes—. Si el viento sigue a nuestro favor, ya está todo a punto.

Twig lo miró con admiración. Los barcos aéreos eran notoriamente difíciles de pilotar, pero Lobo Tizón se identificaba con ellos totalmente. Conocía el barco como si fuera una parte de sí mismo. Después de escuchar la historia del aveoruga, Twig entendía por qué.

—Supongo que aprendiste todo acerca de la navegación aérea y... cómo cazar tormentas en la Academia de Caballeros...

Lobo Tizón lo observó con curiosidad.

—¿Qué sabes tú de la Academia de Caballeros? —preguntó.

—No... no mucho —vaciló Twig—. Pero el aveoruga me contó...

—¡Bah! —dijo Lobo Tizón desdeñosamente—. ¡Esa cotorra delgaducha! Es mejor vivir en el presente que morar en el pasado —añadió con brusquedad. Y entonces, claramente deseoso de cambiar de tema, añadió—: Ya es hora de que aprendas los rudimentos de la navegación aérea.

Al chico le dio un vuelco el corazón. Hacía ya más de dos años que andaba con los piratas aéreos y, como ellos, llevaba un pesado abrigo largo con numerosos complementos colgantes: el telescopio, la hierroballesta, la brújula y las balanzas y la vasija para beber...; la parte delantera se protegía con una vistosa coraza de cuero grabado, mientras que por detrás llevaba unas alas desplegables. En todo ese tiempo, sin embargo, las obligaciones de Twig a bordo se habían limitado a las tareas menos importantes: fregaba, limpiaba, era el chico de los recados... Por lo visto, eso estaba a punto de cambiar.

—Cuando la roca-vuelo está fría, nos mantiene a flote —explicó Lobo Tizón— . El equilibrio, el avance y las maniobras se controlan manualmente con esto ¿lo ves? —Señaló dos filas de palancas de hueso, cada una dispuesta en un ángulo distinto. Twig asintió, interesado—. Estas palancas de aquí están conectadas a los pesos colgantes: el peso de popa, el de proa, los del casco de estribor (pequeños, medianos y grandes), los del casco de babor (ídem), los del casco medio, del pericasco, el casconivel y el cascoclut —recitó Lobo Tizón—. Y las palancas de este otro lado están unidas a las velas: gavia, vela de popa, juanete mayor —enumeró mientras indicaba las palancas con la mano—; velas mayores, una y dos; petifoque, velacho, sobrejuanete mayor, cangreja, spinnaker y foque. ¿Lo has pillado? Se trata de mantenerlo todo en equilibrio.

Twig asintió sin mucha convicción y Lobo Tizón dio un paso atrás.

—¡Vamos, pruébalo! —dijo rudamente—. Coge el timón, y veamos de qué estás hecho.

Al principio fue fácil. El capitán ya había realizado los ajustes necesarios y Twig simplemente tuvo que sujetar el timón para mantener el rumbo. Pero cuando una ráfaga del nordeste hizo descender el barco, todo pareció complicarse.

—Sube el peso mediano del casco de estribor —le ordenó el capitán.

Twig sintió pánico. ¿Cuál era la palanca? ¿La octava o la novena de la izquierda? Agarró la novena y tiró de ella. El *Cazatormentas* se inclinó hacia un lado.

—¡No tanto! —gritó Lobo Tizón con brusquedad—. Sube un poco el velacho y baja el peso grande del casco de babor. ¡El de babor, idiota! —rugió, mientras el barco aéreo se inclinaba aún más.

Twig gritó asustado: iba a estrellar el navío. A este paso, su primer intento de pilotar un barco aéreo iba a ser también el último. Se agarró al timón con firmeza, con la cabeza febril, las manos temblorosas y el corazón a punto de salírsele del pecho. No podía fallarle a su padre. Se inclinó hacia delante y asió de nuevo la novena palanca. Esta vez la movió con suavidad e hizo descender el peso sólo un par de fracciones.

¡Eureka! El barco se enderezó.

—Bien —dijo el capitán—. Estás desarrollando el tacto. Ahora, iza el petifoque, baja el peso de proa una fracción, recoloca los pesos pequeño y mediano del casco de estribor y...

—¡Barco de la asociación a estribor! —gritó Spiker con su voz estridente—. ¡Barco de la asociación a estribor, y se acerca a toda velocidad!

Las palabras resonaron en la cabeza de Twig. Sintió

que le faltaba el
aliento y se
mareaba.
Veía borro-

sas las filas de palancas. Una
de ellas haría que el barco aéreo avanzara a
toda vela, pero ¿cuál?

—¡El barco de la asociación se está acercando!
—anunció Spiker.

Twig, cegado por el pánico, rompió la primera regla
de la navegación aérea: soltó el timón.

Y éste empezó a dar vueltas con violencia en el momento en que las sudorosas manos del chico dejaron de
sujetarlo y él salió disparado sobre la cubierta. Al instante las velas se arrugaron y el *Cazatormentas* inició
un descenso vertiginoso.

—¡Imbécil! —bramó Lobo Tizón, que agarró el timón y, afirmando los pies sobre cubierta, trató desesperadamente de que dejara de dar vueltas—. ¡Hubbel —gritó—, ven aquí! ¡Ahora mismo!

Twig acababa de ponerse en pie cuando Hubbel lo rozó al pasar. Tan sólo le dio un leve golpecito, pero el osobuco albino era una criatura colosal y él salió volando.

El descenso se detuvo al instante y el chico observó que el timón estaba controlado, inmóvil entre las manazas del osobuco, y el capitán por fin pudo manejar las palancas; movía ahora una, ahora otra, con la misma seguridad con que un acordeonista toca las teclas.

—¡Barco de la asociación a trescientos metros y acercándose! —anunció Spiker. El capitán continuó accionando las palancas en silencio—. ¡Doscientos cincuenta metros! ¡Doscientos cuarenta...!

De repente el *Cazatormentas* salió disparado hacia delante y la tripulación emitió un gruñido de aprobación. Por fin Twig sintió el suelo firme bajo sus pies y se sintió profundamente agradecido . ¡Lo habían logrado!

Lobo Tizón rompió el silencio y dijo con tranquilidad:

—Algo va mal.

«¿Mal? —pensó Twig—. ¿Qué puede ir mal? ¿Acaso no acabamos de escapar con el cargamento ilegal de leñoplomos?»

Echó un vistazo hacia atrás: sí, ahí estaba el barco de la asociación, pero ¡a mucha distancia!

—Algo va «muy» mal —repitió el capitán—. No podemos elevarnos.

Twig miró a Lobo Tizón horrorizado. Sentía el estómago vacío. ¿Qué era eso, un chiste? ¿Había elegido ese momento para tomarle el pelo como hacen los padres? Un vistazo a la pálida cara del capitán mientras movía con brusquedad una palanca y tiraba de ella cada vez con más fuerza le confirmó que no era así.

—Es el... Es el mal... Es el maldito peso de popa —renegó Lobo Tizón—. Está atascado.

—¡Barco de la asociación acercándose de nuevo! —gritó Spiker—. ¡Y por la bandera, diría que el jefe de la asociación está a bordo!

—¡Hubbel! —llamó el capitán, pero se lo pensó mejor. La enorme criatura no era la más apropiada para desplazarse por el casco; tampoco lo eran Tem Aguatrueno ni Stope Bocaprieta, y aunque el roblelfo, Spiker, pusiera toda su voluntad, no tendría la suficiente fuerza para liberar el gran peso de hierro. Slyvo Spleethe habría sido perfecto si no fuera tan cobarde, mientras que Mugbutt, el duende cabezaplana, pese a su valentía en la batalla, era demasiado estúpido para recordar lo que se suponía que tenía que hacer—. Será mejor que me ocupe yo —murmuró.

—¡Déjame a mí! —exclamó Twig dando un salto—. Soy capaz de hacerlo. —Lobo Tizón lo miró de arriba abajo e hizo una mueca—. Tú tienes que quedarte aquí para manejar las palancas cuando yo libere el peso.

—¡Barco de la asociación a doscientos metros y acercándose! —anunció Spiker.

—De acuerdo —aceptó Lobo Tizón asintiendo levemente—. Pero no me decepciones.

—No lo haré —aseguró Twig con seriedad mientras se dirigía a toda prisa a la parte posterior del barco.

Agarró un cabo y se subió a la borda. A lo lejos, muy abajo, vio un destello verde de los árboles.

—¡No mires abajo! —oyó que le gritaba Tem Aguatrueno.

A Twig le pareció que era más fácil decirlo que hacerlo mientras descendía sujeto a las jarcias del casco, que cubrían la parte inferior del barco como una telaraña. A medida que bajaba, lentamente, con mucho cuidado, iba quedando boca abajo. El viento le desordenaba los cabellos y le entumecía los dedos, pero por fin logró ver el peso de popa, completamente enredado con una cuerda.

Siguió adelante susurrándose palabras de ánimo a medida que avanzaba.

—Sólo un poco más. Un poquito sólo.

—¿Cómo va? —oyó gritar a su padre.

—¡Casi he llegado! —chilló el chico en respuesta.

—¡Barco de la asociación a cien metros por detrás, y acercándose! —informó Spiker.

Con los nervios de punta, Twig continuó adelante y dio un tirón al montón de cuerdas. El peso debería soltarse. Si pudiera... Avanzó unos milímetros y empujó el enorme nudo con la palma de la mano. De repente éste cedió, la cuerda se soltó, el peso se balanceó y... cayó abajo. Twig, horrorizado, ahogó un grito, mientras la enorme bola de hierro caía por el aire en dirección al bosque.

—¿Qué has hecho? —se oyó una voz. Era la de Lobo Tizón, y sonaba furiosa.

—Yo... yo... —tartamudeó Twig.

El barco se movía de lado a lado, de popa a proa,

completamente fuera de control. Al chico no le quedaba más remedio que agarrarse con fuerza. ¿Qué había hecho?

—¡Has dejado caer la rueda del timón! —gritó Lobo Tizón—. ¡Maldita sea, Twig, y yo que creía que Mugbutt era estúpido!

Twig se echó a temblar mientras recibía un aluvión de insultos y recriminaciones. Los ojos se le inundaron de lágrimas ardientes, que no podía secarse por miedo a caer. Por otra parte, pensó con tristeza si no sería mejor soltarse y desaparecer. Cualquier cosa antes que enfrentarse a la ira de su padre.

—Twig, ¿puedes oírme, muchacho? —resonó una segunda voz. Era Tem Aguatrueno—. Vamos a tener que deshacernos del cargamento, lo que significa que debemos abrir las compuertas del casco. ¡Será mejor que te apartes deprisa!

¡Deshacerse del cargamento! A Twig se le cayó el alma a los pies y las lágrimas fluyeron como un manantial. Tenían que tirar los leñoplomos que tanto esfuerzo y dinero habían costado, y todo por su culpa.

—¡Vamos! —gritó Tem.

Trepó febrilmente para regresar a través de las jarcias del casco, agarrándose con manos y pies hasta que alcanzó de nuevo la borda. Miró hacia arriba y vio que Tem Aguatrueno le alargaba su enorme mano roja para ayudarlo a subir. Se agarró con gratitud y respiró hondo cuando se encontró de nuevo en cubierta.

—¡Lo tenemos, capitán! —gritó Tem.

Twig iba a darle las gracias, pero el pirata aéreo se dio rápidamente la vuelta y se alejó, incapaz de mirarlo a los ojos. Sin cargamento no había soldada; y a pesar de ser un lugar miserable, uno no podía permanecer en Subciudad sin dinero ni medios para conseguirlo.

—¡Abrid las compuertas del casco! —ordenó Lobo Tizón.

—¡A las órdenes, capitán! —sonó la voz de Stope Bocaprieta desde la bodega.

Entonces, desde las entrañas del barco, llegó el ruido del chirriar de cadenas, seguido de un sonoro plas... plas... plas...

Twig apartó la mirada sintiéndose culpable. Eran los leñoplomos que caían, uno detrás de otro, hacia el vacío que se extendía por debajo del barco, al mismo tiempo que las compuertas continuaban abriéndose lentamente. Echó un vistazo por encima de la borda y, mientras lo hacía, el resto de la carga cayó de golpe. Como una lluvia extraña y mortífera, se desplomó sobre el Bosque Profundo, el lugar de donde había salido.

Al ver lo que ocurría, el barco de la asociación detuvo la persecución de inmediato y se abalanzó sobre los troncos que caían: una carga de ese volumen no se podía desdeñar. Twig

se sintió muy desgraciado. La pérdida del *Cazatormentas* se había convertido en una ganancia para el navío de la asociación.

—¿No podemos ir en su busca y enfrentarnos a ellos? —preguntó Twig—. Yo no tengo miedo.

Lobo Tizón le dirigió una mirada de completo desdén y le espetó:

—No tenemos timón, así que no podemos controlar el barco. La roca-vuelo es lo único que nos mantiene a flote. —Entonces bramó—: ¡Izad las velas, ocupad

vuestros puestos... y rezad! Rezad como nunca. Una ráfaga imprevista y el cargamento no será lo único que
perdamos; también perderemos el *Cazatormentas*.

Nadie dijo una sola palabra mientras el barco aéreo
volvía renqueando a Subciudad. Fue el viaje más lento
y tenso que Twig había vivido nunca. La noche ya había caído cuando distinguieron las luces borrosas de
Sanctaprax; bajo ella, Subciudad bullía y se afanaba
bajo una densa capa de humo. En el barco continuaba el
silencio. Twig se sentía muy desdichado. Habría sido
mejor que los piratas aéreos despotricaran y blasfema-
ran, y lo insultaran con toda clase de blasfemias que
existen bajo la bóveda celeste; cualquier cosa antes
que aquel silencio mortal.

Había barcos patrulla en los alrededores de Sanctaprax, pero ninguno prestó la menor atención al barco
mutilado mientras éste enfilaba los muelles flotantes.
Con las compuertas del casco todavía abiertas, estaba
claro que la embarcación no tenía nada que ocultar.

Lobo Tizón condujo el *Cazatormentas* hasta su
amarradero escondido, Stope Bocaprieta echó el ancla y
Spiker saltó al embarcadero para atar los cabos del barco a los amarres. La tripulación desembarcó.

—¡Fantástico, maestro Twig! —cuchicheó Slyvo
Spleethe al pasar por su lado.

Twig se estremeció, pero el comentario era de esperar: a Spleethe nunca le había gustado. Sin embargo,
era mucho peor el modo en que todos los demás evita-
ban su mirada. Se encaminó tras ellos hacia la pasarela
arrastrando con tristeza los pies.

—Tú no, Twig —dijo Lobo Tizón con aspereza.

El chico se quedó inmóvil. Ahora era cuando le tocaba recibir. Dio media vuelta, agachó la cabeza y esperó. Y cuando el último pirata hubo abandonado el barco, Lobo Tizón le habló.

—¡Quién me iba a decir que viviría para ver el día en que mi hijo, mi propio hijo, hundiera un barco aéreo! —exclamó.

Twig tragó saliva, pero las lágrimas luchaban por salir.

—Lo siento —susurró.

—¿Lo sientes? ¿De qué sirve que lo sientas? —tronó Lobo Tizón—. Hemos perdido los leñoplomos, la rueda del timón y ha faltado poco para que perdiéramos también el *Cazatormentas*. Y podría seguir enumerando más desastres. —Los ojos le brillaban como el acero—. Me avergüenzo de que seas mi hijo.

Aquellas palabras le hicieron tanto daño como si le hubieran dado un golpe en la nuca.

—¿Te avergüenzas de que sea tu hijo? —repitió, y mientras lo decía, el dolor se convirtió en ira. Entonces alzó la vista con valentía y añadió—: Pues vaya novedad.

—¿Cómo te atreves? —rugió Lobo Tizón enrojeciendo.

Pero Twig lo desafió y le espetó:

—Nunca, nunca le has dicho a nadie que eres mi

padre. ¿Significa eso que siempre te has avergonzado de mí, desde el momento en que nos encontramos? ¿Es así? ¿Es así? Dime que sí y me iré ahora mismo.

Lobo Tizón se quedó en silencio y el chico se dispuso a marcharse.

—¡Twig! —gritó Lobo Tizón—, espera. —Él se detuvo—. Mírame a la cara, chico —le ordenó.

Twig se giró lentamente y miró a su padre con expresión desafiante.

—Bien dicho —dijo el capitán con los ojos echando chispas—. Tienes razón. No le he contado a nadie del barco quién eres en realidad, pero no por la razón que tú crees. Algunos hombres no dudarían en amotinarse y quedarse con el *Cazatormentas* si se les diera un motivo. Si descubrieran lo... —hizo una pausa— lo importante que eres para mí, Twig... Ya deberías saberlo.

El muchacho asintió y se sorbió la nariz. Volvía a notar un nudo en la garganta.

—Si lo descubrieran —continuó—, nuestra vida estaría en peligro.

Twig bajó la cabeza. ¿Cómo podía haber dudado de lo que su padre sentía por él? Ahora era él quien se avergonzaba. Levantó la vista y sonrió con timidez.

—Entonces, ¿puedo quedarme? —preguntó.

—Hablaba en serio cuando dije que puedo perder el *Cazatormentas* —repuso Lobo Tizón frunciendo el entrecejo, preocupado.

—Pero ¿cómo? ¿Por qué? Es tu barco aéreo, ¿no? Creía que te lo habías quedado desde el día de tu nombramiento.

—Cuesta mucho mantener este tipo de barcos

—repuso con un bufido Lobo Tizón—, y desde la plaga de leñochinches, el *Cazatormentas* ha estado endeudado hasta las cejas. Contaba con el cargamento de leñoplomos para pagar parte del dinero que debo. Si alguien es el dueño del *Cazatormentas*, ésa es Madre Plumacaballo; es ella quien nos financia, y nuestro trato implica que le corresponde la mayor parte de los beneficios. Y ahora que no puedo pagarle, quizá decida quedarse con lo que le pertenece.

—Pero no puede hacer eso —gimoteó el chico, horrorizado.

—¡Oh, claro que puede! Es más, se asegurará de que nadie me preste dinero nunca más. ¿Y qué es un capitán pirata aéreo sin barco, Twig? ¿Eh? Te lo diré: nada; eso es. Nada en absoluto.

Twig giró la cabeza, angustiado. Saltaba a la vista que su padre, antaño el mejor académico caballero que Sanctaprax había tenido nunca y el mejor pirata aéreo del Límite en la actualidad, se enfrentaba a la ignominia. Y él, Twig, era el único responsable; todo cuanto ocurría era culpa suya.

—Lo...

—Por favor, no vuelvas a decir que lo sientes —lo interrumpió Lobo Tizón, y le dijo con aspereza—. Vamos, acabemos con esto de una vez. Sólo espero que el viejo buitre no esté de un humor muy codicioso. Y recuerda —le advirtió mientras se dirigía a grandes zancadas hacia la pasarela—: Cuando estemos hablando con Madre Plumacaballo en la Taberna del Roble Sanguino, ten cuidado con lo que dices e, incluso, con lo que piensas. ¡Las paredes oyen en ese lugar!

Capítulo cinco

La Taberna del Roble Sanguino

Crac, crac, crac, protestaba el cartel de la taberna mientras daba bandazos a merced del viento. Twig lo miró y se estremeció. El cartel, como era de esperar, consistía en una representación artística de un roble sanguino, el terrible árbol carnívoro. Una representación muy buena, por cierto, admitió: la corteza brillante, las poderosas mandíbulas... Cada vez que veía la imagen de uno de esos árboles, casi podía oler el hedor fétido y metálico de la muerte rezumando de él.

El hecho es que conocía muy bien los robles sanguinos. En una ocasión, perdido en el Bosque Profundo, fue víctima de un espécimen particularmente espeluznante, que se lo tragó entero y lo habría comido vivo si no hubiera sido por su chaleco de cuernolón, que se erizó ante el peligro y se le atragantó al monstruo. Con un estremecimiento debido al recuerdo, se preguntó por qué alguien querría poner a una taberna el nombre de una criatura tan desagradable.

—¿Te vas a quedar ahí embobado toda la noche? —le preguntó Lobo Tizón con impaciencia al tiempo que lo empujaba—. ¡Vamos, entremos!

Cuando abrió la puerta, ¡BLUF!, un estallido de energía le llegó desde el interior de la sala: calor, ruido, luz y una intensa mezcla de olores, tanto agradables como pestilentes. Se tambaleó hacia atrás. Por muchas veces que visitara la Taberna del Roble Sanguino, nunca se acostumbraría a la impresión del primer momento al entrar en ella.

La taberna era como una versión en miniatura de la propia Subciudad, y reflejaba la increíble diversidad del

lugar. Había duendes cabezamartillo y cabezaplana, roblelfos, pequignomos, enanos negros y enanos rojos,
trols y trogs de todas las formas y dimensiones; asimismo había asociados y piratas aéreos, jugadores y borrachos, mendigos y señores, mercaderes y artesanos...
Mientras Twig contemplaba el interior a través de la
puerta abierta, le pareció que no había ni una sola criatura, tribu o profesión del Límite que no estuviera re-
presentada en la abarrotada sala.

El papirotrog de la puerta reconoció a Lobo Tizón al instante y les informó de que Madre Plumacaballo estaba «en cualquier sitio de por aquí», y señaló alrededor. Twig permaneció pegado a su padre mientras éste se abría camino por la sala, y trató de no derribar la bebida de nadie mientras avanzaba porque los cabezaplana eran conocidos por su ligereza, de manera que se había rebanado más de una garganta por una jarra de leñobirra derramada. Aplastado y empujado por la sudorosa y pringosa masa de cuerpos, reconoció que Roble Sanguino era, después de todo, el nombre perfecto para aquella taberna.

La dueña estaba junto a la salida trasera y alzó la vista cuando Lobo Tizón se le acercó.

—Madre Plumacaballo —saludó él—, confío en que estés bien.

—Bastante bien —fue la cautelosa respuesta, y miró a Twig con gesto interrogante.

—¡Ah, sí! —exclamó Lobo Tizón—. Éste es Twig. Twig, ésta es Madre Plumacaballo. Quiero que esté presente en nuestra conversación.

El chico se echó a temblar al sentir sobre sí la feroz mirada de la criatura. Había visto a Madre Plumacaballo antes, pero siempre de lejos. De cerca, su presencia era imponente, intimidante.

Tan alta como el propio Lobo Tizón, tenía unos ojos amarillos pequeños y maliciosos, el pico afilado y un collar de plumas carmesí alrededor del cuello; los brazos también estaban cubiertos de plumas que, como la criatura mantenía las garras entrelazadas, le conferían el aspecto de una lechuza de colores morados y naranjas. A Twig le hubiera gustado saber si, bajo el voluminoso vestido amarillo, todo el cuerpo de Madre Plumacaballo estaría cubierto del mismo plumaje magnífico.

De pronto oyó unas risitas a su derecha. Se giró y allí, sobre un taburete, vio a un ser menudo, casi luminoso, que sonreía de oreja a oreja. Éstas eran enormes, como de murciélago.

Madre Plumacaballo levantó una ceja y miró a Twig amenazadoramente.

—Éste es Forfículo —dijo, y volvió a dirigir su mirada sin pestañeos a Lobo Tizón—. Él también estará presente en nuestra charla —le informó.

—Me da lo mismo —replicó el capitán y, como si Forfículo no estuviera allí, cuestionó—: ¿Qué es eso? Parece un cachorro de una camada de roblelfos.

—Es mi pequeño tesoro —susurró Madre Plumacaballo con una risita divertida—, ¿no es así, Forfi? Bueno, seguidme —les indicó—. Será mucho más cómodo hablar en el cuarto trasero; estaremos más tranquilos.

Y a continuación dio media vuelta sobre sus garras y salió por la puerta. Lobo Tizón y Twig la siguieron y Forfículo cerró la comitiva.

La habitación era húmeda, sin ventilación, hacía calor y olía a podrido. Mientras ocupaba su lugar en la pequeña mesa cuadrada, Twig se sintió cada vez más intranquilo. A la izquierda tenía a su padre, a la derecha, a Madre Plumacaballo, y enfrente se sentaba Forfículo, con los ojos cerrados y las orejas temblorosas. El pelo del chaleco de cuernolón se le erizó al tocarlo con los dedos.

Madre Plumacaballo colocó sus escamosas manos frente a ella, una encima de la otra, y sonrió a Lobo Tizón.

—Bien, bien —dijo, complacida—, aquí estamos de nuevo.

—Así es —corroboró el capitán—, y déjame que te diga lo sana y feliz que pareces esta noche, Madre Plumacaballo, y lo bien que te sienta el amarillo.

—Oh, Lobezno —contestó ella sin poder evitar pavonearse—, ¡tú siempre tan adulador!

—Lo digo muy en serio —insistió Lobo Tizón.

—¡Tú también estás tan atractivo como siempre! —La mujer pájaro profirió una exclamación ahogada, admirada.

Twig miró a su padre. Era cierto. Con su vistosa vestimenta de pirata aéreo: gorgueras, borlas y brillantes botones dorados, Lobo Tizón tenía un aspecto magnífico. Pero entonces, con un estremecimiento, Twig recor-

dó de repente cómo el enfado había transformado el rostro de su padre cuando él dejó caer la rueda del timón y el *Cazatormentas* empezó a caer en barrena, y cómo había maldecido cuando tiraron desde los cielos el precioso cargamento de leñoplomos.

Entonces miró delante de él: Forfículo lo observaba con atención. «Ten cuidado con lo que dices e, incluso, con lo que piensas», le había dicho su padre. De modo que le mantuvo la mirada al nocheciélago de orejas temblorosas y se estremeció de nuevo, inquieto.

—La rueda del timón, ¿eh? —oyó que decía Madre Plumacaballo. Estaba claro que las galanterías habían terminado—. Parece serio.

—Lo es —confirmó Lobo Tizón.

—Supongo que será caro. —Lobo Tizón asintió—. Bueno, estoy segura de que podemos llegar a un acuerdo —dijo ella alegremente—, siempre que la calidad de los leñoplomos esté a la altura de mis expectativas.

Twig sintió cómo palidecía al darse cuenta de la enormidad de lo que había hecho. Por su culpa, el *Cazatormentas* no volvería a volar nunca. El corazón le dio un vuelco, y cuando Forfículo se inclinó y le susurró algo al oído a Madre Plumacaballo, latió con más fuerza aún.

Los ojos de la mujer pájaro destellaron.

—Así pues, Lobezno —dijo—, ¿tú crees que estará a la altura? —Se inclinó sobre la mesa y le puso el pico en la cara—, ¿o tienes algo que contarme? —preguntó con una voz repentinamente cortante y severa.

—¿Contarte? Yo... —balbució él rascándose por debajo del parche—. El caso es...

Echó un vistazo a su hijo. Twig no lo había visto nunca tan derrotado, tan viejo.

—¿Y pues? —preguntó Madre Plumacaballo.

—Tuvimos un viaje de vuelta bastante accidentado —admitió Lobo Tizón—, pero lo resolveremos en nuestro próximo viaje...

—Pareces olvidar —interrumpió ella con brusquedad— que ya me debes diez mil, y eso sin intereses. Además, por supuesto, del coste de un nuevo timón... —Hizo una pausa exagerada y se puso a acicalarse las plumas del cuello con esmero—. No estoy segura de que vaya a haber un próximo viaje... —Twig se sintió desfallecer—. A menos —prosiguió ella sibilinamente— que yo ponga las condiciones.

—¿Y cuáles serían esas condiciones? —preguntó Lobo Tizón con calma y sin amilanarse.

Madre Plumacaballo se puso en pie, se dio media vuelta y entrelazó las manos a la espalda. Lobo Tizón y Twig la observaban con expectación. En los labios de Forfículo se dibujó una media sonrisa.

—Hace mucho tiempo que nos conocemos, Lobo

102

Tizón —dijo ella—. Pese a tu actual y desgraciada situación financiera, todavía eres el mejor pirata aéreo que existe; después de todo, no fue culpa tuya que los leñochinches arrasaran el *Cazatormentas*. —Volvió sobre sus pasos y se encaró al capitán—. Por eso te escojo a ti para ofrecerte lo que será tu mayor desafío. Si tienes éxito, cancelaré todas tus deudas.

—¿Y qué ganas tú? —inquirió Lobo Tizón con recelo.

—¡Ay, Lobezno, Lobezno! —contestó ella sofocando una risa—. ¡Me conoces tan bien...! —Los pequeños ojos le relucieron—. Es un gran trato; es lo único que puedo decir por ahora.

—Pero...

—Guárdate tus preguntas hasta que te lo haya explicado —lo interrumpió bruscamente Madre Plumacaballo, e inspiró hondo—. Me ha abordado el...

Forfículo se puso a toser ruidosamente.

—Un... académico de Sanctaprax —continuó ella—. Está buscando meteoprax, de hecho, grandes cantidades de ese material, y pagará muy bien por conseguirlo.

—Si lo necesita, ¿por qué no asalta el tesoro? —resopló Lobo Tizón—. Por lo que he oído decir, es lo que todo el mundo hace.

—Es, precisamente, para aumentar las mermadas reservas del tesoro para lo que necesita el meteoprax —dijo Madre Plumacaballo mirándolo impasible—. Ya se ha empleado demasiado para conseguir praxpolvo. —Y echó un vistazo al medallón de plata que le colgaba del cuello—. No es que nadie haya tenido mucho éxito en la búsqueda, pero si no lo intentamos, la roca flotante romperá sus cadenas y Sanctaprax quedará a la deriva, flotando a cielo abierto para siempre.

—¡Bah! —resopló Lobo Tizón—. ¡Sanctaprax! ¿Qué ha hecho Sanctaprax por mí?

Madre Plumacaballo ahogó una exclamación, irritada.

—Sanctaprax es parte integral de nuestras vidas —soltó con brusquedad—. Sus eruditos son los adivinos del tiempo, los hacedores de mapas, los tamizadores de nieblas y fantasmas que llegan de más allá del Límite. Son ellos los que descifran los sistemas que ordenan el caos. Sin ellos, Subciudad no existiría. Tú más que nadie deberías entenderlo, Lobezno.

—Lo único que sé es que Sanctaprax me robó mis mejores años y luego me rechazó —se defendió Lobo Tizón.

—Todavía te sientes estafado, y es natural —dijo Madre Plumacaballo, y los ojos le centellearon—. Por eso te ofrezco la oportunidad de que te vengues de los usurpadores.

Lobo Tizón la miró fijamente y de pronto se dio cuenta de lo que la taimada mujer pájaro quería.

—¿Me estás diciendo que quieres que navegue hasta la Espesura del Crepúsculo a buscar meteoprax fresco? —preguntó.

—Lo que estoy diciendo es que te doy una segunda oportunidad. Podrás poner en práctica todo lo que te enseñaron en la Academia de Caballeros y demostrarás que Lobo Tizón es algo más que un rajagargantas y un forajido. Por fin —añadió mientras hinchaba las plumas del pecho—, el magnífico *Cazatormentas* se utilizará para cumplir con el objetivo para el que fue construido: nada de transportar leñoplomo, como si fuera un barco de carga, sino... ¡cazar tormentas!

Twig se estremeció al oír aquellas palabras y el corazón le dio un vuelco.

—¡Cazar tormentas! —susurró saboreando cada sílaba, y sonrió excitado para sus adentros: «Cazaaaaaar tormentaaaaas».

Al instante todas las ilusiones que pudiera haber imaginado se hicieron añicos.

—¡Ni lo sueñes! —le espetó Lobo Tizón tajantemente.

—Pero vamos, Lobezno —trató de persuadirlo Madre Plumacaballo—, piensa en los vítores con que te recibirán cuando vuelvas triunfante, con meteoprax suficiente para mantener estable la roca flotante de Sanctaprax los próximos mil años. Piensa en la gloria; piensa en el poder —añadió en un susurro.

Twig deseaba ardientemente que su padre aceptara. Pero Lobo Tizón negó con la cabeza.

—Sin contar que, por supuesto —continuó diciendo ella—, cuando el tesoro esté de nuevo abastecido, esa maldita relación entre los catalluvias y los asociados se romperá por fin. —Se percibía la avidez en sus ojos—. Y tendrán que forjarse nuevas alianzas, se establecerá una nueva jerarquía. Imagínate lo arriba que podrías llegar. Tú y yo, Lobezno, sólo tú y yo en la cima.

Pero Lobo Tizón permaneció impasible y comentó:

—Muchos años han pasado desde que dejé la Academia, y el *Cazatormentas* ya no es lo que era...

—Lobezno, Lobezno... —lo reprendió Madre Plumacaballo—, ¡ahórrate la falsa modestia! Quintinius Verginix era el caballero más destacado que haya habido nunca en la Academia, y lo que aprendiste allí se ha depurado hasta convertirte en Lobo Tizón, el mejor capitán pirata aéreo que ha existido. —Twig oyó resoplar a su padre—. Y en lo que se refiere al *Cazatormentas*, haremos que lo reparen, lo reajusten y lo pulan de nuevo. Volará como no ha volado nunca.

Twig pensó que aquello convencería a su padre; no podía rechazar la oferta. Lobo Tizón sonrió mientras jugaba con sus mechones encerados.

—No —se negó otra vez. Echó ruidosamente la silla hacia atrás y se levantó de la mesa—. Y ahora, si me disculpas...

Madre Plumacaballo se dedicó a arañar el suelo con una súbita furia.

—¿Disculparte? —chilló—. No, no te disculpo. —Su voz iba subiendo de tono—. ¡No tienes opción! Yo tengo algo que tú necesitas y tú tienes algo que yo necesito. ¡Harás lo que yo te diga!

Lobo Tizón se limitó a reír por lo bajo mientras se dirigía hacia la puerta. Presa de una rabia incontrolable, Madre Plumacaballo se puso a aletear y retorcerse; la mesa se volcó y las sillas salieron volando. Mientras se apartaba de su camino, Twig observó por un momento

a Forfículo: estaba mirando fijamente la puerta, con las orejas agitadas y una sonrisa en los labios.

—¡Estás acabado! —gritaba ella—. Acabado, ¿lo entiendes? Me ocuparé de que nunca vuelvas a pisar un barco aéreo. Haré que...

Alguien llamó con suavidad a la puerta y, mientras Madre Plumacaballo se quedaba inmóvil, aquélla se abrió.

—¡Tú! —exclamó la mujer pájaro.

—Mi señor —dijo Lobo Tizón con respeto, y se arrodilló.

Twig observó lleno de confusión al recién llegado. Era viejo, muy viejo; tenía el pelo largo y blanco y llevaba un recio bastón que lo ayudaba en su andar vacilante. Con las sandalias rotas, los guantes sin dedos y la toga harapienta y llena de parches, parecía un vagabundo de los callejones. Y, sin embargo, ahí estaba su padre, arrodillado ante él.

Twig se volvió hacia Forfículo en busca de una explicación, pero el nocheciélago se había trasladado; ahora estaba sobre la mesa y, tapándose la boca con una huesuda y pálida mano, susurraba algo con insistencia al oído de la mujer pájaro. Habría dado cualquier cosa por saber qué le estaba diciendo, pero pese a que se esforzó todo lo que pudo, sólo oyó un pss... pss... pss... conspirativo.

El chico rezongó, volvió a

108

fijarse en su padre y refunfuñó otra vez. Si ya se había sentido decepcionado por la reacción de Lobo Tizón ante la propuesta de Madre Plumacaballo, ahora le mortificó que su padre siguiera arrodillado.

«¿Por qué no te levantas y plantas cara? —se preguntó con amargura—. ¿O es que piensas quedarte arrodillado para siempre?»

Capítulo seis

Screed Robadedos

El viaje a través de la Ciénaga estaba siendo la prueba más dura a la que Mim se había enfrentado jamás. Y si la jefe de los duendinocs consideraba difícil el avance, los demás estaban al límite de sus fuerzas. La preocupación de Mim crecía a cada minuto que pasaba.

Screed había dado instrucciones estrictas para que se mantuvieran todos juntos; sin embargo, cuanto más se adentraban en el interminable páramo enlodado, más se separaban.

Mim chapoteaba arriba y abajo a lo largo de la comitiva, tan rápido como le permitía el pringoso barro: desde los jóvenes que encabezaban la marcha hasta el viejo Torp, que la cerraba, y vuelta al principio, Mim ofrecía a todos palabras de ánimo mientras pasaba a su lado.

—Ya falta poco —les aseguraba—, casi hemos llegado.

El hedor fétido y estancado de la Ciénaga se volvía cada vez más intenso.

—Olvidad dónde estamos ahora y centrad todos

vuestros pensamientos en el maravilloso lugar al que nos dirigimos, un lugar lleno de oportunidades, donde los duendes son respetados y las calles están pavimentadas con oro.

Los duendinocs le devolvían una tímida sonrisa, pero ninguno hacía el menor esfuerzo por contestarle: no tenían energía suficiente. Incluso los jóvenes, que habían emprendido la marcha con entusiasmo, brincando como ovejas, veían ahora cómo los pies se les hundían lentamente en el barro. Mim sabía que no faltaba mucho para que alguien del grupo se rindiera.

—¡Eh! —le gritó a la flaca figura que andaba delante de ellos—, ¿podrías ir más lento?

—¿Qué pasa ahora? —preguntó Screed volviéndose bruscamente.

Mim se encaminó hacia él. El sol ardiente picaba con fuerza. Screed, con las manos en la cintura, esperó a que ella lo alcanzara mirándola irritado.

—Necesitamos un descanso —contestó Mim sin resuello.

Screed la miró de arriba abajo y luego entornó los ojos para contemplar el cielo.

—Seguiremos hasta que se ponga el sol —exigió—, y entonces nos detendremos para pasar la noche. Es demasiado peligroso avanzar en la oscuridad, con el barro movedizo y los orificios tóxicos...

—Por no mencionar a los boboglobos, los peces rezumadores y los cuervos blancos —lo interrumpió Mim con acritud—. Aunque la verdad es que todavía no nos hemos encontrado a ninguna de esas criaturas.

Screed Robadedos se irguió cuan alto era y la miró con desprecio.

—Discúlpame —le dijo en tono sarcástico—, pero tenía la impresión de que me habíais contratado como guía precisamente para evitar esos peligros. Si hubiera sabido que querías verlos con tus propios ojos...

Mim bajó la vista, avergonzada, y murmuró:

—Lo siento, es que... bueno, a algunos nos cuesta seguir tu ritmo.

Screed echó un vistazo a la fila de duendes.

—Pagasteis por un viaje de dos días —dijo secamente—. Si tardamos más, tendréis que pagar por ello.

—Pero ¡no nos queda más dinero! —gritó Mim.

Los amarillentos dientes de Screed relucieron entre los pálidos labios.

112

—Te lo repito —dijo mientras se daba media vuelta y emprendía de nuevo la marcha—: tendréis que pagar por ello.

Ya había oscurecido cuando Screed Robadedos decidió detenerse para pasar la noche. Escogió una elevación rocosa y dejó el farol en el suelo.

—Nos quedaremos aquí —gritó haciendo bocina con las manos a los que estaban detrás.

Uno tras otro, los duendes fueron llegando.

—Procura que ese bebé se esté callado —gritó Screed a una joven hembra que sostenía entre los brazos a un bebé que no dejaba de llorar—. Si no, atraerá a los peces rezumadores que se encuentren a kilómetros de distancia. —Elevó el farol e iluminó el camino

por el que acababan de llegar—. ¿Dónde están los demás? —gruñó—. Con un poco de suerte se habrán perdido...

—¡No, mirad! ¡Por ahí! —gritó un joven mientras señalaba a una extraña silueta achaparrada que arrastraba los pies hacia ellos a través de la niebla baja.

A medida que se acercaba, la figura se convirtió en tres: se trataba de Mim, que avanzaba a trompicones pero resueltamente sujetando a un pequeñín con un brazo y con el otro sostenía al viejo Torp.

—Parece que ya estamos todos —dijo Screed sonriendo.

Alentada por los aplausos de ánimo de sus compañeros, Mim recorrió el último tramo de lodo succionante hasta llegar al saliente rocoso. El viejo Torp se liberó de su brazo y se sentó en el suelo.

—Bien hecho, veterano —susurró ella casi sin aliento—. Lo has conseguido.

Dejó con suavidad en el suelo al niño que llevaba dormido y lo tapó con una manta. Entonces, gimiendo debido al esfuerzo, se irguió y contempló el lugar.

—Bueno, está claro que no es de los sitios más cómodos en que he pasado la noche —opinó—, pero al menos está seco, y eso es lo más importante. Así que gracias, Screed, por traernos aquí.

—Ha sido un placer —contestó él, ignorando las miradas hoscas que le dirigían los demás; después de todo, había visto aquella expresión cientos de veces—. Y ahora —añadió—, debéis dormir un poco.

No hizo falta decirlo dos veces. En unos segundos todos los duendinocs se habían envuelto con sus man-

tas, como si fueran una fila de capullos lanosos; todos menos Mim.

—¿Y tú? —le preguntó a Screed.

—¿Yo? —dijo él en tono autosuficiente mientras se sentaba en la roca más alta—. Tranquila, no te preocupes por mí. No necesito dormir mucho. —Observó fijamente el paisaje llano que centelleaba y brillaba a la luz de la luna como plata bruñida—. Además, alguien tiene que vigilar.

Mim se sosegó. A pesar de lo que había dicho antes, no le habría gustado para nada el sonido de los boboglobos, los peces rezumadores y los cuervos blancos. Le deseó buenas noches a Screed, se arrimó a dos jóvenes y, cuando un par de minutos después unas oscuras nubes taparon la luna, estaba ya, como todos los demás, profundamente dormida.

Screed escuchó el áspero coro de ronquidos y sonrió satisfecho.

—Felices sueños, pequeños enanos —susurró—, o duendes, o lo que quiera que seáis.

Se acercó el farol a medida que el cielo se fue cubriendo de nubes, y se sacó del cinturón un cuchillo que empezó a deslizar arriba y abajo sobre la roca lisa. De vez en cuando escupía sobre el metal e inspeccionaba la hoja a la luz de la luna. Luego volvía a su trabajo, lenta y metódicamente: ras... ras... ras... hasta que estuvo lo bastante afilado para cortar un pelo en dos.

¡Pobre de la criatura que creyera que podía vencerlo! Screed se levantó con el farol en una mano y el cuchillo en la otra. ¡Pobre de cualquiera que cayera en sus garras!

De pronto las nubes se abrieron y la luna iluminó la macabra escena en blanco y negro.

Mantas blancas. Sangre negra.

Un cuerpo huesudo y blanco avanzaba a tumbos sobre el barro. Una sombra negra se desplegaba sobre las rocas.

Cuervos blancos hurgaban. Actos negros. Actos monstruosos.

Agarrando fuertemente con su huesuda mano la bolsa de cuero, llena de su sangrante botín, Screed Robadedos emprendió el camino a través de la Ciénaga. A

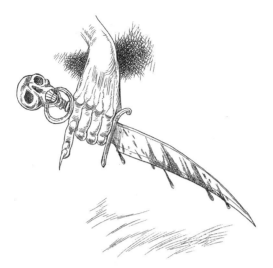

lo lejos, frente a él, la luna brillaba sobre los restos de un barco aéreo que descansaba medio enterrado en el barro, como un esqueleto gigante. Sin parpadear, Screed mantuvo la vista fija en las costillas rotas del barco en ruinas. Cada vez estaba más cerca. No vaciló ni una vez. No miró atrás.

—Por fin —murmuró Screed cuando llegó a los restos del barco.

Miró alrededor buscando señales de algún intruso y, cuando se convenció de que allí no había nadie ni nada, se introdujo en los oscuros huecos del barco ladeado.

Si algún curioso había aprovechado la ausencia de su dueño para investigar el lugar, habría quedado conmocionado de incredulidad al ver los horrores que el barco escondía. Para empezar, la húmeda y fría atmósfera rezumaba el acre hedor de la muerte y, además, a lo largo y a lo ancho, las paredes se hallaban cubiertas de dedos momificados clavados en la madera.

Los había grandes, pequeños, peludos, escamosos, con afilados espolones, con garras y palmípedos; todos ellos secos, arrugados y negros. Y éstos eran sólo una parte del total —los más selectos—, ya que en el rincón más alejado del casco, había miles y miles más formando un montón en forma de cuña.

Screed atravesó el barco aéreo por en medio del barro. No percibió los trofeos sangrientos que cubrían las paredes, ni el desagradable hedor: para Screed Robadedos, los restos del *Cortavientos* simplemente olían a su hogar.

Colgó el farol de un clavo sobre un enorme cofre de madera de leñoplomo y cristal, abrió la tapa, se agachó y se puso manos a la obra. Uno a uno fue cogiendo los dedos de su bolsa y, como si fuera un manicuro demente, se puso a limpiar debajo de las uñas con una pequeña lima. Pequeñas partículas de polvo, algunas de un blanco brillante, otras teñidas de sepia, cayeron dentro del cofre mezclándose con las que ya había. Cuando estuvo satisfecho con el trabajo, lanzó los dedos al enorme montón, junto con los otros.

Finalmente, miró dentro del cofre con satisfacción soñadora. Estaba lleno en sus tres cuartas partes de los residuos que había habido bajo las uñas.

—¡Oh, mi hermoso botín! —susurró—. Un día llenarás el cofre hasta arriba; muy pronto, si la suerte me sonríe. Y ese maravilloso día, quizá, sólo quizá, mi búsqueda se acabará.

Se puso en pie, cerró la tapa y se dirigió al exterior. La larga noche tocaba a su fin. A su izquierda, las nubes tormentosas de color púrpura se acercaban mientras la oscuridad se retiraba; a su derecha, en la distancia, había un barco aéreo que se recortaba contra el sol naciente.

Ambos se aproximaban.

Capítulo siete

Consentimiento y traición

Madre Plumacaballo miró preocupada cómo el anciano se acercaba a Lobo Tizón. Había aprendido a través de amargas experiencias que podía ser desastroso permitir que las diferentes partes (la oferta y la demanda, por decirlo de alguna manera) se encontraran. Era mucho mejor dirigir la operación: cerrando el trato, moviendo los hilos... Pese a todo, tal como había indicado Forfículo, puesto que ella había fracasado a la hora de convencer a Lobo Tizón para embarcarse en su empresa, el recién llegado era su única esperanza.

Éste se inclinó un poco, le dio un golpecito a Lobo Tizón con el bastón y le dijo:

—Levántate, Quintinius Verginix.

Twig vio que su padre se ponía de pie y levantaba la vista; los ojos le relucieron con reverencia y respeto, y en ese momento, el chico supo con absoluta certeza quién era aquel hombre viejo y pobremente vestido: el antiguo mentor y mecenas de su padre, el profesor de Luz.

—Ha pasado mucho tiempo, Quintinius —dijo el

anciano—. Eras el mejor académico caballero que ha habido en un centenar de generaciones, y aun así... —Hizo una pausa y miró a Twig, a quien veía por primera vez—. ¿Quién es éste, Plumacaballo?

—El muchacho me acompaña —contestó Lobo Tizón por ella—. Todo lo que tengas que explicarme puedes decirlo delante de él.

—¿Estás seguro?

—Absolutamente —replicó Lobo Tizón con educación pero con firmeza.

El profesor de Luz asintió con resignación y prosiguió:

—Te fallamos, Quintinius Verginix, lo sé. Pero ahora venimos a suplicarte como mendigos. Necesitamos tu ayuda.

Al ver a su padre inquietarse bajo la penetrante mirada del anciano, a Twig le recordó a sí mismo. Y cuando Lobo Tizón habló, fue su propio tono vacilante el que percibió en la voz del capitán.

—Yo... eeeh... Lo cierto es que... Madre Plumacaballo me ha hecho un resumen... del problema.

—¿Ah, sí? —se sorprendió el profesor—. Entonces comprenderás la gravedad de la situación, o quizá debería decir la falta de gravedad de la situación —añadió riéndose entre dientes de su chiste.

—Así pues, ¿Sanctaprax está realmente en peligro? —preguntó Lobo Tizón esbozando una leve sonrisa.

—Podría soltarse de sus amarres en cualquier momento —contestó el profesor—. Necesitamos provisiones de meteoprax. —Lobo Tizón escuchaba en silencio—. Los palpavientos y los oteanubes ya han confirmado que se acerca una gran tormenta. Cuando llegue, alguien tiene que estar preparado para perseguirla hasta la Espesura del Crepúsculo y hacerse con el meteoprax que se genere. Y ese alguien, mi querido Quintinius Verginix, eres tú. No hay nadie más que esté a la altura de esta misión. ¿Nos ayudarás, o quieres ver cómo Sanctaprax flota para siempre a cielo abierto?

Lobo Tizón le devolvió la mirada, impasible. Twig se preguntó qué le estaría pasando en esos momentos por la cabeza; ¿sí o no? ¿Qué iba a contestar?

Entonces Lobo Tizón hizo un levísimo asentimiento a la propuesta del profesor de Luz, y el corazón de Twig palpitó excitado. Pese a que la respuesta había sido mínima, no había duda de que su padre había aceptado.

¡Iban a cazar tormentas!

Al otro lado de la puerta, con la oreja pegada a ella, alguien más estaba excitado con la propuesta del viaje a la Espesura del Crepúsculo. Se trataba de Slyvo Spleethe, el cabo del *Cazatormentas*. Escuchó con atención los planes y memorizó todos los detalles; sabía que alguien le pagaría muy bien por aquella información.

122

Cuando oyó ruido de sillas, Spleethe se apartó de la puerta y volvió a la sala donde se servían las bebidas. No podían pillarlo escuchando a escondidas ahora. A su debido tiempo, el capitán descubriría que alguien se había enterado de sus planes.

Según los criterios de Subciudad, la Cámara de la asociación era lujosa: había tablones de madera en el suelo en lugar de tierra pisoteada y también cristales en la mayoría de ventanas. Gran parte de la habitación estaba ocupada por una mesa enorme en forma de anillo, a la que se sentaban todos los asociados de mayor rango que habían podido acudir a la reunión convocada con tan poco tiempo.

En el agujero circular del centro de la mesa había un taburete giratorio, y sobre él se sentaba Slyvo Spleethe.

Simenon Xintax, el jefe de la asociación, dio un golpe seco y fuerte con el mazo.

—¡Orden! —rugió—. ¡Orden!

La Cámara de la asociación quedó en silencio y todas las miradas se volvieron hacia él. Xintax se puso de pie y ordenó:

—¡Poneos las mitras de tres picos! —Se produjo una oleada de agitación mientras los asociados las cogían y se las colocaban. Xintax hizo un gesto de aprobación—. Declaro abierta esta reunión de emergencia de la Asociación de Mercaderes Libres de Subciudad —anunció—. Que comience el interrogatorio.

Los asociados se mantuvieron en silencio, pues es-

123

peraban que Xintax, como presidente, hiciera la primera pregunta —la más importante—, la pregunta que
daría el tono a las siguientes. Porque la verdad, como
sabían muy bien todos ellos, era escurridiza, y uno tenía que ir descubriéndola con mucho cuidado si no

quería correr el riesgo de que se convirtiera en otra realidad totalmente distinta.

Xintax tomó asiento.

—Si te preguntáramos, Slyvo Spleethe, si eres una persona honesta —cuestionó usando la enrevesada fórmula que la tradición requería—, ¿cuál sería tu respuesta sincera?

Spleethe tragó saliva y pensó que era una pregunta difícil. No cabía duda de que quería contestar a las preguntas de los asociados con honestidad, pero de eso a decir si él mismo era honesto había cierta diferencia, porque una persona con esa cualidad no habría estado escuchando a escondidas. Se encogió de hombros y se secó las gotas de sudor del bigote.

—Lo cierto es que... —balbució.

—Debes contestar a la pregunta con un sí o un no —lo interrumpió Xintax—. Todas las preguntas. Ni más ni menos. ¿Está claro?

—Sí.

—Está bien —aceptó Xintax con aprobación—. Así pues, repito: si te preguntáramos, Slyvo Spleethe, si eres una persona honesta, ¿cuál sería tu respuesta sincera?

—No —contestó Spleethe.

Un murmullo de sorpresa se propagó por la mesa y todos los asociados alzaron los brazos.

—¡Yo, yo, yo, yo! —gritaban intentando captar la atención del presidente.

—Lindus Ombligo, alcantarilleros y abreboquetes —indicó al fin el presidente.

Lindus, un personaje de aspecto enfurruñado y con

una única ceja muy negra que le recorría la frente en toda su extensión, hizo un gesto con la cabeza en dirección a Spleethe.

—Si te preguntáramos si tienes información referente a tu capitán, Lobo Tizón, antes conocido como Quintinius Verginix, ¿cuál sería tu respuesta sincera?

Spleethe giró sobre el taburete para mirar a quien le hacía la pregunta.

—Sí —respondió.

—Farquhar Manobrazo —dijo Xintax—, quitacolas y cortacuerdas.

—Si te preguntáramos si el *Cazatormentas* puede navegar, ¿cuál sería tu respuesta sincera?

—No —repuso Spleethe girando de nuevo en el asiento.

—Ellerex Tierraceniza, unidores y moldeadores.

—Si te preguntáramos si, debido a las circunstancias, serías capaz de matar a uno de tus compañeros de tripulación, ¿cuál sería tu respuesta sincera?

Spleethe respiró hondo y contestó:

—Sí.

Y de este modo continuó el interrogatorio. Los asociados planteaban sus preguntas y Spleethe las contestaba, una tras otra. Las preguntas no seguían ningún orden; por lo menos Slyvo Spleethe no era capaz de apreciarlo. A su parecer, habría sido mucho más práctico que le hubieran dejado explicar con detalle lo que había escuchado, pero no fue así. El interrogatorio se prolongó con preguntas cada vez más complicadas y más rápidas.

Poco a poco, en lugar de conocerse datos aislados,

126

salió a la luz toda la historia. Al plantear las cuestiones de forma tan indirecta, los asociados obtenían una imagen general —como en un cuadro—, en la que incluían hasta los más mínimos detalles; y con éstos determinaban exactamente qué debían hacer.

Simenon Xintax se levantó por segunda vez y, alzando los brazos, anunció:

—El interrogatorio ha terminado. Slyvo Spleethe, si te pidiéramos que juraras lealtad a la Asociación de Mercaderes Libres, renunciando a cualquier otro vínculo y prometiendo obediencia a nuestra voluntad, ¿cuál sería tu respuesta sincera?

La mente de Spleethe trabajaba a toda velocidad. Por las preguntas que le habían formulado, suponía que le estaban ofreciendo riquezas, aun sin decírselo. Y además, un barco aéreo propio. Y además, lo principal, categoría de asociado. Pero también sabía exactamente

qué era lo que esperaban de él, y por semejante hazaña quería más que riquezas: quería poder.

—Contestaré a esa pregunta con otra pregunta, si se me permite —repuso el pirata aéreo, y Xintax asintió—. Si os preguntara si, en el caso de llevar a cabo con éxito esta arriesgada misión, me convertiría en el nuevo jefe de la Asocia-

ción de Mercaderes Libres, ¿cuál sería vuestra respuesta sincera?

Xintax entornó los ojos. Se había enterado de muchas cosas acerca de Slyvo Spleethe gracias al interrogatorio. El cabo era un ser codicioso, traidor y engreído, así que no le sorprendió la pregunta.

—Sí —contestó el presidente.

—En ese caso —sonrió Spleethe— mi respuesta también es sí.

Al escucharlo, los asociados se pusieron solemnemente en pie, apretaron sus mitras de tres picos contra el pecho e inclinaron la cabeza. Simenon Xintax habló en nombre de todos:

—Hemos preguntado y tú has contestado, y se ha cerrado un trato. Pero ten clara una cosa, Spleethe; si tratas de embaucarnos, engañarnos o traicionarnos, no descansaremos hasta darte caza y destruirte. ¿Lo has entendido?

Spleethe le sostuvo la mirada con expresión adusta y replicó:

—Sí, lo he entendido. Pero no olvides, Xintax, que lo que vale para el leñocerdo vale también para la leñocerda: aquellos que me traicionan no viven lo suficiente para contarlo.

En la habitación de atmósfera viciada, situada detrás de la barra de la Taberna del Roble Sanguino, reinaba un ambiente de optimismo. Una vez terminados los tratos y después del aluvión de repetidos apretones de manos que el ritual requería, Madre Plumacaballo tocó una campana para llamar a sus servidores. Era hora de dar cuenta del festín preparado para celebrar que habían llegado a un acuerdo.

La comida era deliciosa y abundante, y la leñobirra corría profusamente. Twig guardaba un silencio satisfecho mientras escuchaba sólo a medias cómo los demás hablaban y hablaban. «Cazar tormentas. Cazar tormentas», no podía pensar en otra cosa, y su corazón se estremecía ante la perspectiva.

—Todavía creo que ha sido muy atrevido por tu parte suponer que íbamos a llegar a un acuerdo —oyó que decía Lobo Tizón mientras se reía entre dientes y atacaba su bistec de cuernolón.

—¿Por qué crees que no habría celebrado un festín incluso aunque no hubiéramos pactado? —preguntó la mujer pájaro.

—Por favor, Madre Plumacaballo —dijo Lobo Tizón—. Te conozco muy bien: «Si haces algo a cambio de nada, al menos hazlo en tu beneficio», ¿no era eso lo que decías?

Ella tableteó con el pico, divertida, y exclamó:

—¡Oh, Lobezno, eres único! —Se puso en pie y alzó su copa—. Y puesto que el acuerdo se ha cerrado a satisfacción de todos, me gustaría proponer un brindis. ¡Por el éxito!

—¡Por el éxito! —fue la respuesta entusiasta.

El profesor de Luz se volvió hacia Lobo Tizón y le dijo afectuosamente:

—Me alegro tanto de que hayas aceptado. No me habría gustado encomendarle una carga tan preciada a nadie de menos valía.

—Si te refieres al meteoprax —repuso Lobo Tizón—, primero tenemos que encontrarlo.

—No, Quintinius, no me refiero al meteoprax —contestó el profesor riendo—, hablaba de mí, puesto que voy a acompañarte. Juntos, con tu habilidad y mis conocimientos, podemos volver con meteoprax suficiente para terminar de una vez por todas con esta locura de construir cadenas.

—Pero ¿no sospechará Vilnix si llega a enterarse? —cuestionó Lobo Tizón frunciendo el entrecejo.

—Ahí es donde entramos nosotros —intervino Madre Plumacaballo, e hizo un gesto señalando al nocheciélago—. Mañana por la mañana, Forfículo hará una visita a Sanctaprax para anunciar el trágico accidente y la prematura muerte del profesor de Luz.

—Vaya, veo que vosotros dos habéis pensado en todo —dijo Lobo Tizón—. Sin embargo, quiero añadir una cosa más. —Y se volvió hacia Twig.

131

—Lo sé, lo sé —dijo éste riéndose—, no te preocupes; te prometo que no me meteré en ningún lío en este viaje; ¡ni uno solo!

—No, Twig, no tendrás ocasión —sentenció Lobo Tizón en tono duro—, porque no nos acompañarás.

Twig ahogó una exclamación. Se le cayó el alma a los pies y puso cara larga. ¿Cómo podía su padre decirle eso?

—Pero ¿qué será de mí? ¿Adónde iré? —preguntó.

—No te preocupes, Twigy —terció Madre Plumacaballo—, está todo arreglado. Te quedarás con nosotros...

—No, no, no —farfulló, incapaz de asumir lo que estaba ocurriendo—, no me puedes hacer esto; no es justo...

—Twig —rugió su padre—, ¡cállate!

Pero el chico no podía callarse.

—No confías en mí, ¿verdad? —gritó—. Crees que no sirvo para nada, que soy un inútil...

—No, Twig —lo interrumpió Lobo Tizón—, no creo que seas un inútil, y algún día, si el destino lo quiere, te convertirás en un formidable capitán pirata, estoy seguro de eso. Pero por el momento, te falta experiencia.

—¿Y cómo la voy a conseguir si me dejas aquí? Además —añadió con vehemencia—, no hay nadie vivo que tenga experiencia en cazar tormentas; ni siquiera tú.

Pero Lobo Tizón no mordió el anzuelo y respondió con calma:

—Ya he tomado mi decisión. Puedes aceptarlo por las buenas o eres libre de montar una pataleta como un niño; en cualquier caso, no nos acompañarás y no hay nada más que hablar.

Capítulo ocho

Partida

Así que zarpamos? —exclamó Tem Aguatrueno.

—Eso dice el Piloto de Piedra —replicó Spiker.

—Pero ¡ésa es una gran noticia! —dijo Tem—. Lo cierto es que, hace tres días, después de los problemas con los leñoplomos y de perder de aquel modo la rueda del timón, creía que el *Cazatormentas* no volvería a navegar nunca. Pero míralo ahora: reparado y listo, deseoso de zarpar. Nunca había visto los dorados tan relucientes.

—Y no son sólo los dorados —añadió Stope Bocaprieta—. ¿Te has fijado en las velas y los cabos? ¿Y en las jarcias? Todas están flamantes.

—Y también han realineado perfectamente los pesos —observó Spiker.

—Debemos estar a punto de embarcarnos en algo realmente importante —comentó Tem Aguatrueno mientras se mesaba la barba, pensativo.

—No hace falta ser un genio para darse cuenta de eso —dijo Stope Bocaprieta—. La pregunta es: ¿en qué?

—Estoy seguro de que el capitán nos lo contará cuando esté preparado —replicó Tem.

—Sin duda —admitió Stope Bocaprieta—; pero si vamos a zarpar será mejor que lo hagamos ahora, al abrigo de la oscuridad.

—Al contrario —opinó Tem Aguatrueno—, creo que deberíamos aguardar el momento oportuno y esperar hasta mañana por la mañana.

—¿Quééé? ¿Y partir a la vista de las patrullas de la asociación? —se alarmó Stope Bocaprieta—. ¿Has perdido el juicio?

—Yo no, Stope —replicó Tem—; eres tú quien ha olvidado que, tal como está el *Cazatormentas* ahora, podemos dejar atrás a cualquier barco de la asociación que decidan enviar en nuestra persecución.

—Sí, pero... —protestó Stope.

—De cualquier modo —continuó Tem Aguatrueno—, la Ciénaga es un lugar peligroso en el mejor de los casos: cruzarlo en medio de la oscuridad sería una locura, con todos esos orificios tóxicos entrando en erupción por todas partes y sin espacio para amarrar el ancla en caso de tormenta. Por no hablar de que es imposible distinguir dónde termina el cielo y dónde comienza el suelo. Recuerdo que una vez (yo no debía de ser más que un muchacho por aquel entonces) regresábamos a casa y...

—Ahí está el capitán —susurró Spiker interrumpiéndolo—; y no viene solo.

Tem Aguatrueno se calló, y junto con Stope Bocaprieta y Spiker se dispusieron a saludar a los dos personajes que trepaban por la barandilla.

—Capitán —dijo Tem con entusiasmo—, ¡justo la persona que quería ver! Quizá puedas solucionar una pequeña disputa que tenemos. Stope sostiene que...

—No, Tem, no puedo —soltó Lobo Tizón con brusquedad y miró con ojos escrutadores alrededor, en medio de la oscuridad—. ¿Dónde está Hubbel?

—Bajo cubierta, capitán —indicó Tem—, con Mugbutt. Creo que están los dos ayudando al Piloto de Piedra a hacer los ajustes finales a la rueda del timón.

—Está bien. ¿Y dónde está Spleethe?

Los piratas aéreos se encogieron de hombros.

—Hace rato que no lo vemos —dijo Tem Aguatrueno—. Lo perdimos en Subciudad; debe de estar todavía en tierra.

—¿Qué? —tronó Lobo Tizón, furioso—. ¿Cuántas veces tengo que deciros que bajo ningún concepto debéis dejar a Slyvo Spleethe solo? ¡A saber lo que está tramando ahora!

—Al principio estuvo con nosotros en la Taberna del Roble Sanguino —explicó Stope Bocaprieta—, pero poco después desapareció.

Lobo Tizón movió la cabeza con incredulidad y le explicó al profesor de Luz:

—Spleethe es nuestro cabo. No es de fiar y está deseando amotinarse. Me entran ganas de zarpar sin él, pero resulta que es muy bueno en su trabajo. Y como Twig no vendrá con nosotros, eso significaría que tendríamos dos miembros menos en la tripulación. —Volvió a mover negativamente la cabeza—. No me puedo arriesgar.

—¿Twig no vendrá con nosotros? —preguntó Tem Aguatrueno, sorprendido—. ¿Se ha puesto enfermo el muchacho?

—No, Tem, no está enfermo —replicó Lobo Tizón con enfado—. Además, no es asunto vuestro lo que le haya pasado...

—Pero...

—¡Basta! —gritó el capitán—. No permitiré ni un asomo de insubordinación delante de nuestro invitado. —Y dándose la vuelta hacia el profesor de Luz, le dijo—: Ahora, si hacéis el favor de seguirme, señor, yo mismo os enseñaré vuestro camarote.

—Muchas gracias, me encantaría. Tengo que hacer algunos cálculos de última hora antes de partir.

—Claro, claro —asintió Lobo Tizón, y se lo llevó antes de que explicara demasiadas cosas acerca del viaje.

Los tres piratas aéreos se miraron unos a otros confundidos. ¿Quién era aquel anciano? ¿Por qué Twig no iría con ellos? ¿Y adónde iban? A todo esto, Lobo Tizón se giró repentinamente.

—Las conjeturas inútiles son el pasatiempo de los tontos —observó. Y todos bajaron la vista con aire de culpabilidad—. Informadme así que llegue Spleethe.

—¡A la orden, mi capitán!

Twig miró con abatimiento su copa de leñochampán. Hacía ya mucho rato que Madre Plumacaballo le había servido la bebida, «para levantarle el ánimo», le había dicho a Forfículo. Ahora estaba caliente y sin burbujas.

A su alrededor el jolgorio de los borrachos continuaba a toda marcha. Se oían risas estentóreas e insultos, se contaban historias, se cantaban canciones y estallaban violentas discusiones a medida que los duendes cabezaplana y cabezamartillo se iban volviendo más volubles. Al dar la medianoche, una hembra de lumpentrol comenzó a bailar la conga y, en unos minutos, la taberna en pleno se agrupó en una larga fila que daba vueltas alrededor de la habitación.

—¡Vamos, anímate, compañero —oyó Twig que alguien le decía—, quizá no ocurra nunca!

El chico se giró y se encontró frente a frente con un sonriente pequignomo que estaba de pie a su lado.

—Ya ha ocurrido —suspiró.

Desconcertado, el pequignomo se encogió de hombros y se unió de nuevo al baile. Twig se dio la vuelta de nuevo y, poniendo los codos sobre la barra, apoyó la cabeza entre las manos mientras se tapaba los oídos con los dedos y cerró los ojos.

—¿Por qué me has abandonado aquí? —susurró—. ¿Por qué?

Por supuesto, sabía de sobra lo que le habría respondido su padre: «Sólo pienso en tu bienestar», o «Algún día me lo agradecerás», o, la peor frase: «Todo esto es por tu bien».

Twig se dio cuenta de que, poco a poco, su pena y su pesar se transformaban en rabia. No estaba bien, no estaba bien en absoluto. La vida en el *Cazatormentas* sí estaba bien; estar con su padre, después de una separación tan larga, estaba bien; navegar los cielos en busca de abundantes riquezas estaba bien; pero quedar a cargo de Madre Plumacaballo en su sórdida y abarrotada taberna mientras el *Cazatormentas* y su tripulación zarpaban en aquel viaje increíble estaba indescriptiblemente mal.

Para torturarse un poco más aún, pensó en todo lo que se estaba perdiendo: fantaseó con lo que se sentiría al ser arrastrado por la estela de una gran tormenta, trató de imaginar un único rayo que se inmovilizaba en el aire y se convertía en meteoprax y se preguntó cómo debía de ser aquella Espesura del Crepúsculo de la que todo el mundo hablaba tan mal. Porque, pese a que el *Cazatormentas* a menudo la había sobrevolado, ningún pirata aéreo se había arriesgado a aventurarse en su interior.

Se preguntó si sería como el Bosque Profundo de su infancia: un bosque exuberante e interminable, lleno de vida y de toda clase de árboles, desde las zumbananas hasta los carnívoros robles sanguinos, y que era además el hogar de incontables tribus, habitantes y criaturas de todo tipo...

138

¿O sería tan misteriosamente peligroso como decían las leyendas? Un lugar de interminable degeneración, de confusiones y engaños, de locura al fin. Eso es lo que decían los juglares acerca de la Espesura del Crepúsculo al contar sus historias, que pasaban de boca en boca, de generación en generación.

El muchacho suspiró. Ahora nunca lo sabría; la que debería haber sido la mayor aventura de su vida le había sido arrebatada por su propio padre. Porque, aunque lo hubiera hecho para evitarle riesgos porque, tal como le había dicho, «era importante para él», Twig lo vivía como un castigo.

—¡No es justo! —se quejó.

—¿Qué es lo que no es justo? —Oyó que le decía una voz a la altura del codo.

El chico dio un respingo. Si era el ridículo pequignomo sonriente que intentaba sacarlo a bailar de nuevo, le daría una buena. Alzó la cabeza, enfadado.

—¡Spleethe! —exclamó.

—¡Maestro Twig! —respondió Spleethe haciendo una mueca que dejó al descubierto dos hileras de dientes amarillentos y mal colocados—. Ya me parecía que eras tú. Justo la persona a la que estaba buscando; aunque lo cierto es que me entristece encontrarte tan apenado.

—¿Me estabas buscando a mí? —preguntó el chico, sorprendido.

—Pues lo cierto es que sí —susurró Spleethe mientras se pellizcaba el mentón pensativamente. Twig tragó saliva mareado al verle la mano, sin varios dedos y con muñones—. Sabes, no he podido evitar darme cuenta de que estabas presente durante la conversación entre nuestro buen capitán y la mujer pájaro.

—¿Y qué si es así? —repuso Twig con recelo.

—Es sólo que, bueno... aunque, naturalmente, el capitán me ha puesto al corriente de todos los detalles de nuestra pequeña empresa...

—¿Te lo ha contado?

—Por supuesto: perseguir la Gran Tormenta hasta la Espesura del Crepúsculo, la búsqueda del sagrado meteoprax... lo sé todo. Es sólo que... A veces la memoria, ya sabes...

Spleethe andaba a la caza de algo. El jefe de la asociación le había pedido más de lo que esperaba: hacerse con el *Cazatormentas*, matar a Lobo Tizón y entregar el meteoprax. Su tarea iba a ser difícil y se habría dado

140

de cabezazos contra la pared por haber abandonado la taberna tan apresuradamente hacía un rato. Al fin y al cabo, si quería tener éxito, necesitaba saberlo todo acerca de aquella reunión, incluida la parte que se había desarrollado tras su partida.

—Soy estúpido, ya lo sé —masculló con astucia—, pero no consigo acordarme de cómo dijo Lobo Tizón que había concluido la reunión.

La reacción de Twig cogió al cabo por sorpresa.

—¿Concluido? —dijo el chico, enojado—. Te diré cómo ha concluido: me han dicho que tengo que quedarme aquí, en Subciudad, con Madre Plumacaballo, mientras todos vosotros zarpáis hacia la Espesura del Crepúsculo.

—¿Quedarte aquí? —repitió bajito—. Cuéntame más, maestro Twig; abre tu corazón. —Luchando por contener las lágrimas, el muchacho negó con la cabeza—. Pero maestro Twig —insistió Spleethe, con voz quejumbrosa y aduladora—, un problema compartido es medio problema. Y por supuesto, si hay algo que yo pueda hacer, cualquier cosa...

—Es el capitán —soltó Twig—. Dice que está preocupado por mi seguridad, pero... pero... no lo creo. No puedo creerle. ¡Se avergüenza de mí, eso es lo que pasa! —sollozó—. Se avergüenza de tener a este zoquete perdido y larguirucho por hijo.

Spleethe elevó las cejas en señal de sorpresa. ¿Así que Lobo Tizón era el padre del chaval? Eso sí que era interesante, muy interesante, y la mente se le puso en marcha tratando de encontrar una forma de usar aquella información en su beneficio. Recobró la compostura y puso una mano sobre el hombro de Twig.

—El capitán tiene un gran corazón —afirmó con suavidad—, y estoy seguro de que sólo piensa en tu bien. Sin embargo... —Twig se sorbió la nariz y escuchó al pirata—. Sin embargo, hay sólo un pequeño paso entre ser protector y ser sobreprotector; yo creo que el viaje a la Espesura del Crepúsculo podría hacer de ti un hombre.

—Pues no será así —rezongó el chico con cara de pocos amigos. Apartó la mano de Spleethe de su hombro y le dio la espalda—. ¿Por qué no te vas?

Por un momento Spleethe esbozó una sonrisa, pero desapareció enseguida y dijo:

—Maestro Twig, no tengo intención de regresar solo al *Cazatormentas*. Creo, y lo digo con toda franqueza, que el capitán se ha equivocado. Está claro que tienes que acompañarnos en nuestro viaje por la Espesura del Crepúsculo. Mira, éste es mi plan —susurró y acercó el rostro al de Twig. Su aliento apestaba a agrio—: te subiremos clandestinamente a bordo. Puedes viajar de polizón bajo cubierta, en el camarote de Mugbutt; nadie sospechará que te escondes ahí.

Twig continuó escuchando en silencio. Sonaba demasiado bien para ser verdad; sin embargo, sabía perfectamente que Lobo Tizón acabaría por descubrirlo, y cuando eso ocurriera tendrían problemas.

—Todo irá bien, ya verás —continuó Spleethe con su tono empalagoso—. Cuando llegue el momento, yo mismo le diré al capitán que estás a bordo; lo convenceré y haré que lo entienda. Déjame a mí.

Twig asintió, y Spleethe le dio un apretón en el codo con sus huesudos dedos y le dijo:

—Muy bien; entonces vámonos, antes de que cambie de idea.

Las cosas no iban bien a bordo del *Cazatormentas*. La tripulación se mantenía en silencio, nerviosa, mientras el capitán caminaba de arriba abajo del alcázar, rojo de ira.

El profesor de Luz, recién equipado con un abrigo de pirata y un juego de alas plegables, había informado al capitán de que la Gran Tormenta podía llegar en cualquier momento. De eso hacía varias horas y, sin embargo, el barco aéreo aún no había zarpado.

Lobo Tizón se detuvo, se agarró a la borda y bramó a la noche:

—SPLEETHE, MISERABLE PERRO SARNOSO, ¿DÓNDE DEMONIOS ESTÁS?

Al darse la vuelta, Lobo Tizón vio al cabo salir por la escotilla de popa. Lo observó sin creérselo.

—¡Spleethe —masculló—, estás aquí!

—Me ha parecido que me llamabas —dijo él en tono inocente.

—¡Hace más de tres horas que te llamo! —rugió

Lobo Tizón—. ¿Se puede saber dónde has estado?

—Con Mugbutt. Tiene una herida en el pie que se le ha infectado. Está hinchada y tiene muy mal aspecto; la pobre criatura deliraba a causa de la fiebre.

El capitán inspiró con brusquedad. Por lo visto, había encontrado al cabo sólo para descubrir que había perdido a su mejor luchador, puesto que Mugbutt era intrépido en todas las batallas y les había sacado de más líos de los que podía recordar.

—Entonces, ¿cómo está Mugbutt? —preguntó.

—Lo he dejado durmiendo —replicó Spleethe—. Si la fortuna lo quiere, cuando se despierte volverá a ser el de siempre.

Lobo Tizón asintió. Zarpar hacia la peligrosa Espesura del Crepúsculo sin Mugbutt suponía un riesgo.

Pero ya que la Gran Tormenta estaba a punto de llegar,
era un riesgo que debía asumir.

—Acercaos —llamó el capitán a la tripulación—,
tengo algo importante que deciros.

Los piratas aéreos escucharon con la boca abierta
mientras Lobo Tizón les exponía los planes.

—Cazar tormentas... —susurró Tem Aguatrueno
con reverencia.

—¡La Espesura del Crepúsculo! —se estremeció
Spiker.

—Y nuestra misión será —continuó explicando
Lobo Tizón—, como debería haber sido siempre, conseguir meteoprax para el tesoro de Sanctaprax.

—¡Meteoprax! —exclamó Slyvo Spleethe con los
demás, simulando sorpresa.

—Sí, meteoprax —repitió Lobo Tizón—. Y por eso el profesor de Luz viajará con nosotros. Él conoce sus propiedades y se asegurará de que volvamos sanos y salvos con nuestro precioso cargamento.

Spleethe frunció el entrecejo. Así que el recién llegado era el profesor de Luz; ¡si lo hubiera sabido antes!

—Muy bien, rufianes aéreos —anunció Lobo Tizón—, a vuestros puestos. Zarparemos de inmediato. —Mientras los piratas salían disparados en todas direcciones, Lobo Tizón se dirigió hacia el timón a grandes zancadas—. ¡Soltad las troleamarras! —gritó.

—¡A la orden! —respondió Spiker—. ¡Troleamarras soltadas!

—¡Descolgad los garfios!

—¡Garfios descolgados!

—¡Levad anclas!

Mientras recogían el ancla, el *Cazatormentas* se liberó de las amarras y se elevó por los aires.

—¡Vamos, precioso! —susurró Lobo Tizón a su barco mientras éste daba bandazos y se tambaleaba, en respuesta a la más leve presión sobre las palancas de las velas y los pesos—. No hay duda, ¡de nuevo bullicioso, como cuando te construyeron! Perdóname por todas las veces que te he usado como barco de carga; no tenía elección.

Pero ahora, mi maravilloso cazador de tormentas, ha llegado tu hora.

Mientras rompía el alba, para gran alegría de Tem Aguatrueno y Stope Bocaprieta, el *Cazatormentas* abandonó majestuosamente Subciudad, sin que nadie le pusiera ningún obstáculo. Tenues rayos de colores rosas y naranjas surcaban el cielo por donde salía el sol, y un momento después, éste apareció en el horizonte por estribor y se elevó poco a poco, rojizo y trémulo.

Lobo Tizón suspiró de impaciencia. El tiempo era imprevisiblemente bueno. ¿Qué había ocurrido con la Gran Tormenta que los palpavientos y los oteanubes habían predicho, y que el propio profesor de Luz había confirmado?

Justo entonces, Spiker dejó escapar un grito desde su puesto de vigía.

—¡Tormenta a babor! —aulló.

El capitán escudriñó en la distancia. Al principio no notó nada extraño en la oscuridad uniforme de la noche que terminaba. Pero en ese momento hubo un estallido de luz, y otro a continuación. Se produjeron pequeñas y deslumbrantes ráfagas de luz en forma de círculo; un círculo que, cuando se acababa el resplandor, permanecía en el cielo. Negro sobre añil. Y cada vez era más grande.

La luz centelleó de nuevo, y Lobo Tizón observó que no se trataba de un círculo, sino más bien de una bola, una inmensa y chisporroteante bola de energía eléctrica, hecha de luz y oscuridad, que se desplazaba con rapidez por el cielo hacia ellos.

—¡Es la Gran Tormenta! —rugió superando el creciente aullido del viento—. ¡Levad la vela mayor, cerrad las escotillas y ataos bien! ¡Vamos a cazar tormentas!

Capítulo nueve

Cazar tormentas

*A*l principio a Twig le había parecido una buena idea viajar de polizón en el barco pirata aéreo, pero ahora ya no estaba tan seguro. Mientras el *Cazatormentas* se sacudía y se bamboleaba, tuvo arcadas y la frente se le cubrió de sudor frío al mismo tiempo que las lágrimas se le escurrían por las ardientes mejillas.

Mugbutt soltó una risa desagradable.

—¿Mareado? —preguntó con sorna—. Esto es demasiado duro para ti, ¿verdad?

Twig negó con la cabeza. No era el vuelo lo que provocaba que se sintiera enfermo, sino respirar el aire fétido y cálido que tenía que compartir con el duende. Los cabezaplana no tenían fama de limpios, y Mugbutt era un espécimen especialmente guarro; nunca se lavaba, su lecho de paja estaba mojado y sucio y por todas partes había restos de la carne que recogía de la mesa después de la cena, en distintos estados de descomposición.

Cubriéndose la nariz con su bufanda, Twig respiró hondo. Poco a poco las náuseas remitieron y, con ellas, el desagradable pitido en los oídos. Inspiró de nuevo.

Le llegaban desde el exterior los familiares sonidos de Subciudad, mientras el *Cazatormentas* se apresuraba a través de los concurridos muelles y sobrevolaba los mercados de la mañana, las fundiciones y las forjas. Tratos, bromas, el chillido de animales y el ruido de los martillos; una risa socarrona, una canción, una explosión apagada: la intrincada cacofonía de Subciudad que, incluso a esa temprana hora del día, estaba ya en pleno apogeo.

Pronto los sonidos se amortiguaron y desaparecieron, y fue consciente de que habían abandonado la bulliciosa ciudad y se disponían a atravesar la Ciénaga. Ahora oía los ruidos del propio *Cazatormentas*: crujidos y gemidos y el aire sibilante al ser cortado por el casco. De la parte inferior del barco aéreo le llegaban los chillidos y los arañazos de los averratas que vivían

en las entrañas del buque, y desde arriba, si se esforzaba, el murmullo de voces.

—¡Cuánto me gustaría estar allí arriba con ellos! —susurró Twig.

—¿Y enfrentarte a la cólera del capitán? —gruñó Mugbutt—. No lo creo.

Twig suspiró. Sabía que el cabezaplana tenía razón. Lo más seguro era que Lobo Tizón lo despellejara vivo cuando descubriera que lo había desobedecido; pero permanecer allí escondido bajo cubierta era una tortura.

Echaba de menos la sensación del viento alborotándole el cabello y la de surcar los aires, que le permitía ver allá abajo todos los lugares del Límite, como si se tratara de un intrincado mapa que se desplegaba, y en lo alto, la enorme amplitud del cielo abierto e interminable.

En su infancia, vivida en el Bosque Profundo, había deseado elevarse por encima de las copas de los árboles y explorar el cielo. Era como si, ya entonces, supiera que ése era su lugar. Quizá había sido así. A fin de cuentas, el mismo Lobo Tizón había dicho en más de una ocasión que la piratería se llevaba en la sangre, y de tal padre...

Oía cómo éste gritaba las órdenes y sonrió al imaginarse a la tripulación corriendo arriba y abajo para cumplirlas. Lobo Tizón era estrictamente eficaz; duro pero justo, y decía mucho en su favor que el *Cazatormentas*, gobernándolo él como capitán, hubiera tenido menos bajas que cualquier otro barco aéreo.

Sin embargo, era precisamente la severidad de su

152

justicia lo que obligaba a Twig a estar escondido en el camarote del cabezaplana, demasiado asustado para salir hasta que Slyvo Spleethe hubiera hablado con Lobo Tizón acerca de él. Lo único que podía hacer era esperar.

—¡Tormenta a estribor y viene hacia nosotros! —oyó gritar a Spiker con estridencia—. ¡Tres minutos para la colisión, y aproximándose!

—¡Asegurad ese petifoque! —rugió Lobo Tizón—. ¡Y revisad todas las cornamusas!

Mientras el barco aéreo viraba con brusquedad a la izquierda, Twig alargó la mano hacia el montante principal y se agarró con fuerza. Sabía que la turbulencia era sólo un anticipo de lo que estaba por llegar. En una situación normal, teniendo una tormenta tan cerca, el *Cazatormentas* descendería, echaría el ancla y se quedaría ahí hasta que aquélla hubiera pasado. Pero en ese momento no haría tal cosa.

En ese momento el barco aéreo se enfrentaría a la tormenta allí arriba, en el cielo. Se acercaría cada vez más dando bordadas hasta que fuera atraído hacia la fuerza de la estela del huracán; y volaría más y más rápido avanzando palmo a palmo en dirección al centro de la tempestad. Entonces, en cuanto Lobo Tizón lo considerara adecuado, descendería describiendo círculos y atravesaría la barrera exterior del ojo de la tormenta.

Esa maniobra era la más peligrosa, porque si el *Cazatormentas* volaba demasiado lento, se desintegraría debido a la violencia del viento, pero si volaba demasiado rápido, corría el riesgo de atravesar la tormenta, emerger por el lado opuesto y ver con impotencia cómo ésta seguía su curso sin ellos. En ambos casos, el viaje en busca de meteoprax habría terminado.

No, eso no podía suceder. Twig había oído que sólo había una forma de penetrar con seguridad en la calma de una gran tormenta: mantener el barco aéreo en un ángulo de 35 grados contra el viento; al menos ésa era la teoría. Sin embargo, mientras el navío daba sacudidas y él esperaba ya una muerte espantosa, le pareció que el *Cazatormentas* era absurdamente pequeño y frágil para aquella tarea sobrecogedora.

—¡Un minuto para la colisión, y contando! —gritó Spiker por encima del rugido que se aproximaba.

—¡Asegurad el spinnaker! —chilló Lobo Tizón—. Spiker, baja de la cofa, ¡ahora mismo!

Twig no había percibido nunca tanto apremio en la voz de Lobo Tizón y se preguntó qué aspecto debía de tener la Gran Tormenta para que sobrecogiera a su padre, el gran Quintinius Verginix, hasta el punto de sentirse aterrorizado. Tenía que verlo con sus propios ojos.

De modo que se cogió con las manos a una viga transversal y se arrastró hacia el casco. A pesar de que a aquella profundidad no había ojos de buey en el barco aéreo, las grietas que había entre las planchas curvas de leñolufo eran lo bastante anchas en algunos lugares para mirar por ellas. Chispas afiladas de luz surcaban la oscuridad. Cuando llegó hasta el casco, se arrodilló y escudriñó a través de las hendiduras.

A sus pies distinguió el vasto y monótono páramo de la Ciénaga cuya superficie de barro blanco se ondulaba a causa de la fuerza del viento, como si toda aquella tierra yerma se hubiera transformado en un vasto

154

océano; y allí en medio, para completar la ilusoria visión, había un barco.

—Pero no está navegando —murmuró Twig mientras observaba los restos lejanos de aquel naufragio—; y probablemente nunca volverá a hacerlo.

Mientras el *Cazatormentas* aceleraba, se dio cuenta de que el barco no estaba abandonado, pues había alguien allí, una figura alta y delgada que agitaba el puño hacia el cielo. Tan descolorido como todo lo que lo rodeaba, quedaba bien camuflado, y Twig ni siquiera habría reparado en aquel personaje si no hubiera visto cómo los destellos de la tormenta que se avecinaba relucían en el cuchillo que blandía en la mano.

«¿Acaso maldice la tormenta? —se preguntó Twig—. ¿O tal vez la visión del *Cazatormentas* atravesando el cielo ha colmado de rabia a ese individuo blanquecino?»

155

De pronto tanto el individuo como el barco naufragado desaparecieron cuando un resplandor alumbró momentáneamente el repugnante camarote del cabezaplana. El aire silbaba y lo hacía crujir todo. Twig se levantó con dificultad, miró por una grieta de la parte superior del casco e hizo una mueca de dolor al sentir el embate del viento en los ojos. Se secó las lágrimas con la manga y los entornó para mirar de nuevo por la brecha de la madera.

—¡Por todos los cielos! —exclamó.

Ante el barco aéreo, ocultando a la vista cualquier otra cosa, había una ondulante, retumbante y huracanada pared de furioso viento morado y negro. El ruido de las ráfagas era ensordecedor, semejante a una explosión interminable, pero todavía resonaban con mayor fuerza los crujidos y los lamentos del propio *Cazatormentas*.

Mientras Twig seguía mirando, hubo otra descarga luminosa, que se desparramó por la superficie de la Gran Tormenta como una telaraña de ríos eléctricos y explotó en círculos de colores rosas y verdes.

El estruendo aumentó de volumen más que nunca, inundando la destellante y luminosa espera, y el *Cazatormentas* se sacudió y se agitó mientras transcurrían imparables los segundos antes del impacto. Twig volvió a agarrarse a la viga que había a su izquierda y flexionó las piernas.

Cinco... cuatro... tres...

El viento silbaba y su agudo aullido se convirtió en un chillido ensordecedor.

Dos...

El barco aéreo nunca había navegado a tanta velocidad. Twig se agarró con todas sus fuerzas mientras continuaban su camino.

Uno... y...

¡¡¡PAAAAAAM!!!

Como una hoja caída en un temporal otoñal, el *Cazatormentas* se vio atrapado y agitado por el torbellino de viento. Se escoró peligrosamente a babor dando unos bandazos estremecedores y Twig fue arrancado de la viga a la que se cogía y lanzado sobre el suelo cubierto de paja.

—¡Aaayyy! —gritó mientras volaba por los aires.

Aterrizó dándose un golpe que emitió un ruido sordo; de una brusca sacudida, la cabeza se le fue hacia atrás y se golpeó contra el lateral de la litera de Mugbutt con un sonoro ¡crac!

Todo se volvió negro.

El cabezaplana bajó la vista, esbozó una sonrisa condescendiente y comentó:

—Así me gusta, maestro Twig, te quedarás aquí, a mi lado, para que no te pierda de vista.

En cubierta, el capitán y la tripulación hacían todo lo que estaba en sus manos para mantener el barco estable. Mientras Hubbel agarraba con fuerza el timón, Lobo Tizón manipulaba el tablero de palancas.

Hacía veinte años que había estudiado en la Academia de Caballeros; veinte años desde que aprendió las mejores tácticas para cazar tormentas. Y veinte años es mucho tiempo para olvidar. De manera que, cuando Lobo Tizón elevaba un peso una fracción y bajaba un poco la vela, lo guiaba más el instinto que la memoria.

—¡Cazar tormentas! —murmuró el capitán con reverencia.

El barco era arrastrado cada vez con más fuerza mientras cruzaba el cielo hacia el torbellino de la Gran Tormenta. Con paciencia, poco a poco, Lobo Tizón aprovechó las corrientes secas y turbulentas para avanzar lentamente por el límite exterior de la tormenta y luego dirigirse hacia el fondo.

—Alto ahí, precioso —susurró al *Cazatormentas*—; con cuidado.

Cautelosamente, bajó el peso de proa centímetro a centímetro, y el barco aéreo se inclinó hacia delante.

—¡Izad la vela mayor! —ordenó.

Tem Aguatrueno y Stope Bocaprieta se miraron, confundidos. ¿Qué significaba esa locura de izar la vela mayor con semejante viento? Seguro que habían entendido mal.

—¡IZAD ESA MALDITA VELA ANTES DE QUE OS ECHE POR LA BORDA! —bramó el capitán.

Tem y Stope se lanzaron a obedecer las órdenes y, mientras la vela se agitaba al hincharse, Lobo Tizón rezó una pequeña plegaria asegurando que sería piadoso por siempre jamás si la lona resistía.

—Ahora, veamos —dijo entre dientes mientras devolvía su atención a las palancas de los pesos—. Subiré los pesos del pericasco y bajaré los del casco pequeño de

158

babor... —El *Cazatormentas* se agitó—. Ahora el mediano... —se escoró hacia la izquierda— y el grande...

Mientras el tercer peso descendía, el *Cazatormentas,* que se mantenía en el aire gracias a la vela mayor que se alzaba frente al azote de la tormenta, empezó a girar lentamente. Lobo Tizón bajó la vista hacia su brújula. Poco a poco el barco iba girando con la intención de alcanzar el ángulo de 35 grados necesario para penetrar con seguridad en el centro de la tormenta.

Cuarenta y cinco grados... Treinta y siete... treinta y seis...

—¡Arriad la vela mayor! —aulló.

Esta vez no hizo falta repetírselo a Tem Aguatrueno

ni a Stope Bocaprieta; desataron el cabo y la vela descendió. El navío redujo la velocidad y fue inmediatamente absorbido por la densa masa de nubes púrpuras y negras. Estaban entrando en la Gran Tormenta.

El ambiente era cegador y sofocante; resonaba y silbaba, y olía a amoníaco, azufre y huevos podridos.

El viento, por su parte, golpeaba y batía a los viajeros, aporreaba el casco y amenazaba con romper el crujiente mástil en dos de un momento a otro.

—Sólo un poco más, precioso —le rogó Lobo Tizón al *Cazatormentas*—; sé que puedes hacerlo, eres capaz de llevarnos sanos y salvos al centro de la Gran Tormenta.

Al tiempo que pronunciaba estas palabras, sin embargo, el barco aéreo se estremeció como si quisiera decir que no, que no podía. Lobo Tizón echó una mirada ansiosa a la brújula; volvía a estar a cuarenta y cinco grados y el viento los seguía azotando con fuerza. Las sacudidas se volvieron más violentas; un poco más y el barco estallaría en pedazos.

Con manos temblorosas, Lobo Tizón elevó los tres pesos del casco de estribor hasta el tope. El navío se balanceó y las aterradoras sacudidas se calmaron.

—¡Menos mal! —exclamó Lobo Tizón mientras aprovechaba la oportunidad para secarse el sudor de la frente. Se giró hacia Hubbel, que estaba a su lado—. Mantén la posición —le ordenó—; falta muy poco... ¡Sí! —chilló. En aquel momento, la brújula señalaba los treinta y cinco grados, y el *Cazatormentas* se zambulló en la violenta tormenta púrpura, en dirección a la inquietante calma del interior.

»¡IZAD LA VELA MAYOR! —aulló, y su voz resonó como si estuviera en el interior de una enorme caverna. Si no querían salir volando por el otro lado de la tormenta, tenían que controlar el empuje del barco. Y si recordaba bien lo que había aprendido, la vela debería actuar como un freno—. ¡IZAD TODAS LAS VELAS!

Al principio no ocurrió nada, y el barco siguió avanzando hacia la parte posterior de la tormenta. Los rayos deslumbrantes de luz que centelleaban delante de ellos se acercaban cada vez más. Tem Aguatrueno, Stope Bocaprieta, Spiker y los otros brincaron hacia los cabos, y el

profesor de Luz se unió a ellos. Juntos izaron las velas, una tras otra y tras otra, y mientras éstas se elevaban, el *Cazatormentas* fue reduciendo por fin la velocidad.

Antes de quedarse completamente inmóviles, Lobo Tizón elevó los pesos del casco de babor, bajó los de estribor y, cuando consiguió estabilizar el barco, devolvió los pesos de proa a su posición original.

Siguiendo el curso de la tormenta, el buque navegó por el interior de ésta, mientras el capitán escuchaba los vítores excitados de su tripulación; pero él sabía que era demasiado pronto para celebraciones. Se necesitaba una precisión milimétrica si querían que el *Cazatormentas* mantuviera la posición; si bajaban demasiado un peso o izaban demasiado una vela, el barco sería lanzado hacia un lado de la tormenta y expulsado hacia el cielo.

162

—¡Mantén el rumbo, Hubbel! —ordenó el capitán—. Spiker, ¿cuánto falta para que crucemos el Bosque Profundo?

—Unos doce minutos —respondió el roblelfo.

Lobo Tizón movió la cabeza con gravedad y dijo:

—Quiero que todos, todos y cada uno de vosotros, mantengáis los ojos alertas para descubrir el relámpago luminoso. Si tenemos que conseguir meteoprax, debemos determinar exactamente, y quiere decir exactamente, dónde aterriza.

Bajo cubierta, Twig se deslizaba de un lado a otro sobre el duro suelo de madera mientras el *Cazatormentas* continuaba cabeceando y zarandeándose. Cada sacudida, cada vaivén, cada estremecimiento en cubierta se magnificaba cien veces antes de llegar al centro del barco, donde estaba el chico. Sin embargo, él no se había inmutado en todo el rato y sólo parpadeó cuando el navío finalmente atravesó el salvaje borde exterior de la turbulenta tormenta.

De repente oyó unas voces cercanas, voces susurrantes que conspiraban; voces conocidas. Tratando de permanecer lo más quieto posible, escuchó.

—... y no creas que el capitán opondrá mucha resistencia cuando descubra lo que le ocurrirá a su hijo cautivo si lo hace —musitaba Slyvo Spleethe—. Así que, por el momento, Mugbutt, quiero que te ocupes de que se quede aquí abajo.

—Aquí abajo —repitió el cabezaplana como respuesta.

—Hasta que yo venga a buscarlo —dijo Spleethe, y poco después añadió—: Tengo que escoger el momento con mucho cuidado.

—Con mucho cuidado —repitió Mugbutt.

—Al fin y al cabo cazar tormentas es una empresa arriesgada —continuó Spleethe—. Esperaré hasta que Lobo Tizón consiga el meteoprax... antes de deshacerme de él. —Soltó una risa desagradable—. Dejaré que él haga el trabajo duro y luego recogeré la recompensa.

—La recompensa —dijo Mugbutt.

—¡Y menuda recompensa! —exclamó Spleethe—. ¡Capitán de un barco pirata y jefe de la asociación! Tú quédate a mi lado, Mugbutt —añadió jadeando—, y tendrás más riqueza y poder del que hayas imaginado nunca.

—Riqueza y poder —dijo riendo el cabezaplana.

—Y ahora debo dejarte; no quiero que el capitán sospeche. Y recuerda, Mugbutt: vigila bien a Twig. Confío en ti.

Mientras se iba apagando el sonido de pisadas que se alejaban, Twig se estremeció de terror. ¡Qué tonto había sido al escuchar a aquel granuja holgazán! El cabo estaba decidido a amotinarse y, si lo había enten-

dido bien, pensaba usarlo a él contra su padre para asegurarse de que los malvados planes se cumplieran.

Antes de que sucediera semejante cosa, tenía que avisar a Lobo Tizón como fuera, aunque eso supusiera enfrentarse a su ira.

Abrió levemente un ojo y observó al feroz duende cabezaplana. La pregunta era: ¿cómo lo haría?

Capítulo diez

Confesión

Un sonido, nada habitual en el Santuario Interior, se elevaba hacia el techo repujado en oro de la habitación. Alguien estaba tarareando. Aunque completamente desafinado, el canturreo resonaba con inconfundible alegría y optimismo.

Los sirvientes, y había muchos al cuidado del Santuario Interior y su insigne ocupante, tenían instrucciones estrictas de permanecer siempre en completo silencio, y cualquier tipo de expresión musical, por ejemplo, tararear, cantar o silbar, estaba muy mal vista. La semana anterior, al viejo Jervis, que había sido un leal sirviente durante más de cuarenta estaciones, se le había descubierto canturreando una nana (hacía poco que era abuelo), y por ese momento de alegría involuntaria fue despedido en el acto.

Sin embargo, ahora no era un sirviente el que tarareaba, sino que el sonido salía de los delgados labios y la rechoncha nariz del Sumo Académico de Sanctaprax, Vilnix Pompolnius, que se sentía muy satisfecho de sí mismo.

—Mmm, mmm, mmm. Tralará...

Hizo una pausa y se rio por lo bajo al recordar los pormenores de la noche anterior. Había cenado con Simenon Xintax, y fue una comida de lo más esclarecedora.

Por lo general, el jefe de la asociación no era ni mucho menos su invitado favorito y opinaba que se trataba de un zoquete maleducado, pues sorbía la sopa, masticaba con la boca abierta y eructaba sonoramente después de cada plato. Sin embargo, a Vilnix aquellas cenas le servían para tenerlo contento: si no fuera por el apoyo de las asociaciones, su control sobre el poder perdería toda la fuerza.

Como siempre, Xintax comió y bebió demasiado. No es que Vilnix hubiese puesto muchas objeciones; de hecho, alentó la glotonería del jefe de la asociación añadiendo cucharadas a sus platos y manteniendo su copa siempre llena de su leñoponche preferido. Al fin y al cabo, como decía su abuela tan a menudo: «Nada mejor que un estómago lleno para soltar la lengua». Y la lengua de Xintax empezó a soltarse a la hora del postre. Cuando sirvieron el queso y las galletas, hablaba por los codos.

«—Madre Plumacaballo... oh, es única, es... bluurrrp... Peddón. —Se interrumpió para limpiarse la boca con la manga—. Va y organiza un viaje a la Espesura del Crepúsculo, ¿no es increíble? Ella, el profesor de Luz y un capitán pirata aéreo... ahora no recuerdo su nombre... El caso es que están los tres juntos en este asunto. Están... bluorrrp... ¡Vaya! —Se rio tontamente—. Planean volver con un gran cargamento de meteoprax —explicó, y se puso un dedo en los labios con aire conspirativo—. Se supone que es un secreto.

»—Entonces, ¿cómo habéis conseguido esa información? —preguntó Vilnix Pompolnius.

»—Una tripulación en el espía —balbuceó, y rio de nuevo estúpidamente dándose un golpecito de complicidad en la nariz con el dedo—. ¡Un espía en la tripulación, quiero decir! Sí, sí, nos lo contó todo. —Se inclinó hacia Vilnix, lo agarró por la manga con familiaridad y se rio con codicia—. ¡Vamos a ser increíblemente ricos!»

—Tururú, lalalá —tarareó Vilnix mientras rememoraba la conversación y pensó: «¿Increíblemente ricos? Por lo menos, uno de nosotros lo será».

En ese momento alguien golpeó respetuosamente la puerta y apareció la cabeza despeinada de su sirviente personal, Minulis.

—Su excelencia —saludó éste—, el prisionero está listo y lo espera.

—¡Ah, perfecto! —exclamó el Sumo Académico, y esbozó una sonrisa nada amistosa—. Iré de inmediato. —Mientras Minulis cerraba la puerta tras de sí, Vilnix se frotó las manos con satisfacción—. Primero Xintax descubre el pastel, y ahora ese Forfículo nos cae como llovido del cielo. Querido, querido Vilnix, ¿acaso no somos el afortunado Sumo Académico?

Cruzó la habitación en dirección al espejo —el nuevo espejo—, y se miró. A diferencia del anterior, éste no estaba colgado, sino que descansaba inclinado sobre la pared. Era más seguro... y más favorecedor. Su reflejo le devolvió la sonrisa.

—¡Oh, no! —se reprendió a sí mismo—. ¡Así no! ¿Qué pensará el nocheciélago si entro en la Sala del Conocimiento de un humor tan eufórico? Basta de tonterías, Vilnix —dijo drásticamente, y dejó que su toga cayera al suelo—. Prepárate.

Y entonces hizo lo que siempre hacía antes de un encuentro importante: el Sumo Académico de Sanctaprax se vistió con el uniforme de gala de gran dignatario, atuendo que lo ayudaba a centrar la mente, agudizar los sentidos y ensombrecer el humor.

Primero se puso la camisa de pelo sobre su piel desnuda y escamosa; luego, esbozando una mueca de dolor cuando las protuberantes uñas se le clavaron en la planta del pie, se puso las sandalias y se las ató con firmeza; después se frotó la cabeza recién afeitada con un ungüento irritante y se colocó en ella el casquete de acero, hasta que los remaches internos le presionaron el cuero cabelludo; finalmente, cogió su raída y desgastada toga, se la puso sobre los hombros y se subió la capucha.

A medida que se ponía las prendas, el buen humor se le iba desvaneciendo. Y cuando el áspero tejido de la capucha le rozó la rojiza piel de la nuca, su humor era ya tan sombrío como el propio tesoro de Sanctaprax, y estaba dispuesto a cometer cualquier crueldad.

Volvió a mirarse en el espejo e hizo un gesto de

aprobación a su reflejo. Pocas veces, por no decir ninguna, Vilnix Pompolnius había tenido un aspecto tan adusto, tan imponente. Enarcó una ceja y dijo:

—Querido Forfículo, mi pequeña paloma mensajera, ahora estoy a punto para escucharte. ¡No sabes cuánto deseo oírte cantar!

La Sala del Conocimiento, eufemismo con el que se nombraba la sala de interrogatorios, estaba situada en lo alto de una torre en el ala oeste del vasto palacio, a la que sólo se accedía por una puerta oculta en el pasillo de arriba del todo, después de ascender por una escalera de caracol de piedra.

A cada escalón que Vilnix subía, las uñas se le clavaban en la planta de los pies, calzados con sandalias, y fue maldiciendo en voz baja hasta que llegó arriba. Abrió la puerta con brusquedad y entró a grandes zancadas.

—Muy bien, ¿dónde está el pequeñajo? —preguntó.

Minulis se adelantó al trote, cerró la puerta y lo guió por la habitación. Pese a su situación elevada, la habitación no tenía ventanas y era fría y húmeda como una mazmorra. La única luz provenía de dos antorchas encendidas, fijadas a la pared, y la luz dorada se reflejaba en el arsenal de atizadores, pinzas y tenazas, dispuestos para ser usados.

Forfículo estaba sentado en una silla rígida, tan grande que parecía que fuera a comérselo. Tenía los tobillos atados, las manos sujetas a los reposabrazos y el cuello asegurado con una correa de cuero a un sujetacabezas; estaba totalmente inmovilizado. Mientras Vilnix Pompolnius se le acercaba, el nocheciélago levantó la vista y un escalofrío helado le recorrió el cuerpo.

—¡Ah, aquí estás! Me alegro tanto de que hayas venido... —dijo Vilnix con sorna—. Espero que estés cómodo.

Se acercó y Forfículo no pudo evitar un estremecimiento. Bajo las inocentes palabras bullían pensamientos que nadie debería tener jamás.

—Así que eres un nocheciélago, ¿eh?

—No, no —replicó Forfículo, y soltó una risita nerviosa—. Mucha gente piensa eso cuando me ve, pero en realidad soy un roblelfo; el más pequeño de la camada.

Vilnix Pompolnius gimió levemente al notar cómo los remaches de su casquete metálico se le clavaban en el cráneo.

—Supongo que te habrás fijado en el interesante diseño de esta silla —comentó, y pasó los dedos por el casco semiesférico de plata bruñida que estaba fijado sobre la cabeza de Forfículo—. Amplifica el sonido —dijo, y le dio un leve golpe.

El metal resonó y el nochecíélago, cuya cabeza estaba asegurada en el sitio donde convergían las ondas sonoras, tembló de pánico.

—Será mejor que no me mientas —advirtió Vilnix, y dio un segundo golpe al casco metálico.

—No... no entiendo nada. ¿Por qué me habéis traído aquí? —dijo Forfículo, trémulo, mientras el zumbido de oídos le disminuía lentamente—. Vine a Sanctaprax desde Subciudad de buena fe para informar de la trágica muerte del profesor de Luz...

—Forfículo, Forfículo —ronroneó Vilnix—, esto no está bien.

El Sumo Académico se giró y seleccionó un par de tenazas, y el nochecíélago volvió a temblar horrorizado cuando se enteró con precisión de lo que Vilnix se proponía hacer con ellas. Y lo peor de todo fue cuando se imaginó las torturas que le infligiría hasta que no pudiera soportarlo más.

—Detente —suplicó Forfículo aleteando las orejas, angustiado.

Vilnix se le acercó; sostenía las tenazas con una

mano y se daba golpecitos con ellas en la otra mano.

—Conque roblelfo, ¿eh?

—Está bien, soy un nocheciélago —confesó Forfículo reprimiendo las lágrimas.

Vilnix Pompolnius hizo un gesto de asentimiento.

—Eso está mejor —dijo, y añadió para sí—: «A partir de ahora, quiero la verdad y nada más que la verdad». —Blandió las tenazas e hizo ver que golpeaba con ellas el casco metálico de la silla—. ¿Lo has entendido?

—Sí —replicó simplemente Forfículo.

—Ahora dime, ¿quién te envía?

—Vine por mi cuenta.

Sin decir una palabra, Vilnix dio un paso más hacia él y golpeó el casco sin avisar. Forfículo aulló de dolor.

—¡No, no lo hagas! —gimoteó.

—¡Entonces dime quién te envía! —gritó Vilnix, furioso.

173

—Madre Plumacaballo. Creyó que debíais conocer la noticia, puesto que sois un académico de Sanctaprax... El profesor estaba en la Taberna del Roble Sanguino y tuvo un ataque. Se desplomó, y nosotros hicimos todo lo que pudimos por reanimarlo.

—Pero no lo conseguisteis.

—Por desgracia, no.

—¿Y dónde se encuentra ahora el cuerpo del buen profesor? —preguntó Vilnix entornando los ojos.

—Bueno... esto... el caso es que, con este calor, Madre Plumacaballo creyó que debía ser enterrado cuanto antes.

—¿Habéis enterrado a un profesor de Sanctaprax en cualquier sitio? —dijo Vilnix sofocando un grito—. ¿No sabéis que todo académico de nuestra gran ciudad flotante tiene derecho a que se celebre una ceremonia para que su cuerpo descanse en los Jardines de Piedra, donde los cuervos blancos recogerán sus huesos? ¿Cómo, si no, se va a elevar su espíritu hacia el cielo?

—Yo... Nosotros...

—Pero, por supuesto, no tenemos que preocuparnos por eso —dijo Vilnix acercando la cabeza a la cara de Forfículo hasta que su reluciente casquete rozó la punta de la nariz del nocheciélago—, porque no está muerto, ¿verdad?

—¡Sí, sí —chilló Forfículo—, sí lo está!

Vilnix se enderezó bruscamente, alzó las tenazas y las descargó sobre el casco de metal.

—¡Mentiras! ¡Mentiras! ¡Mentiras! —gritó al ritmo de los ensordecedores golpes—. ¡Y más y más y más mentiras!

174

Después de siete golpes, dejó caer el brazo.

—Y ahora me dirás la verdad.

Forfículo no contestó. Pese a que veía cómo aque-

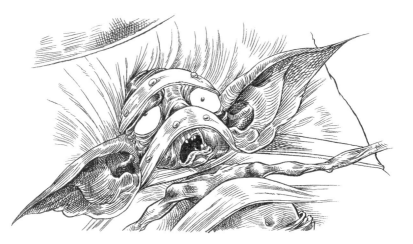

llos labios enfadados se movían, no había oído una sola palabra debido a la machacante, ensordecedora y estridente cacofonía que le resonaba en la cabeza. Tardó varios minutos en percibir de nuevo los sonidos, e incluso entonces, continuó oyendo el eco del estruendo como música de fondo.

—¡ÉSTA ES TU ÚLTIMA OPORTUNIDAD! —chillaba Vilnix Pompolnius.

Forfículo bajó la vista; daba pena ver cómo temblaba. Entre los frágiles nocheciélagos había un dicho que afirmaba: «Mejor muerto que sordo».

—De acuerdo —gimoteó—. Te explicaré todo lo que sé.

Y eso fue lo que hizo; contó a Vilnix hasta el menor detalle del encuentro que había tenido lugar en el cuarto trasero de la Taberna del Roble Sanguino: la llegada del profesor de Luz, cómo el pirata aéreo se había arrodillado ante él, el plan que los tres habían trazado y la decisión del profesor de acompañar a los piratas en su expedición a la Espesura del Crepúsculo.

—Bellaco traidor —resopló Vilnix—. Y ese capitán, ¿tiene nombre?

—Lobo Tizón —repuso Forfículo con prontitud—, aunque el profesor de Luz usaba otro nombre para dirigirse a él.

—¿Qué nombre?

—Quintinius Verginix.

—He aquí un nombre que lo aclara todo —dijo asintiendo pensativamente.

Aunque tardía, la detallada confesión del nocheciélago resultó muy provechosa para Vilnix Pompolnius.

No sólo confirmaba sus sospechas acerca del profesor de Luz, sino que también le había permitido descubrir que Xintax le había mentido la noche anterior. Nadie podría olvidar el nombre de Lobo Tizón, el capitán pirata de tan infausta fama. El jefe de la asociación debía de estar planeando algo poco limpio.

Se rio entre dientes. Había muchos otros asociados ambiciosos que estarían deseando cerrar un trato con el Sumo Académico.

—Y ese joven que has mencionado —dijo dirigiéndose de nuevo a Forfículo—, ese Twig, ¿qué hacía él en la reunión?

Forfículo tragó saliva. Aunque apenas conocía a Twig, le había gustado lo que había oído que bullía en la cabeza del chico. Sus pensamientos eran decentes y honestos, leales y sinceros. No soportaría que algo de lo que dijera pusiera al muchacho en peligro.

Vilnix hizo oscilar las pesadas tenazas frente al rostro del nocheciélago. Éste asintió hasta donde le permitió la correa de cuero y continuó confesando:

—Es un miembro de la tripulación del *Cazatormentas*.

—¿Y qué más? —preguntó Vilnix Pompolnius percibiendo que acababa de descubrir un filón.

—Nació y creció en el Bosque Profundo.

—¿Y qué más?

Forfículo se estremeció. Tal vez si conseguía dejar claro que Twig no era relevante para el plan, dejarían al joven en paz.

—No va a acompañar a los piratas en su viaje —aclaró—. Se quedará con Madre Plumacaballo...

—Hay algo que no me cuentas —dijo Vilnix interrumpiéndolo con brusquedad, y alzó las tenazas amenazadoramente.

Forfículo bajó la vista. Las lágrimas se le salían de los ojos. Él no era malo, pero tampoco valiente y las tenazas brillaban a la luz de la antorcha junto al casco metálico. Mejor muerto que sordo.

—Él... él es... —balbució—. Lobo Tizón... es su padre.

Vilnix aspiró hondo.

—Un hijo... —susurró—. Quintinius Verginix tiene un hijo... y no se lo ha llevado con él. ¡Qué imprudente! —Se volvió hacia Minulis, sonriente—. Debemos presentarnos ante el muchacho de inmediato. Lo invitaremos a Sanctaprax para que espere aquí el regreso de su valiente padre.

»Qué espléndida baza nos has regalado —dijo, dirigiéndose de nuevo a Forfículo, mientras devolvía las tenazas a su soporte—. No sabes lo agradecidos que te estamos.

El nocheciélago se sintió abatido. Su intento de proteger a Twig había fracasado, y ahora el chico estaba en peligro mortal. Y aun así (que los cielos lo perdonaran), no podía evitar sentirse aliviado de que el Sumo Académico pareciera tan satisfecho con la información.

—Así pues, ¿puedo irme? —preguntó.

Vilnix miró a su alrededor y sonrió de nuevo. Forfículo lo observaba, a la espera; todavía le resonaba en la cabeza el eco del ensordecedor ruido producido por el choque de los dos elementos metálicos, y era incapaz de percibir los oscuros pensamientos latentes bajo el sonriente rostro del Sumo Académico.

—¿Irte? —dijo al fin Vilnix Pompolnius con un destello malicioso en los ojos—. ¡Oh, por supuesto, puedes irte!

Forfículo no cabía en sí de alegría.

Vilnix hizo un gesto con la cabeza a Minulis.

—Desátalo y échalo —ordenó. La camisa de pelo le picaba, y mientras los remaches y las uñas se le clavaban en la cabeza y los pies respectivamente, añadió—: Pero primero, córtale las orejas.

Capítulo once

El ojo de la tormenta

Twig permaneció un rato en las nauseabundas habitaciones de Mugbutt fingiendo estar inconsciente. Cada vez que el *Cazatormentas* cabeceaba y se bamboleaba, daba una vuelta sobre sí mismo esperando que el cabezaplana creyera que era el movimiento del barco el que lo arrastraba por el suelo. Poco a poco, exasperantemente poco a poco, se acercó a la escalerilla. Sólo tenía una oportunidad para escapar.

«¡Estúpido! ¡Estúpido! ¡Estúpido!», se repitió a sí mismo.

No sólo había desobedecido a su padre, sino que además le había dejado a merced de unos amotinados traidores; justo lo que Lobo Tizón temía que ocurriera.

El barco aéreo se sacudió hacia la izquierda y Twig dio dos vueltas más sobre sí mismo. Cada vez se hallaba más cerca de la escalerilla.

«¡Estaba tan claro que Slyvo Spleethe tramaba algo! —pensó el chico, enfadado—. Nunca le gustaste. ¡Deberías haber sospechado de su amabilidad!»

—¡Oh, por todos los cielos! —murmuró—. ¿Qué he hecho?

El barco aéreo se escoró a estribor y Twig tuvo que sujetarse al suelo para evitar ser lanzado hacia la litera de Mugbutt. Con los ojos semicerrados, vio al cabezaplana husmeando entre la paja sucia en busca de pedazos de carne perdidos.

«¡Qué criatura tan desagradable! —pensó, y se estremeció—. Y un guerrero formidable...»

En ese momento el *Cazatormentas* se irguió como un rondabobos de carga, se inclinó hacia babor y descendió. Con el corazón en la boca, Twig cubrió rodando los últimos metros hasta el pie de la escalerilla. Una vez ahí vaciló y miró hacia atrás. El barco aéreo se elevó de nuevo y se oyó un sonoro golpe cuando Mugbutt perdió el equilibrio y cayó al suelo.

«¡Ahora —se dijo Twig—, vete de aquí mientras puedas!»

Se puso en pie, agarró la barandilla de madera con fuerza y subió los peldaños tan rápido como le permitieron sus temblorosas piernas.

—¡Eh! —aulló Mugbutt al darse cuenta de lo que ocurría—. ¿Adónde vas?

Twig no se detuvo a contestar.

«¡Vamos! —se instó desesperadamente a sí mismo. Estaba a media escalerilla, pero no parecía que estuviera más cerca de la escotilla—. ¡Vamos!»

El cabezaplana se había puesto en pie, saltado por encima de los barrotes que demarcaban su camarote y corría a toda velocidad hacia él. Le quedaban aún seis peldaños y Mugbutt estaba al pie de la escalerilla. Cinco... cuatro... Twig notó cómo ésta temblaba mientras el robusto cabezaplana se afanaba tras él. Tres... dos...

—Ya casi estoy —masculló Twig—. Sólo un paso más...

De pronto sintió que la callosa mano del duende cabezaplana le agarraba el tobillo.

—¡No! —chilló, y dio patadas con las dos piernas.

Apartando de un empujón la tapa de la escotilla con

manos inseguras, se impulsó y pasó por la estrecha abertura. Entonces se arrodilló junto al hueco en el momento en que los dedos de espátula de Mugbutt se cogían al borde; agarró la tapa y, cogiendo impulso, la arrojó de golpe con todas sus fuerzas en la abertura.

Se oyó un grito agonizante. Los dedos desaparecieron de la vista y bajo la escotilla llegó el sonido amortiguado del duende que caía por la escalerilla. ¡Lo había conseguido! Había escapado; sin embargo, volvió a oír los torpes pasos del cabezaplana que intentaba trepar de nuevo.

Con el corazón a punto de salírsele del pecho, corrió el pesado pestillo sobre la escotilla y, para asegurarse más, arrastró con gran esfuerzo un barril de leñovino picado por el suelo hasta que lo colocó sobre la tapa. Entonces, poniéndose en pie, se dirigió hacia otra escalera, que lo llevaría hasta la misma cubierta. Se disponía a subirla cuando oyó porrazos e insultos a su espalda.

«¡Que la escotilla aguante —rogó Twig en silencio—, por favor!»

182

En cubierta, completamente ajenos al drama que se desarrollaba debajo de ellos, el capitán y la tripulación del *Cazatormentas* luchaban por mantener estable el barco aéreo mientras la imponente masa de nubes chisporroteaba y relampagueaba en el cielo.

—¡Atad con doble nudo las troleamarras! —gritó Lobo Tizón mientras la Gran Tormenta se acercaba a toda velocidad a la Espesura del Crepúsculo; era imprescindible mantener el barco situado en el centro de ella—. ¡Arriad el sobrejuanete mayor y tensad el foque!

La atmósfera era electrizante en todos los sentidos. Diminutos filamentos de un azul sibilante perfilaban la silueta del barco aéreo. Echaban chispas; chisporroteaban; bailaban sobre todas las superficies, desde el bauprés hasta el timón, desde los topes hasta el casco. Bailaban sobre las velas, los cabos, las cubiertas; y también sobre los propios piratas aéreos, sobre sus barbas, la ropa, los dedos de manos y pies, y les recorrían el cuerpo con un cosquilleo.

183

Tem Aguatrueno se hallaba dándole vueltas a un rodillo.

—La verdad es que esto no me gusta mucho —refunfuñó mientras la eletrizante luz azul jugueteaba con sus manos.

Stope Bocaprieta apartó la vista de la vela que estaba reparando.

—Está ¡ah! alte... ¡ah...! rando mi ¡ah! mandíbula —dijo jadeando. Tem sonrió—. No es ¡ah! diver... ¡ah...! tido —se quejó Stope.

—Sí, lo es —se rio Tem Aguatrueno, mientras la

mandíbula inferior de su compañero de barco continuaba abriéndose y cerrándose con voluntad propia.

Años antes, Stope Bocaprieta había perdido su mandíbula inferior durante una feroz batalla entre su barco pirata y dos barcos de la asociación. Un asociado con fama de despiadado, que respondía al nombre de Ulbus Pentepraxis, se le acercó sigilosamente con su hacha de caza y le descargó un salvaje golpe que le dio de refilón, justo debajo de la oreja.

Cuando se recuperó, el propio Stope diseñó un recambio con un trozo de hierro. Siempre que se acordara de mantener los tornillos bien lubricados, la mandíbula falsa le iba muy bien; al menos, hasta esos momentos. Porque desde que el *Cazatormentas* había entrado en la tormenta, las curiosas descargas eléctricas le habían provocado que la boca se le abriera y cerrara, una y otra vez, sin poder impedirlo.

184

—¿Cuanto ¡ah! va a durar ¡ah! esto? —se quejó.

—Calculo que hasta que lleguemos a la Espesura del Crepúsculo —respondió Tem Aguatrueno.

—Lo que ocurrirá aproximadamente dentro de... nueve minutos —dijo Spiker desde la jarcia.

—Nueve minutos... —repitió en voz baja y con regocijo Slyvo Spleethe.

El cabo, al que habían enviado a comprobar que los tacos de amarre estuvieran en su sitio, pero se había quedado apoyado en la borda de la cubierta de popa observando ociosamente los remolinos de nubes que los rodeaban, dio un vistazo alrededor.

—Sigue así, Quintinius Verginix —dijo con sorna—. Completa tu viaje a la Espesura del Crepúsculo y consigue el meteoprax; entonces yo moveré ficha y pobre del que... —Ahogó un grito—. Maldición, ¿qué es eso?

La visión de Twig, de pie en la entrada de la pequeña cabina que había en lo alto de la escalera, llenó a Spleethe de una furia incontrolable. Si Lobo Tizón lo veía, todo estaría perdido. Sin pensárselo ni un momento, corrió hacia él.

Perplejo y excitado, Twig dio un vistazo. Su huida por los pelos del duende cabezaplana lo había dejado sin aliento y con los nervios de punta. Ahora, mientras asimilaba dónde estaba, su corazón latió desbocado.

El aire era de color púrpura, olía a azufre y leche quemada. Alrededor del barco pirata, las envolventes nubes soltaban vapor, se retorcían, echaban chispas de luz cegadora... El chico sintió un hormigueo cuando los tentáculos de

luz azul lo envolvieron e hicieron que se le pusieran los pelos de punta.

¡Esto sí que era cazar tormentas!

La tripulación bullía de actividad: Hubbel, el feroz osobuco albino, estaba atado al timón, y Lobo Tizón, completamente ocupado manejando las palancas de las velas y los pesos, trataba de mantener tanto la velocidad como la propulsión. ¡Vaya momento para revelar que se había colado a bordo como polizón y comunicar la noticia del inminente motín!

—Pero no puedo elegir —masculló con determinación. Oía cómo la escotilla de madera se astillaba bajo él; era sólo cuestión de tiempo que Mugbutt emergiera a cubierta. Twig sabía que si no hablaba entonces, su padre moriría, y se estremeció sintiéndose muy desgraciado—. ¡Y será todo por mi culpa!

Se preparó para el corto pero peligroso trayecto desde lo alto de la escalera hasta el timón, y estaba ya a punto de lanzarse hacia allí cuando una pesada mano le cayó sobre los hombros, tiró de él hacia atrás y sintió la presión de una cuchilla fría como el hielo en la garganta.

—Un movimiento, un sonido, maestro Twig, y te rebano el cuello —masculló Spleethe—. ¿Lo has entendido?

—Sí...

A continuación oyó un clic tras él y se vio empujado con brusquedad hacia un armario lleno de cubos y fregonas, trozos de cuerda y velas sobrantes. Se cayó hacia atrás y aterrizó pesadamente en un rincón. La puerta se cerró de golpe.

—¡Cinco minutos, y contando! —anunció la voz estridente del roblelfo.

Twig se puso temblorosamente en pie y apoyó la oreja en la puerta cerrada. Por encima del continuo estruendo, sólo pudo distinguir dos voces hablando en susurros conspiratorios. Una era la de Spleethe; la otra, la de Mugbutt.

—No es culpa mía —gemía el cabezaplana—. El chico se ha escapado antes de que tuviera oportunidad de detenerlo.

—Deberías haberlo atado —fue la irritada respuesta de Spleethe—. ¡Maldito crío! Alguien podría encontrarlo antes de conseguir el meteoprax...

—Podría acabar con él ahora mismo —sugirió Mugbutt con frialdad.

—No. Lo necesitamos vivo, en lugar de muerto —gruñó Spleethe, cada vez más enfadado—. Este mocoso entrometido me ha forzado  a actuar, eso está claro. Pero no está todo perdido, Mugbutt; vamos, veamos si podemos sacar algún provecho de la situación pese a todo.

Mientras ambos se marchaban, Twig sintió que el corazón le martilleaba con más fuerza que nunca. Se hallaba en el interior de una gran tormenta

187

avanzando a toda velocidad rumbo a la Espesura del Crepúsculo en busca de meteoprax. Por fin estaba haciendo lo que durante tanto tiempo sólo había soñado; y sin embargo, por su culpa, el sueño se había convertido en una pesadilla.

En cubierta, sobre donde él se encontraba, Spleethe y Mugbutt habían llegado hasta el timón. Podía oír la voz del cabo, aunque no lo que decía. Twig tragó saliva, nervioso, y aporreó la puerta.

—¡Dejadme salir! —gritó—. ¡Tem! ¡Spiker! ¡Bocaprieta! Oh, ¿por qué no me oís? Dejadme...

En ese momento Lobo Tizón soltó un grito.

—¿Qué? —chilló—. Pero ¡esto es un motín!

—¡Oh, padre! —gimoteó Twig estremeciéndose—. Si conseguimos salir de ésta con vida, ¿podrás perdonarme algún día?

Frente a la ira del capitán, Spleethe mantenía una calma glacial y su rostro no traslucía ninguna emoción, a excepción de los ojos que le relucían tras la montura de acero de las gafas.

—No se trata de un motín —dijo el pirata mientras sacaba la espada de su funda—; yo lo llamaría una redistribución de poder.

Hubbel soltó un gruñido amenazador.

—Pues a mí me suena a parloteo de asociado —resopló Lobo Tizón—. ¿De verdad crees que esto es necesario, Spleethe?

Justo en ese momento, el *Cazatormentas* se inclinó hacia la izquierda y perdió velocidad súbitamente. La cola de la tormenta avanzaba hacia ellos. Lobo Tizón bajó el peso de popa e izó la gavia y la vela de popa, hasta que la embarcación recuperó el empuje. Entonces se volvió hacia Spleethe y le espetó:

—¿De veras has creído por un solo momento que eres capaz de manejar el *Cazatormentas*, eh? —El cabo vaciló—. ¡Eres un estúpido, Spleethe! ¿De qué le sirve el meteoprax a la asociación? ¡Vamos, dímelo! Lo que ellos quieren es praxpolvo, y nadie conoce el secreto para conseguirlo con seguridad.

—Por el contrario —replicó Spleethe—, la Asociación de Mercaderes Libres está dispuesta a pagar un alto precio por un cargamento de meteoprax; un precio muy alto, de hecho. Y puesto que tú te muestras tan reticente a vendérselo, tendré que hacerlo yo. Creo que descubrirás que los demás están conmigo cuando se enteren de cuánto hay en juego.

Mugbutt avanzó un poco y Hubbel agitó las orejas. Lobo Tizón agarró la empuñadura de su espada.

—¡Por todos los cielos! —exclamó el capitán—. ¿No me has oído? La asociación no necesita el meteoprax para nada; lo único que quieren es que éste no llegue al tesoro de Sanctaprax, porque si lo hiciera, la ciudad flotante recuperaría su estabilidad y su lucrativa alianza con los catalluvias se vendría abajo. —Slyvo Spleethe sujetó con fuerza su brillante espada—. Te han tendido una trampa, Spleethe. Quieren que fracases.

—¡Mientes! —chilló el pirata, y se volvió hacia Mugbutt—. ¡Está mintiendo!

Lobo Tizón aprovechó la oportunidad; desenfundó la espada y se arrojó sobre Slyvo.

—¡Maldito bellaco amotinado! —rugió.

Pero Mugbutt era demasiado rápido para él. Mientras el capitán embestía, el cabezaplana levantó su lanza, tan maciza y pesada como el robusto duende, y saltó hasta colocarse entre Spleethe y Lobo Tizón. El sonido del metal contra el metal resonó por todas partes mientras el capitán y el cabezaplana se enzarzaban en una pelea mortal.

¡Clac! ¡Clin! ¡Clan! La lucha continuó, veloz y violenta. Lobo Tizón aullaba rabioso.

—¡Sangre y truenos! —rugió—. ¡Acabaré con vosotros! —Esquivó los ataques cada vez más desesperados de Mugbutt—. Os partiré la cabeza, os arrancaré vuestros corazones traidores...

—¡Uuuuh... uuuh! —chilló el osobuco, y se liberó de las cuerdas que lo ataban al timón.

El *Cazatormentas* descendió tambaleándose. Si era arrastrado hacia el borde exterior, donde la tormenta rugía salvajemente, el barco se rompería en astillas al instante.

—¡No, Hubbel! —gritó Lobo Tizón con angustia—. Estoy... estoy bien. Tú tienes que mantener el rumbo.

Los gritos, el sonido del metal, el retumbar de pasos... Twig apenas podía creer lo que oía. ¿Es que su padre estaba luchando solo? ¿Dónde se encontraba el resto de la tripulación, y por qué no acudían en auxilio de su capitán?

—¡TEM AGUATRUENO! —chilló, y golpeó desesperadamente la puerta con los puños—. ¡STOPE BOCAPRIETA!

De pronto el armario se abrió. Twig cayó hacia delante y de inmediato Slyvo Spleethe lo agarró.

—Te dije que mantuvieras la boca cerrada —masculló el pirata mientras con una mano le torcía el brazo hacia la espalda y con la otra le presionaba la garganta con el cuchillo.

—¿Qu... qué ocurre? —preguntó Twig.

—Pronto lo sabrás —le soltó Spleethe mientras lo escoltaba a través de la reluciente cubierta—. Haz exactamente lo que te diga —le ordenó—, y no te pasará nada.

Temblando de miedo, Twig fue arrastrado a empujones por una pasarela y el estrecho tramo de escalera que conducía al timón. La escena que lo esperaba le hizo temblar de pavor.

Lobo Tizón y Mugbutt estaban enzarzados en un combate mortal. Con los ojos relucientes y las mandíbulas tensas, ambos luchaban por su vida. Sus armas entrechocaban con tal ferocidad que deslumbrantes chispas amarillas, una tras otra, iban saltando del electrizante azul.

Twig deseaba lanzarse en medio de ellos y pelear junto a su padre; quería acabar con aquel maldito bellaco que se había atrevido a levantar su mano contra el capitán Lobo Tizón.

—Tranquilo, maestro Twig —le susurró Spleethe al oído, y aumentó la presión del cuchillo sobre el cuello del chico—, si valoras en algo tu vida.

Tragó saliva con nerviosismo. La pelea continuaba. No podía mirar ni darles la espalda. A veces parecía que Mugbutt iba ganando, y a veces Lobo Tizón llevaba ventaja. Y mientras tanto, la tormenta que los rodeaba iba cobrando fuerza: los relámpagos destellaban continuamente iluminando las compactas nubes y reflejándose en los relucientes filos de las espadas.

La pelea no tenía ninguna elegancia, ni ninguna delicadeza. Mugbutt, que era claramente el más fuerte de los dos, se contentaba con soltar cuchillazos a diestro y siniestro, acosando al capitán para obligarlo a rendirse. Twig se puso en tensión mientras veía cómo Lobo Tizón era empujado hacia la pared.

Spleethe, temiendo que el muchacho soltara un grito, le cubrió la boca con una mano y le susurró:

—Paciencia; pronto terminará, y entonces ocuparé mi legítimo lugar como capitán del *Cazatormentas*. Capitán Spleethe —pronunció—. Suena bien.

«Oh, padre —pensó Twig desesperado, mientras Lobo Tizón seguía luchando gallardamente—, ¿qué te he hecho?»

—¡Tem! —le oyó gritar sobrepasando el estruendo de la tormenta y el ruido de las pesadas armas al entrechocar—. ¡Bocaprieta! ¡Spiker!

Pero ningún pirata lo oía; estaban demasiado ocupados tratando de mantener el equilibrio del cada vez más inestable barco aéreo.

—¡Las velas se están aflojando! —chilló Tem mientras se arrastraba por cubierta—. ¡Stope, realinea los amarres del spinnaker mientras trato de asegurar la vela mayor; Spiker, ocúpate de las troleamarras!

—¡Los soportes de vuelo están atascados! —gritó a su vez Spiker, al tiempo que el barco continuaba cabeceando y dando tumbos—. Stope, ¿puedes ayudarme?

—Sólo tengo ¡ah! un ¡ah! par de manos —replicó Stope—, y si no ¡ah! desenredo este ¡ah! nudo pronto, estamos todos muertos.

En ese momento una ráfaga de viento especialmente violenta hizo inclinarse la popa por estribor. Stope Bocaprieta chilló mientras el barco se escoraba, y el enmarañado montón de cuerdas y velas se le cayó de las manos. En la otra punta del navío, Lobo Tizón perdió el equilibrio y se tambaleó sobre cubierta.

—¡Uuuuuh! —gritó el osobuco.

Si los demás miembros de la tripulación no podían ir en ayuda de su capitán, estaba claro que él tendría que hacer algo.

—¡No, Hubbel! —dijo Lobo Tizón sin aliento, mientras el barco daba una sacudida hacia estribor—. Quédate al timón, o moriremos todos. Es una orden.

Las lágrimas se agolparon en los ojos de Twig. Incluso en estos momentos en que a Lobo Tizón se le debilitaban las fuerzas, se preocupaba más por su tripulación que por sí mismo. ¡Qué valiente era; qué caballero! Él, Twig, no se merecía un padre así.

¡Cras! ¡Cras! ¡Clin, clan! La lanza de Mugbutt golpeaba una y otra vez con tal velocidad y fuerza que el capitán no podía hacer más que defenderse. De repente

el cielo se iluminó con un rayo de luz cegadora, el *Cazatormentas* dio otra preocupante sacudida y el barco
cabeceó hacia delante.

—¡El mástil se está partiendo! —chilló Spiker.

—¡Asegurad la argolla principal! —rugió Tem—.
¡Arriad las velas!

Lobo Tizón, de cara a la popa, se tambaleó hacia
atrás. Mugbutt se aprovechó rápidamente de la ventaja
y se abalanzó hacia él con la lanza salvajemente alzada.

El capitán lo esquivó y el filo del arma no lo alcanzó por muy poco. Mugbutt rugió con furia y embistió
de nuevo. Twig ahogó un grito, pero enseguida suspiró
aliviado, porque Lobo Tizón golpeó el arma del cabezaplana justo a tiempo y encontró la oportunidad de atacar. Su espada arremetió contra el pecho de Mugbutt.

«¡Dale! ¡Dale!», pensó como si animara a la espada.

Pero no hubo suerte, porque en ese preciso instante
el terrible sonido de la madera astillada restalló cuando el mástil se partió, a un tercio de su altura, y se vino
abajo.

Golpeó contra la cubierta y se volcó hacia un lado, y
allí se quedó, suspendido en el aire bajo el lado de babor. El barco aéreo se inclinó bruscamente hacia la izquierda a punto de volcar.

—¡Cortad los cabos! —aulló Tem mientras se dedi-
caba a acuchillar el de la argolla principal—. ¡AHORA
MISMO!

Stope y Spiker se abalanzaron a su lado y cortaron
y rajaron la maraña de cabos y jarcias. Cuando hubie-
ron cortado la mitad de las cuerdas, el resto se rompió
de golpe bruscamente bajo el imponente peso y el más-

195

til cayó volando por el cielo. El *Cazatormentas* volvió a inclinarse hacia estribor.

Twig dejó escapar otro grito ahogado mientras él y Spleethe se caían hacia atrás, y sintió cómo el cuchillo le hacía un pequeño corte en la suave piel de la garganta. Pero su padre estaba en una situación mucho peor. La repentina sacudida no sólo había alejado a Mugbutt del alcance del arma del capitán, sino que, además, ahora Lobo Tizón avanzaba tambaleante hacia él, dando tumbos, con la espada inerte y totalmente indefenso.

Twig tensó todos los músculos cuando el cabezaplana agarró de nuevo su lanza y la levantó en el aire. Un segundo más y su padre sería empalado en la larga hoja dentada.

—¡Ggggrrr! —rugió Hubbel, al ver lo que estaba a punto de suceder, y forcejeó furiosamente con las cuerdas que lo mantenían atado al timón.

Mugbutt, asustado por el ruido, alzó la vista y descubrió con horror lo cerca que había ido a parar del osobuco, que tenía alzado uno de sus fornidos brazos. Hubbel rugió de nuevo y se abalanzó sobre el duende con furia. Mugbutt dio un salto desesperado hacia la izquierda; rápido, pero no lo suficiente.

El golpe alcanzó al cabezaplana en un brazo, le mandó la lanza a la otra punta de la cubierta y dejó al propio Mugbutt tendido en el suelo. Lobo Tizón se plantó a su lado en un momento. Sin dudarlo ni un instante, le hundió la espada, con firmeza y fuerza, atravesándole la cabeza de un solo tajo. Entonces, con la sangrienta espada alzada, se volvió hacia Spleethe con intenciones asesinas.

—Y ahora tú —bramó—. Tú... —Se quedó petrificado, con los ojos como platos y la boca abierta—. Twig —murmuró.

Slyvo Spleethe soltó una risita mientras acariciaba suavemente la garganta de Twig con el cuchillo y dijo al capitán:

—Baja el arma o se las cargará tu hijo.

—No —suplicó Twig—, no hagas esto por mí. No lo hagas.

Lobo Tizón dejó caer la espada y los brazos, indefenso.

—Deja al chico —dijo—, no te ha hecho nada.

—Quizá lo haga, quizá no —se burló Spleethe. Apartó la daga, pero desenvainó su propia espada al instante—. Quizá…

Un relámpago rasgó el cielo, y el *Cazatormentas* se tambaleó salvajemente, primero hacia un lado, luego hacia el otro. El barco aéreo se estaba acercando peligrosamente al borde de la tormenta y Hubbel era incapaz de evitarlo.

Entonces, y antes de que nadie se percatara de lo que estaba haciendo, Spleethe soltó de repente a Twig; lo lanzó al suelo y se abalanzó sobre el capitán con la espada en alto.

—¡Aaaaah! —gritó.

El barco aéreo dio una violenta sacudida; cada viga, cada tablón, cada juntura crujió en señal de protesta.

—¡Dos minutos, y contando! —gritó Spiker y, súbitamente alarmado, añadió—: Tem, Bocaprieta, ¡el capitán está en apuros!

Por fin los demás se habían dado cuenta de que algo no iba bien. Pero ya era tarde; demasiado tarde. La espada de Spleethe cortaba el aire hacia el cuello expuesto de Lobo Tizón.

Por debajo del casco del barco, uno de los pesos de babor se estaba aflojando. Se soltó bruscamente y cayó volando por el cielo. El *Cazatormentas* se escoró hacia estribor.

La espada dio en el blanco con fuerza, aunque no alcanzó su objetivo, pero se clavó hondo en la parte superior del brazo de Lobo Tizón, el brazo con el que manejaba la espada. Spleethe hizo una mueca con los labios y le espetó:

—Has tenido suerte, Lobo Tizón; la próxima vez no tendrás tanta. —Alzó de nuevo la espada—. ¡Ahora yo soy el capitán!

—¡Hubbel! —chilló Twig, desesperado—. ¡Haz algo!

—¡Uuuuh! ¡Uuuuh! —bramó el osobuco, y se agarró al timón. El capitán le había dicho, le había ordenado, que se mantuviera en su puesto.

En ese momento los ojos del animal y los de Twig se encontraron.

—Uuuuh, uuuuh —gruñó el chico.

—¡Uuuuh! —rugió Hubbel. Una vez decidido, le relucieron los ojos y se le erizó el pelo mientras arrancaba las cuerdas de sus amarres y las reducía a pedazos como si fueran de papel—. ¡Uuuuh!

Una peluda montaña blanca, convertida en una masa de brillantes garras y dientes al descubierto, se abalanzó hacia Spleethe. Agarró al escurridizo cabo por la cintura, lo alzó en el aire y lo dejó caer con furia sobre la cubierta. Entonces, antes de que Spleethe pudiera mover un músculo, el osobuco rugió de nuevo y se dejó caer sobre la espalda del cabo.

Se oyó un ruido sordo; un crujido. Slyvo Spleethe estaba muerto; su columna vertebral se había partido en dos.

Twig se puso en pie temblando y se asió desesperadamente a la balaustrada mientras el barco, que no dejaba de dar sacudidas debido a la tormenta, cabeceaba y
se balanceaba totalmente fuera de control. Quizá habían acabado con los amotinados y salvado la vida de su
padre, pero la situación seguía siendo descorazonadora.

Sin nadie al timón, la rueda giraba, mientras las velas que quedaban permanecían inútilmente hinchadas.
Bajo el casco, otros dos pesos se soltaron. El *Cazatormentas* se zarandeaba y no cesaba de girar, cayendo en
picado; dio vueltas y vueltas, amenazando con volcar en
cualquier momento y lanzar a la desventurada tripulación hacia una muerte segura.

Lobo Tizón luchó por ponerse en pie con su brazo
sano e hizo una mueca de dolor. Tem Aguatrueno, que
junto con los demás había conseguido por fin llegar al
puente, avanzó con dificultad hacia él.

—¡Dejadme! —gritó Lobo Tizón con fiereza.

En éstas un resplandor cegador rasgó el cielo y, al
iluminar el *Cazatormentas*, mostró el verdadero alcance de los daños que había sufrido. En cualquier momento se rompería en pedazos. Lobo Tizón se encaró a
su tripulación.

—¡ABANDONAD EL BARCO! —chilló.

La tripulación lo miró con incredulidad. ¿Qué locura era ésa? ¿Abandonar el barco cuando estaban a punto de llegar a su destino?

Pero en ese momento explotó el clamor de incontables pajarillos que emergieron de las entrañas del barco, recortándose en el deslumbrante fondo, mientras
agitaban frenéticamente sus alas triangulares y sus co-

las
chas-
quean-
tes. Había
miles de
ellos pero,
sin embargo,
volaban a la vez:
cuando uno giraba, to-
dos lo seguían; graznaban,
piaban, chillaban… la bandada
se desplazaba de un lado a otro
como si la guiara un coreógrafo invisible.

—¡Averratas! —masculló Tem Aguatrueno con horror. Sabía, como todos los piratas aéreos, que esos animales sólo se marchaban de un barco si estaba verdaderamente perdido—. ¡Ya habéis oído al capitán: abandonad el barco!

—¡Y avisad al Piloto de Piedra y al profesor! —gritó Lobo Tizón.

—¡A sus órdenes, capitán! —dijo Tem Aguatrueno, y se alejó para cumplir sus instrucciones.

Spiker fue el primero en saltar. Mientras se lanzaba por la borda se giró para gritar:

—Estamos atravesando la Espesura del Crepúsculo... ¡Ahora!

El resto de la tripulación lo siguió enseguida. Pese al peligro de permanecer un momento más en el *Cazatormentas*, uno por uno se arrodillaron y besaron la cubierta, antes de trepar de mala gana a la borda y dejarse

203

caer en el aire púrpura: Stope Bocaprieta, el Piloto de Piedra, Tem Aguatrueno y el profesor de Luz. Cuando las corrientes azotaban a los piratas aéreos, el mecanismo de apertura de sus alas plegables se liberaba y las alas se hinchaban; entonces planeaban y descendían alejándose.

En el puente, Lobo Tizón trataba de alcanzar el timón avanzando a pasos agonizantes, mientras el barco continuaba dando tumbos y traqueteos.

—Tú también, Hubbel —le gritó al osobuco, que permanecía firme—. Abandona tu puesto. ¡Vete! —La enorme bestia lo contempló con tristeza. Las velas se agitaron y se desgarraron—. ¡Ahora —rugió Lobo Tizón—, antes de que el barco se caiga!

—¡Uh, uh! —aulló Hubbel, y se alejó tambaleándose para obedecer.

Mientras se distanciaba, el capitán se dio cuenta de que el osobuco había estado tapando a otro miembro de la tripulación que tampoco había abandonado el barco aéreo todavía.

—¡Twig! —ladró—. Te dije que te fueras.

Las nubes se arremolinaron y el *Cazatormentas* dio un bandazo y crujió.

—¡No puedo! ¡No te abandonaré! —gritó Twig—. ¡Oh, perdóname, padre; todo esto es culpa mía!

—¿Culpa tuya? —replicó Lobo Tizón mientras trataba de recuperar el control del timón—. Soy yo quien tiene la culpa, dejándote a merced de ese canalla de Spleethe.

—Pero...

—¡Basta! —bramó Lobo Tizón—. ¡Vete ya!

—Ven conmigo —suplicó Twig.

Lobo Tizón no contestó. No tenía que hacerlo; Twig sabía que su padre se dejaría matar antes que abandonar su barco.

—¡Entonces me quedaré contigo! —dijo, desafiante.

—¡Twig, Twig! —gritó Lobo Tizón, aunque su voz apenas podía oírse a causa del estruendo y la barahúnda de la tormenta—. Puede que pierda mi barco, incluso que pierda la vida. Y si ése es mi destino, que así sea. Pero si te pierdo a ti... sería... —Hizo una pausa—. Twig, hijo mío. Te quiero, pero debes irte. Por ti y por mí. Lo entiendes, ¿verdad?

Con lágrimas en los ojos, Twig asintió.

—Buen chico —dijo Lobo Tizón. Entonces, moviéndose con torpeza de un lado a otro, se desabrochó el cinturón de su espada, cogió ésta por la vaina y alargó la mano—. Toma mi espada.

205

Twig se inclinó y rozó con los dedos la mano de su padre.

—Volveremos a vernos, ¿verdad? —balbució.

—Puedes estar seguro —replicó Lobo Tizón—. Cuando recupere el control del *Cazatormentas*, volveré a buscarte. Ahora vete —ordenó, y bruscamente volvió a centrar su atención en las filas de palancas de los pesos y las velas.

Con tristeza, Twig se dio media vuelta para marcharse. Cuando llegó a la borda, echó un último vistazo a su padre.

—¡Buena suerte! —gritó contra el viento, y se lanzó al vacío.

Pero de inmediato chilló de terror: estaba cayendo como una piedra. Las alas plegables debían de haberse dañado cuando Spleethe lo empujó al interior del armario; estarían trabadas y no se abrirían.

—Padre —aulló—. ¡PA... DRE!

Capítulo doce

En la Espesura del Crepúsculo

Twig mantuvo fuertemente cerrados los párpados mientras caía, cada vez con mayor rapidez. Si alguna vez había necesitado al aveoruga, era precisamente ahora, pues desde que estuvo en el capullo del pájaro, éste le había jurado que lo protegería. Sin embargo, mientras caía por el cielo, el aveoruga no apareció.

Al descender cortaba el viento y casi no podía respirar; ya había abandonado toda esperanza cuando, de pronto, oyó un sonoro clic: el mecanismo de las alas plegables se liberó, éstas se abrieron y las bolsas de seda se hincharon. Sostenido por el viento, Twig dio bandazos adelante y atrás como una hoja en una tormenta.

Abrió los ojos y se esforzó por mantenerse erguido. Era la primera vez que había puesto en práctica un salto de emergencia real; sin embargo, cuando extendió los brazos y las piernas, tal como le habían enseñado, descubrió que planeaba sin esfuerzo.

—¡Vuelo! —gritó excitado mientras el viento le echaba el cabello hacia atrás—. ¡Estoy volando!

A su alrededor el aire crepitaba y zumbaba. Algo

estaba ocurriendo; algo nuevo, algo extraño. El resplandor, que hasta ese momento estaba confinado en la envolvente pared de nubes, fue tejiendo un entramado de largos y delgados filamentos hacia el centro de la tormenta. Bailaban formando espirales y se entretejieron en una esfera de luz eléctrica.

Twig observaba asombrado.

—Ha llegado el momento —susurró, excitado—. La Gran Tormenta debe de estar a punto de descargar su único y poderoso relámpago.

El cabello se le erizó y se emocionó ante la perspectiva. Aquí desembocaba todo; esto era lo que habían venido a ver: la formación de meteoprax.

La bola de luz creció y creció, y aún creció más. Twig hizo una mueca de dolor porque era incapaz de apartar los ojos, pero tampoco podía mirar sin cegarse. Y cuando por fin entornó los párpados, percibió algo pequeño y oscuro en el centro de la luminiscencia verderrosada.

—El *Cazatormentas* —jadeó.

Parpadeó de nuevo. No había ninguna duda: el barco aéreo se hallaba en medio de la bola luminosa que estaba, a su vez, en medio de la Gran Tormenta. Y allí, en el centro de todo, estaba su padre, Lobo Tizón, Quintinius Verginix, el mejor alumno que había salido jamás de la Academia de Caballeros, manteniendo a su querido *Cazatormentas* a flote. El corazón de Twig se hinchó de orgullo.

El zumbido sonaba cada vez más alto y más agudo; la luz se intensificó y dio la impresión de que la cargada atmósfera se agitaba con un presentimiento.

¿Qué iba a ocurrir?

Twig sintió tras de sí una súbita turbulencia que anunciaba la cola de la Gran Tormenta. Al soplar ésta con ímpetu, lo desestabilizó y lo empujó hacia abajo. Las alas desplegables crujieron y se tensaron, pero a él no le quedaba más remedio que aguantar y rezar para que no se le soltaran de los hombros.

En lo alto los deslumbrantes rayos de luz se fueron amortiguando gradualmente, a medida que absorbían la fuerza eléctrica de las nubes. De pronto el cabello se le alisó. Toda la energía de la tormenta estaba encapsulada en aquella única bola de luz, que permanecía suspendida en el aire, vibrante de energía, palpitante de luz, bullente de vida.

Twig contuvo el aliento mientras continuaba planeando hacia abajo. Su corazón latía apresurado y tenía las palmas de las manos húmedas.

—Que los cielos me protejan —murmuró, angustiado.

Entonces, de repente y sin previo aviso, la bola luminosa explotó con un tremendo estruendo, ¡BUM!, y soltó un rayo de luz cegadora.

La onda expansiva surcó el cielo y el chico se estre-

meció de terror. Al momento la furiosa onda lo empujó hacia atrás y lo envió al banco de nubes que se acercaba.

—¡Aaah! —gritó Twig, mientras el viento ensordecedor soplaba a su alrededor.

Pataleó desesperado e intentó agitar los brazos, pero fue en vano. El vendaval era demasiado potente e intentaba, o así se lo parecía, arrancarle los miembros uno a uno. Todo lo que podía hacer era abandonarse a la fuerza aplastante del tumultuoso viento.

De modo que fue dando volteretas por el aire; las bolsas de seda de las alas desplegables se habían hinchado del revés, y soltó un grito de alarma cuando des-

cubrió que caía y caía girando mientras atravesaba las nubes de color púrpura.

—¡NOOO! —gritó.

Cada vez se desplomaba más abajo, con los brazos incrmes y las piernas abiertas, demasiado asustado para tratar de recolocar las alas para que el viento no las azotara y las partiera en dos. Tenía el cuello retorcido y la espalda encorvada.

—¡Basta ya! —gimoteó—. ¡Que esto se acabe de una vez!

Y en ese momento se acabó. Al alcanzar finalmente el otro lado de la nube, fue expulsado del frenesí salvaje y violento de la Gran Tormenta como una pepita de leñojugo. En total aquel espantoso calvario no debía de haber durado más de unos segundos, pero a él le parecieron cien años.

—Gracias a los cielos —susurró, aliviado.

Reinaba un inquietante silencio. Era como si el propio aire hubiera quedado exhausto después de aquel fragor. Twig se recolocó, y mientras las alas volvían a ponerse en su sitio, continuó su lento descenso sin motor. Delante de él, vio cómo la Gran Tormenta se retiraba. Se desplazó por el despejado cielo azul, hermosa y majestuosa, brillando como un enorme farolillo de papel púrpura.

—¿Eso es todo? —rezongó Twig—. ¿Me he perdido el rayo de meteoprax?

Agachó la cabeza con desilusión, pero mientras miraba hacia la Espesura del Crepúsculo, oyó otro ruido. Era como si un papel se rasgara o unas manos aplaudieran. Alzó la cabeza de inmediato y miró frente a él: en la base de la tormenta púrpura destacaba un punto de luz.

—¡Ahí está! —exclamó—. El rayo de luz. ¡Meteoprax puro!

El rayo dentado fue creciendo más y más, aunque a un ritmo increíblemente lento, como si las propias nubes lo retuvieran. Twig dudaba ya que llegara a explotar cuando, de súbito, resonó un ensordecedor ¡CRAC! El rayo de luz se había liberado.

Como una flecha, surcó el cielo hacia abajo chamuscando el aire a su paso. Crepitaba, echaba chispas, aullaba y ululaba. El olor de almendras tostadas inundó la nariz de Twig y le hizo temblar las aletas.

—Es... es maravilloso —musitó.

El rayo de luz se precipitaba hacia el suelo zigzagueando a través de las copas de los árboles, silbando y soltando esquirlas a su paso. Entonces, con un crujido, un ruido sordo y una nube de humo, se hundió en la tierra blanda. Twig observó cómo el relámpago se erguía orgulloso entre los árboles, y se estremeció sobrecogido y maravillado.

—Meteoprax —susurró—. Y estoy viendo cómo se forma...

La Gran Tormenta ya no era más que una mancha borrosa en la distancia, muy baja en el horizonte perdiéndose de vista. Ahora que había pasado,

213

Twig apenas recordaba lo que había sentido al ser atrapado, sacudido y golpeado por los violentos vientos.

En este momento el aire estaba estancado; era húmedo, denso; se pegaba como la ropa mojada. Estas circunstancias no convenían nada a Twig, que aún estaba lejos del suelo.

Gracias a la suave brisa que soplaba tras él, las alas desplegables eran perfectamente manejables. Sin embargo, cuando el aire estaba tan calmado, era peligroso planear porque casi no se podía mantener el control. Era necesario hasta el mínimo gramo de destreza para asegurarse de que el viento hinchara las bolsas de seda de las alas. Un movimiento equivocado y éstas se romperían, y él caería en picado al suelo.

Recordó que su padre le había dicho en una ocasión: «Es como pilotar un barco aéreo. Tienes que mantener el pulso firme en todo momento».

—¡Padre! —gimoteó, y se preguntó, sintiéndose culpable, cómo podía haberse olvidado de él. El *Cazatormentas* no habría sobrevivido a semejante explosión—. Pero tal vez... —murmuró manteniendo la esperanza contra toda esperanza—. Pese a todo, no he visto ninguna señal de naufragio, ni ningún resto cayendo por el aire...

Twig fue arrastrado abajo, abajo, cada vez más cerca del meteoprax. Incapaz de mantener la posición, confiaba en que la buena suerte lo dejara en tierra cerca de la valiosa sustancia. Pero no fue así. Se hallaba todavía bastante arriba cuando planeó sobre el centelleante relámpago de luz sólida, y se decepcionó cuando lo sobrevoló y lo dejó atrás.

Demasiado asustado para investigar o ni siquiera echar un vistazo alrededor, no podía hacer otra cosa que resistir, sujetarse con fuerza y mantenerse lo más quieto posible. El mosaico de copas de árboles, bañado en una tenue luz dorada, estaba más cerca a cada segundo que pasaba. Más pronto o más tarde tendría que aterrizar. Rozó con los dedos los talismanes y amuletos que le colgaban del cuello.

—Hacia la Espesura del Crepúsculo —susurró sin atreverse apenas a imaginar lo que encontraría allí.

Cuanto más descendía, más se calmaba el aire; era cálido y denso, casi sofocante. Al chico le centelleaba el cuerpo, cubierto de gotas de agua, y caía cada vez más rápido. Las alas desplegables se agitaban de forma preocupante. De repente descubrió con gran horror que ya no planeaba, sino que estaba cayendo.

215

—¡No! —gritó. No podía ser. No era justo, después de todo lo que había pasado—. ¡NOOO!

Su grito desesperado resonó mientras él bajaba y bajaba, revoloteando en la luz dorada, atravesando las copas de los árboles, golpeándose con las ramas y... ¡PLAF!

Aterrizó violentamente y se golpeó una sien contra las raíces de un árbol. El suave resplandor del crepúsculo desapareció de repente y Twig se encontró en medio de la más absoluta oscuridad.

¿Cuánto tiempo permaneció inconsciente? Twig no lo sabía. El tiempo no tenía ningún sentido en la Espesura del Crepúsculo.

—No te muevas —oyó que alguien le decía—. Casi he llegado.

Abrió los ojos. Estaba tendido en el suelo, junto a un alto árbol inclinado, lleno de nudos debido a su edad. Le pareció que todo flotaba ante él. Se frotó los ojos, pero no sirvió de nada. Era el propio ambiente, denso y cargado, el que le distorsionaba la visión.

Mientras lentamente se ponía de pie, aturdido, y soltó un grito ahogado. Frente a él se hallaba un caballero sobre un rondabobos de carga, atrapado en una maraña de correas y arneses, colgando a unos metros del suelo del bosque.

Twig paseó la mirada por la oxidada figura, luego miró hacia arriba, hacia el embrollo de cuerdas, y después observó el enorme casco de un barco aéreo destrozado que permanecía clavado en la copa de un árbol; un retorcido y viejo engranaje le sobresalía por un costado, como un enfurecido puño metálico. El caballero se balanceó en el aletargado aire.

—¿Qui... quién eres? —preguntó Twig con voz vacilante.

Desde las profundidades de la visera del caballero, se oyó de nuevo la voz.

—No te muevas, Vinchix —dijo el caballero—, ya casi estoy. Quédate quieto.

Los blancos huesos del ronda-bobos le sobresalían de la piel acartonada y momificada, y las cuencas de los ojos, vacías, observaban desde el yelmo metálico. Sobre éste se distinguía la palabra «Vinchix», escrita en letras doradas. El ser gimoteó lastimosamente.

217

Twig contuvo el aliento.

—¿Puedes oírme? —preguntó al caballero con un tembloroso hilo de voz.

»No te muevas, Vinchix —repitió el caballero.

Twig alargó una mano y le tocó la visera, de la que se desprendieron trocitos de óxido rojizo. Con cuidado, sin atreverse apenas a respirar, la levantó.

Soltó un aullido de terror y retrocedió. Se dio media vuelta y, llevado por un pánico ciego, se adentró a toda velocidad en las espesas y doradas profundidades de la Espesura del Crepúsculo. Por más que corriera, sin embargo, no lograba apartar de la mente la imagen del caballero en descomposición, pero todavía vivo: la piel apergaminada, tensa sobre la sonriente calavera; los ojos sin vida; y lo peor de todo, los labios finos y sin sangre, que aún articulaban palabras:

«Ya casi estoy; no te muevas».

Twig corrió y corrió, solo y abandonado, buscando el rayo de meteoprax, y confió en que sus compañeros de tripulación estuvieran haciendo lo mismo.

La penumbra de la Espesura del Crepúsculo lo despistaba: de repente el lugar brillaba con un tono dorado amarillento vivo, y al instante relucía en blanco y negro. Profundas sombras, charcos luminosos. Carbón y tiza. Reinaba un claroscuro de luz y sombra que lo confundía todo.

Los árboles centenarios, de troncos nudosos y ramas intrincadas, parecían retorcerse en la reluciente atmósfera y adoptar formas de duendes y ogros y horribles gigantes.

«Son sólo árboles —se recordó Twig—. Nada más

219

que árboles. —Las palabras sonaban musicales y extrañamente tranquilizadoras a medida que las repetía—. Tralará, ár...bo...les. Eso es, sólo...»

—¡Twig! —se gritó a sí mismo, y meneó la cabeza de un lado a otro. Debía estar atento, no perder el control.

Continuó avanzando sobre la blanda alfombra de hojas caídas mientras observaba atentamente el suelo, cubierto de pequeños cristales brillantes, como un puñado de sal o un cielo lleno de estrellas. Sonrió.

—Mira cómo brillan —susurró—. Mira cómo relucen. Mira cómo destellan...

—¡Twig! —gritó de nuevo—. ¡Detente! —dijo, y se dio una bofetada, dos, tres, cuatro. Se dio cachetes hasta que la cara se le enrojeció y le escoció—. ¡Concéntrate en lo que estás haciendo y no divagues! —dijo con firmeza.

Pero era más fácil decirlo que hacerlo, porque la Espesura del Crepúsculo era embrujadora y seductora. Susurraba, murmuraba, atraía... Y a medida que Twig se adentraba más y más en el bosque, descubrió horrorizado con qué facilidad su mente divagaba... se perdía... se dejaba llevar por sueños fantasiosos.

—Tú eres Twig, hijo de Lobo Tizón, el capitán pirata —se recordó con brusquedad—. Estás en la Espesura del Crepúsculo; la Gran Tormenta te ha traído hasta este lugar. Y buscas meteoprax, a la tripulación del *Cazatormentas*... ¡o cómo salir de aquí!

Mientras recordara esas realidades, estaría a salvo. Pero a cada paso que daba resultaba más difícil porque parecía que el bosque lo cercaba y le afectaba a los sentidos. La brillante distorsión del ambiente le nubló la vista y los oídos le rebosaron de murmullos resonantes, y la nariz y la boca, de exuberancia... y decadencia a la vez.

A medida que avanzaba a trompicones, le pareció ver algo con el rabillo del ojo. Miró furtivamente hacia atrás y frunció el entrecejo. Allí no había nadie.

—Habría jurado... —murmuró Twig, nervioso.

Le sucedió una y otra vez. Allí «había algo»; estaba seguro. Pero por más rápido que se girara, nunca conseguía verlo.

—Esto no me gusta. No me gusta nada.

De pronto oyó tras él un tenue sonido semejante a un clip, clap, que lo cogió desprevenido y, antes de que se diera cuenta, se encontró de nuevo en la cabaña leñotrol de su infancia. Spelda Leñopaf, la leñotrol que lo había criado como a un hijo, andaba atareada por la cabaña mientras sus pasos resonaban sobre el suelo de madera. Los recuerdos eran tan vívidos, tan palpables:

vio el leñolufo arder en la cocina y percibió el aliento de su madre que olía a aquel hierbajo en vinagre.

—Tú eres mi-ma-mi —susurró.

—Y tú eres Twig, mi querido hijo —musitó ella.

Se sobresaltó al oír su nombre. Miró

enfrente, incapaz de entender la brillante oscuridad que lo rodeaba. ¿Le miraban realmente esos ojos cada vez que giraba la cabeza? ¿Era cierto que acababan de desaparecer de su vista aquellos dientes y garras?

«Eres Twig, hijo de Lobo Tizón —se repitió a sí mismo—. Estás en la Espesura del Crepúsculo; estás buscando a tus compañeros de tripulación, el meteoprax o una forma de salir de aquí. Eso es, una forma de salir de esta pesadilla.»

Percibió entonces un sonido rechinante: el choque de dos piezas metálicas sin lubricar. Sonrió. Era la hora de la cena a bordo del *Cazatormentas*, y los piratas aéreos estaban sentados en un largo banco, zampándose una comida a base de avenieves asados y puré de leñopapas. No se oía nada aparte del habitual clic, clic, clic de la mandíbula metálica de Stope Bocaprieta al masticar.

222

—Parece que tenemos una leñorrata entre nosotros —comentó Tem Aguatrueno con una risa—, ¿eh, Twig? Suena... suena como...

El chico hizo una mueca. Le había vuelto a suceder. ¿Cuánto tiempo faltaba para que el traicionero bosque le hiciera perder la cabeza por completo?

—Tú eres Twig —volvió a repetir, vacilante—. Estás en la Espesura del Crepúsculo. Estás buscando... buscando...

Pero entonces, desde la derecha, le llegó el sonido inconfundible de un rondabobos que gemía. Se desesperó; debía de haber andado en círculo. Tanto caminar, tanto concentrarse, para acabar en el mismo lugar.

Buscó entre las copas de los árboles alguna señal del

barco naufragado, pero no vio nada. Inquieto y preocupado, mordisqueó la punta del pañuelo. Pensó que quizá lo había imaginado. Quizá...

Se le hizo un nudo en la garganta.

«Tr... tranquilo —se dijo a sí mismo—. Concéntrate en lo que tienes enfrente. No mires alrededor. Todo va a ir bien.»

—Tranquilo, Bolnix, todo va a ir bien —resolló una voz de anciano.

Alzó los ojos de golpe, aguzó la vista... y el corazón le dio un vuelco.

Capítulo trece

El caballero sepia

Frente a él había otro caballero. Completamente cubierto con una armadura oxidada, iba sentado sobre un rondabobos. El roce sobre la silla de montar al cabalgar provocaba que las pesadas planchas de metal chirriaran y crujieran, las juntas echaran chispas y los tornillos susurraran suavemente.

—Quédate quieto, Bolnix —dijo el caballero con voz rota, sibilante y áspera.

Twig vio cómo dos ojos brillaban tras el visor del yelmo. Se estremeció con aprensión y apartó la vista. El rondabobos, viejo y débil, avanzaba despacio y con pasos nerviosos.

—Quieto, Bolnix —dijo otra vez el caballero—. No te acerques demasiado.

Respirando con dificultad, el caballero se quitó de un tirón un guantelete y Twig observó la mano que quedó al descubierto; era tan nudosa como las ramas de los viejos árboles. Golpeteando ruidosamente, el caballero levantó el brazo y toqueteó con torpeza el visor.

—Quieto ahora —dijo.

Twig se quedó inmóvil al ver que conseguía abrir la

visera lentamente, aunque crujía a causa de la oxidación. Ante él aparecieron un par de asustados ojos azules, como joyas medio hundidas, en un rostro anciano y arrugado.

—¿Eres tú, Garlinius? Llevo tanto tiempo buscando...

La voz era la de una persona anciana, igual que el semblante, pero el doble de melancólica que éste.

—No —repuso Twig acercándose a la figura—. Por favor, señor, mi barco ha naufragado. El *Cazatormentas*...

El caballero retrocedió, y las juntas y los tornillos de su armadura crujieron de modo alarmante. El rondabobos resopló inquieto.

—¡Y tú me hablas de cazar tormentas, Garlinius! Tú, que me robaste el *Reina Tormenta* y nunca volviste. ¡Oh, Garlinius, hace tanto tiempo que te busco; si supieras...!

—Por favor —dijo Twig avanzando un paso—. No soy Garlinius, soy Twig, y...

—¡Garlinius! —gritó de nuevo el caballero, súbitamente recuperado. Volvió a colocarse el guantelete en la mano, se bajó del rondabobos y agarró a Twig por el hombro—. ¡Qué alegría verte! Nos separamos enfadados, aunque los caballeros no deberían hacer estas cosas. Pero, Garlinius, no sabes cuánto he sufrido desde entonces; he vagado por estas tierras buscando y buscando.

El caballero, cuyos ojos brillaban con una iridiscencia azul, miraba fijamente a Twig y le agarró con mayor fuerza el hombro, presionándolo con la mano enfundada en el guantelete metálico.

—Pero yo no soy Garlinius —insistió el chico, haciendo un gesto de dolor y tratando de escabullirse—. Soy Twig. Estoy buscando a mis compañeros de tripulación, a mi...

226

—Perdido y buscando —rugió el caballero—. Yo también, yo también. Pero ahora eso da exactamente igual porque estamos juntos de nuevo. Tú y yo, Garlinius —dijo, apretándole aún más fuerte el hombro—. Tú y yo.

—¡Mírame! —chilló desesperado Twig—. Escucha lo que te estoy diciendo: yo no soy Garlinius.

—Si supieras cuánto tiempo hace que busco. Buscando, siempre buscando.

—¡Déjame en paz! —vociferó el chico—. ¡Déjame marchar!

Pero el caballero no lo soltó. Y pese a que Twig se retorció y se contorsionó, no logró liberarse de la garra de la pesada manopla.

En cambio, Twig descubrió con gran horror que el caballero lo acercaba cada vez más a él, hasta que sintió su cálido y fétido aliento en la cara. El caballero alzó su otra mano y Twig se estremeció de repulsión al notar cómo ésta, arrugada y huesuda, le exploraba cada centímetro de la cabeza.

—Garlinius... La nariz aguileña, la frente alta... ¡Qué bien que nos hayamos reencontrado!

Desde tan cerca, Twig comprobó que la armadura del caballero estaba recubierta de una fina capa de polvo sepia que recorría el peto casi como si fuera líquida, de manera que unas veces se veía reflejado en el metal que lucía debajo y otras veces no.

—Si supieras lo solo que he estado, Garlinius —aulló el caballero—, cuánto he buscado.

Twig se alarmó y farfulló entre dientes:

—Tengo que liberarme, tengo que marcharme de aquí.

Se irguió, agarró la mano enguantada que le sujetaba el hombro y la retiró con todas sus fuerzas.

—¡Garlinius! —protestó el caballero lastimosamente.

Twig levantó con ímpetu la rodilla y golpeó el peto de la armadura con un sonoro ¡clac! El caballero cayó hacia atrás y aterrizó con torpeza, produciéndose un gran alboroto en el suelo cubierto de cristales. Se alzó

una nube de polvo sepia y Twig cayó de rodillas tosiendo violentamente.

—¡Garlinius!

El caballero estaba de nuevo en pie. En la mano sostenía una espada dentada, de aspecto peligroso pese al óxido que la cubría.

—Garlinius... —musitó de nuevo en tono repentinamente bajo y amenazante. Aunque miraba a Twig parecía como si no lo viera y por un instante lo hipnotizó con aquella cristalina intensidad de sus ojos azules. Entonces alzó la espada y el chico contuvo la respiración.

El rostro marchito del caballero adoptó una expresión confundida.

—Garlinius, ¿dónde estás? —Dejó vagar la vista sobre Twig—. Garlinius, regresa —imploró—; podemos volver a ser amigos. ¡Si supieras cuánto hace que te busco! ¡Garlinius! Por favor...

Twig se estremeció, apenado. El caballero estaba casi ciego. La Espesura del Crepúsculo le había robado todos los sentidos, el ingenio, la cordura... pero le había dejado con vida. Nunca podría descansar; nunca encontraría la paz: estaba condenado a continuar para siempre aquella búsqueda interminable.

«No hay nada en el Bosque Profundo que sea tan cruel como este lugar —pensó Twig—. ¡Tengo que largarme de aquí! No dejaré que la diabólica Espesura del Crepúsculo me robe la cordura, la vista... Tengo que escapar.»

Al no recibir respuesta, el caballero se dio la vuelta con pesar.

—Tan cerca —susurró—; siempre tan cerca y sin embargo...

Silbó levemente entre sus dientes picados y el rondabobos se aproximó obediente. Jadeando y resollando, el caballero trepó de nuevo a la montura.

—Te encontraré, Garlinius —gritó con voz débil y rota—. Una búsqueda siempre es una búsqueda. Dondequiera que Vinchix te lleve, Bolnix y yo te seguiremos.

Twig contuvo el aliento y permaneció completamente inmóvil mientras el caballero agitaba el puño en el aire, tiraba de las riendas y se adentraba de nuevo en las profundidades de la Espesura del Crepúsculo. La luz dorada brilló en la espalda de la armadura mientras la figura se desvanecía en el mosaico de luces y sombras. El chirrido se debilitó y el ruido de las pisadas fue apagándose.

Finalmente, Twig tomó aire jadeando y sintió un fuerte pellizco en el hombro: el guantelete del caballero sepia todavía seguía agarrándolo.

Capítulo catorce

Gritos fuertes, susurros débiles

I. En la Ciénaga

Screed Robadedos se dio unas palmaditas en el estómago. El pez rezumador estaba tan asqueroso como siempre, amargo, lleno de espinas y aceitoso, pero había conseguido saciar su apetito. Se inclinó sobre el fuego y echó las raspas; éstas crepitaron y fueron consumidas por las llamas. Dejó las cabezas y las colas para los carroñeros cuervos blancos, que habían volado expectantes en círculos alrededor del barco naufragado desde que las primeras nubes de humo del pescado se alzaron en el aire.

—Aquí tenéis, queridos —dijo con voz áspera.

Los pájaros se pelearon ruidosamente por los pedazos de comida; se picotearon, se arañaron con las garras, se hicieron sangre; hasta que, uno tras otro, fueron encontrando algún trozo a su gusto, echaron a volar y se alejaron para comer tranquilos.

—Peces rezumadores... —resopló Screed, y escupió en el fuego, enojado.

Hacía muchos años que Screed se había establecido

en aquel páramo blancuzco y, sin embargo, todavía no se había acostumbrado a la comida que ofrecía la Ciénaga. Por supuesto que a veces robaba las provisiones que llevaban los desventurados duendes, trols y demás seres a quienes guiaba hacia la muerte; pero sus reservas de pan seco y cecina tampoco eran mucho mejores. Lo que Screed Robadedos ansiaba eran los alimentos que en otro tiempo había comido cada día: bistecs de cuernolón, salchichas de tilder, avenieves asados... Se le hizo la boca agua y su estómago gimió.

—Quizá algún día —suspiró—; algún día.

Cogió un palo largo y atizó pensativo las brasas del fuego. El tiempo era tranquilo aquella mañana, con poco viento y ninguna nube; diferente al día anterior, en que el cielo se había llenado de remolinos ensordecedores debido a la tormenta. Parecía una gran tormen-

ta; y recordó el barco aéreo que había visto avanzar en dirección a ella como una flecha.

—¡Cazar tormentas! —masculló Screed, y adoptó un aire despectivo—. Si supieran... —Se rio socarronamente—. Claro que a estas alturas, seguramente ya lo saben. ¡Pobres estúpidos! —dijo, y rio aún más fuerte.

El sol se elevó en el firmamento; lucía con fuerza y levantaba remolinos de niebla desde el barro pantanoso.

—Bueno, en marcha —dijo Screed mientras se limpiaba la boca con la manga—. No me puedo quedar aquí sentado todo el día.

Se puso en pie, echó barro húmedo sobre las ascuas y cenizas humeantes y oteó el horizonte. Esbozó una amplia sonrisa cuando miró más allá de la brumosa Ciénaga, hacia al Espesura del Crepúsculo que se extendía detrás de ésta.

«¿Quién será el próximo en llegar, desesperado por encontrar un guía que lo oriente por el pantano?», se preguntó, y soltó una risita desagradable.

—Mi preciado botín —susurró—, ¡allá voy!

II. En el palacio del Sumo Académico

Vilnix Pompolnius soltó un chillido de dolor y se irguió.

—¡Imbécil! —gritó.

—Un millar... no, un millón de disculpas, señor —respondió Minulis también a gritos—. Se me ha resbalado.

Vilnix inspeccionó el dedo herido y se lamió una gota de sangre.

—No es demasiado grave —dijo, y sonrió—. En cualquier caso, un poco de dolor nunca le ha hecho daño a nadie.

—No, señor —corroboró Minulis con entusiasmo.

Vilnix se tendió de nuevo en la otomana, cerró los ojos y dijo:

—Puedes continuar.

—Sí, señor; gracias, señor; enseguida, señor —farfulló el criado—. Y tenga por seguro que no sucederá de nuevo, señor.

—Será mejor que así sea —gruñó Vilnix—. Muchos saltarían de alegría ante la oportunidad de convertirse en el sirviente personal del Sumo Académico de

Sanctaprax... en caso de que el puesto quedara vacante.
¿Ha quedado claro?

—Cristalinamente claro, si me permite el atrevi-
miento —dijo Minulis, obsequioso.

Con el máximo cuidado, alzó de nuevo la huesuda
mano y continuó con la manicura. Al Sumo Académico
le gustaba llevar las uñas afiladas como agujas; así podía rascarse la espalda más satisfactoriamente.

—Minulis —dijo Vilnix Pompolnius al cabo de un
rato, con los ojos aún cerrados—, ¿tú sueñas?

—Sólo cuando duermo, señor.

—Una buena respuesta y muy ilustrativa de las di-
ferencias entre nosotros. —Minulis siguió limando en
silencio. Al Sumo Académico no le gustaba que lo inte-
rrumpieran—. Yo sólo sueño cuando estoy despierto.
—Abrió los ojos—. Soñaba con todo esto —comentó, e
hizo un amplio gesto con la mano que abarcó el sun-
tuoso Santuario Interior—, ¡y quién lo iba a decir!, mis
sueños se han convertido en realidad.

—En efecto, el Consejo de Sanctaprax es afortunado al tener a un erudito tan sabio y venerable como
Sumo Académico —afirmó Minulis.

—Muy afortunado —corroboró Vilnix desdeñosamente—. Y, sin embargo, desde que alcancé la cúspide
del éxito, he perdido mis sueños.

Minulis chasqueó la lengua, comprensivo.

De pronto Vilnix se sentó y se inclinó hacia su sirviente con aire conspirativo y le dijo:

—Te voy a contar un pequeño secreto. Después de
la cena con el jefe de la asociación y de mi pequeña
charla con el nocheciélago, he empezado a soñar de

nuevo. Sueños hermosos —susurró—, sueños más vívidos que cualesquiera que hubiera tenido antes.

III. En los callejones de Subciudad

Sordo, sin dinero y en la calle, Forfículo había caído
tan bajo como se puede caer. Ya no era útil a nadie, y
mucho menos a Madre Plumacaballo; estaba seguro de
que ella no iba ni a mirarle a la cara. Sentado con las
piernas cruzadas sobre una manta raída y la cabeza en-
vuelta en vendajes sangrantes, contemplaba cómo los
habitantes de Subciudad se apresuraban a su alrededor
sin reparar en él.

—Una moneda, por favor —gritaba a intervalos
mientras hacía tintinear su pequeña taza—. Ayudad a
salvar a una pobre alma menos afortunada que vosotros.

Sus palabras, no obstante, caían en oídos tan sordos
como los suyos y, después de ocho horas mendigando,
la taza no contenía más que el botón de bronce que él
mismo había colocado en ella por la mañana. Al atardecer Forfículo estaba a punto de marcharse cuando finalmente alguien se detuvo a su lado.

—Una moneda, por favor.

—¿Una moneda? —repitió el recién llegado con
suavidad—. Ven conmigo y te haré más rico de lo que
puedas imaginar.

El nocheciélago no contestó. No había oído ni una
sola palabra. Slitch, reacio a repetir su oferta en voz
más alta, se puso en cuclillas frente a él e hizo un gesto

con el dedo medio y el pulgar. Forfículo alzó la vista y se concentró en los labios del duendinoc.

—Dinero —dijo Slitch articulando bien para que le leyera los labios—, riqueza, fortuna. Ven conmigo.

Si Forfículo hubiera sido capaz de captar los pensamientos de Slitch, u oír su voz, enseguida habría reconocido al duende sin escrúpulos causante de la muerte del infortunado masacrador, Tendon. Pero no oía nada y, como un bebé, tenía que fiarse de las sonrientes palabras del duende. De manera que se puso en pie, se colocó el mugriento fardo de harapos bajo el brazo y dejó que lo guiaran.

Quizá era la desesperación lo que había dejado a Forfículo tanto ciego como sordo; o quizá no quería recordar lo que había visto. En todo caso, no se acordaba de la escena de la casucha, con el mortero, la mano y el cristal.

—Meteoprax —silabeó Slitch, y sonrió mientras le alargaba la mano al nocheciélago. Forfículo asintió—. Pero espera un momento —continuó Slitch y, dándose media vuelta, cogió del estante una probeta llena de un denso líquido amarillo—. Aceite de aguasemilla —especificó, y sacó el tapón de corcho—. Si vertemos un poco en el cuenco con el cristal, entonces... —Se detuvo—. ¿Qué estás haciendo? ¡NO! —gritó mientras se abalanzaba sobre el nocheciélago.

Pero era demasiado tarde. Forfículo no había oído nada de la explicación de Slitch y, con los ojos fijos en el brillante y reluciente pedazo de meteoprax, agarró con firmeza la mano del mortero.

—Vamos allá —susurró, y la dejó caer bruscamente.

¡BUM!

¡CRAC!

238

El cristal de meteoprax explotó con una fuerza terrorífica y se llevó la casucha con él. El tejado se derrumbó, las paredes se cayeron y el suelo se convirtió en un cráter gigante. Cuando el polvo se asentó, aparecieron dos cuerpos unidos para siempre en un abrazo mortal.

IV. En el exterior de la Taberna del Roble Sanguino

—Por todos los cielos, ¿qué ha sido eso? —exclamó el profesor de Oscuridad.

—Vosotros los académicos siempre tenéis la cabeza en las nubes y construís vuestros castillos en el aire —lo reprendió Madre Plumacaballo—. No tienes ni idea, ¿verdad?

Ambos estaban dando un paseo vespertino. Tenían asuntos urgentes que discutir, y puesto que la Taberna del Roble Sanguino había demostrado ser un lugar muy poco discreto, habían decidido mantener su conversación en el exterior.

—No, cuéntame, ¿qué ha sido ese ruido? Ha sonado como una explosión.

—«Ha sido» una explosión —confirmó ella con las plumas del cuello erizadas—. Cada vez que algún estúpido intenta transformar meteoprax en praxpolvo se produce una explosión.

El profesor de Oscuridad se detuvo sorprendido y preguntó:

—Pero ¿de dónde sacan el meteoprax?

—El mercado negro está inundado —replicó Madre

Plumacaballo repiqueteando impaciente con el pico—. Aunque se rumorea que el propio Sumo Académico lo está autorizando con la esperanza de que alguien, en algún lugar, descubra el esquivo secreto para asegurar la producción de praxpolvo...

—Pero... pero ¡eso es indignante! No tenía ni idea... No me extraña que el tesoro se esté agotando. —Movió la cabeza, disgustado—. Maldigo el día en que puse los ojos por primera vez en ese traicionero usurpador, Vilnix Pompolnius.

—El ayer ya ha pasado —sentenció Madre Plumacaballo, cortante—; el mañana todavía ha de llegar.

—Lo sé, lo sé, pero ¿qué podemos hacer? Ya te he dicho que ahora tanto Vilnix como el jefe de la asociación saben que Lobo Tizón ha partido en busca de meteoprax. Ambos esperan su regreso y ambos tienen intención de confiscar el cargamento. Y si uno fracasa, no hay duda de que el otro tendrá éxito.

—Por el contrario —comentó Madre Plumacaballo reluciéndole los ojos—, ambos fracasarán; recuerda mis palabras. Lobo Tizón es un tunante muy astuto, créeme: mientras sus dos enemigos luchan por él, se deslizará entre ellos y me traerá el cargamento de meteoprax a mí, tal como quedamos. —De súbito, entornó los ojos y se encaró a su acompañante—. Pero ¿cómo sabes tú todo esto? ¿Acaso te ha confiado el Sumo Académico sus más íntimos pensamientos?

—No, yo... Veo que tu ignorancia acerca de Sanctaprax es similar a la mía respecto a Subciudad. Intrigas, susurros, cotilleos... ¡El mercado negro de nuestra noble ciudad flotante está inundado de este tipo de cosas! —dijo, y sonrió.

—Forfículo... —aventuró Madre Plumacaballo—. ¿Fue él...?

—En efecto, Forfículo se lo contó todo a Vilnix.

Madre Plumacaballo carraspeó ruidosamente y escupió sobre el suelo.

—Ahora entiendo por qué el pequeñajo no ha asomado la cabeza; está demasiado avergonzado —graznó.

—Lo torturaron hasta conseguirlo; no tuvo otra elección. Pero no, no me enteré de los planes del Sumo Académico a través del nocheciélago.

—¿A través de quién, entonces?

—De alguien que ha jurado lealtad a un cargo, más que a la persona que lo ostenta. Se llama Minulis; es el sirviente personal de Vilnix Pompolnius y dice que se avecinan cambios.

—¡Entonces tendremos que ocuparnos de que así sea! —gorjeó Madre Plumacaballo con alegría.

Capítulo quince

Vivo o muerto

Twig se paró a media zancada y escudriñó el cielo dorado. ¿Había visto algo que se movía, algo que volaba en lo alto? ¿O era sólo otra ilusión óptica, otro truco cruel de la luz acuosa?

—Padre —gritó—, ¿eres tú?

—Tú... tú... tú... —le respondió el bosque.

Dejó caer los hombros con abatimiento. No había nadie ahí; nunca había nadie. Las caras socarronas que veía con el rabillo del ojo, burlándose y mofándose de él, desaparecían todas las veces que se daba la vuelta para enfrentarse a ellas y dejaban remolinos espectrales de niebla. Estaba solo; completamente solo.

Y, en cambio, cuando continuaba su solitario viaje, persistía en él la sensación de que lo observaban. No se lo podía quitar de la cabeza.

—Por aquí —susurró alguien o algo—. ¡Aquí! ¡Aquí!

¿O se trataba del susurro de la brisa, cálida y densa, que acariciaba los árboles centenarios?

Estaba mareado, desorientado, y no podía confiar en lo que le decían sus sentidos. Los árboles se movían al viento, las ramas se alargaban hacia él y sus dedos largos y leñosos le tiraban de la ropa y le despeinaban el pelo.

—¡Déjame en paz! —aulló Twig.

—Paz... paz... —le respondió el bosque.

—No voy a quedarme aquí para siempre —gritó.

—Para siempre... siempre...

Metió la mano en el guantelete del caballero, estiró la espada de su padre y la sacó de la funda. Agarrar la empuñadura lo ayudó a recordar quién era: Twig, hijo de Lobo Tizón. En la Espesura del Crepúsculo necesitaba toda la ayuda posible para recordar incluso eso. Sin embargo, la espada le trajo también recuerdos culpables y vergonzosos.

Lobo Tizón había echado la culpa a Spleethe de haberlo raptado y arrastrado contra su voluntad a bordo del *Cazatormentas*. Pero él sabía que no era así como había ocurrido. Había ido por voluntad propia. Es más, fue él mismo quien le contó al cabo traidor que Lobo Tizón era su padre, y al hacerlo, reveló el punto débil del capitán. Fue como si le hubiera clavado una puñalada por la espalda.

—No era mi intención —farfulló—. De verdad que no. ¡Oh, padre, perdóname por mi terca ignorancia, mi completa estupidez, mi falta de sensatez...!

Los brillantes ojos y los relucientes dientes emergieron de las sombras y se mantuvieron inmóviles en el aire en el límite de su campo de visión una vez más. Twig alzó la mano enguantada y se golpeó con fuerza la cabeza. No le convenía prestar demasiada atención a eso de «falta de sensatez» mientras estuviera en la Espesura del Crepúsculo.

Mientras bajaba el brazo, observó que la fina capa de polvo se
deslizaba sobre la pulida superficie del guantelete y caía por
los dedos metálicos como gotas líquidas. Aquella pieza de
la armadura que obraba en
su poder era lo único que le
permitía certificar que su en-
cuentro con el caballero sepia no había sido una imagi-
nación suya.

—Estás buscando meteoprax —repitió Twig al
tiempo que se ponía de nuevo en marcha—. Estás buscando a la tripulación del *Cazatormentas*; estás buscando la salida.

Siguió avanzando a trompicones. Avanzó y avanzó
y le pareció que el tiempo se había detenido. No estaba
hambriento. No estaba sediento. No estaba cansado. No
obstante, mientras avanzaba a través de las profundidades de luz y sombra, bajo el embrujo del letargo, su
aprensión fue en aumento.

—La Espesura del Crepúsculo —bufó—. La Espesura de la Pesadilla, más bien.

El viento sopló más fuerte, agitó ligeramente las
hojas y desprendió de ellas la capa de centelleantes cristales que cayeron en forma de lluvia sobre el reluciente suelo. Twig se quedó mirando, cautivado por el ful-
gurante espectáculo. Y mientras caían, oyó un sonido
ligero y delicado, como el suave tintineo de las campanillas.

El sonido aumentó de volumen y Twig se detuvo

para escuchar. ¿Qué originaba aquella música tan dulce y melodiosa? Parecía provenir de su derecha...

—Soy Twig —se recordó mientras alzaba la espada con la mano enguantada—. Debo abandonar este lugar. No quiero convertirme en otro caballero sepia.

—... otro caballero sepia... —le respondió el bosque en un susurro.

Twig siguió la música celestial, andando con cuidado por entre los árboles y el sotobosque, mientras trataba de ignorar los gritos desesperados que resonaban más allá del alcance de sus oídos. En lo alto, una vívida luz plateada relució desde la sombra. Twig, impaciente, echó a correr abriéndose camino con la espada a través de la maleza y apartando las enredaderas llenas de espinas con el guantelete. Se acercó cada vez más. Un dulce perfume de almendras inundaba el ambiente; la luz se intensificó y la música aumentó de volumen.

Y entonces lo vio...

Vio un altísimo y espléndido cristal; un extremo se clavaba profundamente en la tierra y el otro se elevaba zigzagueando hacia arriba. Era el rayo de luz, ahora sólido, que había visto cómo la Gran Tormenta lo descargaba.

—Meteoprax —susurró sofocando un grito.

De cerca, el rayo de luz era aún más extraordinario de lo que había imaginado. Era perfecto, sin mácula, liso como el cristal, y palpitaba con una luz pura y blanca. Se dio cuenta de que el sonido provenía del extremo superior del zigzagueante rayo, allá en lo alto.

—Se rompe —murmuró, alarmado—. ¡Se está partiendo!

En ese momento se oyó un ruido muy fuerte, como el repicar de campanas, y un enorme trozo del cristal se desprendió y se precipitó hacia él como un chaparrón de diminutas partículas brillantes. Twig retrocedió, cayó al suelo y observó horrorizado cómo el cristal aterrizaba, con un ruido sordo, y levantaba una nube de

polvo sepia, justo en el lugar donde había estado un momento antes.

Se oyó un nuevo repicar de campanas y otros dos pedazos de meteoprax, aún más grandes, cayeron junto al primero. También se incrustaron en el suelo, pero no tardaron en desaparecer los tres.

—Se están enterrando —observó Twig.

Recordaba, por supuesto, que en la más completa oscuridad un pequeño trozo de meteoprax pesaba tanto como mil árboles leñoplomos; y estaba comprobando lo que eso significaba en la práctica: la parte inferior de cada una de las enormes piezas de cristal, que se introducían en el suelo y eran inmensamente pesadas, tiraban del resto del rayo hacia abajo.

¡Pam, pam, pam! ¡Crac, crac, crac! Cayeron algunos bloques más, y Twig se arrastró hacia atrás con manos y pies, aterrorizado ante la perspectiva de que uno aterrizara sobre él. Algunos eran pequeños, otros muy grandes, pero todos quedaban enterrados en el lugar donde caían, hundiéndose en la absoluta oscuridad del suelo.

Entonces, con una chirriante sinfonía de ruido, el relámpago se tambaleó y Twig se dio cuenta de que éste también se estaba enterrando. Era este movimiento descendente el que provocaba que la parte superior se resquebrajara y se partiera; y cuanto más cristal desaparecía bajo tierra, mayor era el empuje del rayo.

Twig movió la cabeza, consternado, y pensó que aunque el *Cazatormentas* hubiera estado anclado allí mismo, sobre el claro, habría sido dificilísimo conseguir los trozos de meteoprax. De pronto, con un flooop... plop final, la última sección del rayo de meteoprax se hundió y desapareció de la vista.

—Se ha esfumado —susurró Twig.

Se puso en pie y barrió el claro con la mirada. Pero, aparte de las ramas quemadas y rotas, no había señal alguna de que el rayo de meteoprax hubiera estado allí. Entonces se oyó una risa distante.

—Se ha esfumado —repitió, apenas capaz de creer lo que veían sus ojos.

Tantos años esperando una gran tormenta y todos los peligros que había implicado cazarla: el mástil roto, el abandono del barco aéreo, la pérdida de su padre... Y todo ¿por qué? Por un rayo de luz que había desaparecido a las pocas horas de alcanzar su destino y que casi lo mata en el proceso.

«Pero —pensó Twig con un escalofrío— no me habría matado, ¿verdad? Uno de los trozos podría haberme roto la espalda o golpeado el cráneo, pero no me habría muerto.»

Sintió que un escalofrío le recorría la espalda cuando le vino a la cabeza el macabro pensamiento de lo que podía haber ocurrido.

—Y ahora, esto es todo lo que queda —exclamó dando una patada a los montoncitos de cristales, demasiado pequeños para hundirse con los restantes, que descansaban sobre el suelo, como si de escarcha se tratara. A consecuencia de la patada se elevó una nube de polvo brillante y él se sintió enfermo; quería llorar, quería gritar—. ¡Cazar tormentas! —maldijo amargamente—. ¡Vaya misión estúpida!

—Y, sin embargo, por extraño que parezca, atractiva a pesar de todo —dijo una voz cascada y atiplada detrás del chico.

Twig dio un respingo y alzó la mirada con impaciencia hacia el cielo. El caballero sepia era la última persona a la que quería ver en aquel momento.

—Twig —se oyó la voz de nuevo—. Eres Twig, ¿verdad?

—Sí —contestó Twig bruscamente volviéndose—. Y tú eres... —Se calló de golpe. No se trataba del caballero sepia; tampoco era un fantasma, ni un vampiro, ni un truco luminoso—. ¡vos! —exclamó.

—Por supuesto que soy yo —dijo el profesor de Luz mientras lo miraba con dificultad—, aunque algo

249

desmejorado, me temo. No le cogí el truco a las alas desplegables y me di un buen golpe.

Twig lo observaba con la boca abierta a causa del horror.

—¿Tan mal aspecto tengo? —preguntó el profesor, y suspiró cansado—. Sí, ¿verdad?

—Vuestro cuello... —susurró notando que se le hacía un nudo en la garganta—. Está...

—Roto. Lo sé. —Se cogió la cabeza con ambas manos y se la enderezó hasta que los ojos le quedaron a la altura de los de Twig—. ¿Mejor así? —Y sonrió débilmente.

Twig asintió. Sin embargo, acto seguido el profesor estornudó debido al polvo y la cabeza se le cayó de nuevo hacia delante. El chico trató con todas sus fuerzas de ignorar las crecientes náuseas que sentía y dijo:

—Necesitamos fijarla en su lugar de alguna forma. —Miró alrededor, en apariencia buscando algo que pudiera usar, pero lo que en realidad trataba era de evitar el contacto visual con la terrorífica visión de la cabeza colgante del profesor—. Un palo —masculló afanándose—. Esperad aquí —le ordenó, y se perdió entre los árboles.

En un minuto estaba de vuelta con una grande y sólida rama de los viejos árboles de la Espesura del Crepúsculo, que había arrancado de uno cercano.

—Éste debería servir. Si se lo coloco en la espalda, así... y lo ato firmemente con mi cuerda... así... Ya está.

Dio un paso atrás para contemplar su trabajo. Por detrás, parecía que al profesor le creciera un pequeño esqueje de la columna vertebral.

—Ahora, vamos a por la cabeza —continuó parloteando mientras sacaba un pedazo de venda del bolsillo—. Esto debería bastar; a ver...

El profesor, cuyo mentón descansaba sobre el pecho, miró tan arriba como pudo.

—¿Qué vas a hacer? —preguntó.

—Os lo mostraré —repuso Twig—. Si volvéis a levantar la cabeza, la ataré a la rama de la espalda, para que no se caiga hacia delante.

—Excelente idea —dijo el profesor con entusiasmo.

De modo que levantó la cabeza por segunda vez, y la apoyó con suavidad sobre la rama.

Twig le enrolló la venda alrededor de la frente y del soporte improvisado una y otra vez, sujetándolos entre sí. Cuando la venda estaba a punto de acabarse, rajó el final en dos y la ató con un doble nudo.

—Ya está —dijo al fin.

El profesor bajó las manos y la cabeza se le mantuvo erguida. Twig soltó un suspiro de alivio.

—Magnífica improvisación —exclamó el profesor de Luz—. Tengo que admitir que Tem Aguatrueno tenía razón: eres un jovencito con mucho ingenio.

Twig se sobresaltó, lleno de sorpresa y alegría, y preguntó:

—¿Tem? ¿Está Tem aquí o...? —El aire espectral bailó con regocijo y resonó con una risa desagradable, y Twig sintió un nudo en el estómago al darse cuenta de su probable error—. ¿O estabais hablando con él a bordo del *Cazatormentas*? —preguntó.

—No, no —replicó el profesor—. Apenas intercambiamos unas palabras mientras estábamos a bordo. Él está aquí, en la Espesura del Crepúsculo... —Hizo un gesto de perplejidad—. Estábamos juntos hace un momento. Estábamos... yo miraba... —Se dio la vuelta con torpeza y se quedó contemplando a Twig—. No puedo recordar lo que estaba mirando.

Twig asintió, observó inquieto alrededor, a las ondulantes sombras de alrededor y susurró:

—Este lugar es traicionero. Hay algo aquí... O alguien, o quizá mucha gente; no lo sé. Pero veo caras que luego se desvanecen, oigo voces que se apagan cuando trato de escucharlas...

—Eso es —dijo el profesor de Luz con aire soñador—, preguntas que buscan respuesta, teorías que buscan pruebas...

—Y —continuó Twig mientras alzaba la espada con la mano enguantada— si no fuera por estos... La espada me recuerda de dónde vengo y quién soy; y el guantelete, en lo que no quiero convertirme. Sin estos objetos estaría completamente perdido. ¡Oh, profesor, tenemos que abandonar estos bosques cuanto antes!

El profesor suspiró, pero no se movió.

—Twig —dijo suavemente—, me rompí el cuello al

caer y gracias a que aterricé en este lugar aún estoy vivo. No puedo abandonar la inmortalidad de la Espesura del Crepúsculo; moriría al instante si lo hiciera. —El chico movió la cabeza, desesperado. Estaba claro que el profesor tenía razón—. Pero no está tan mal: ahora podré pasarme el resto de la vida estudiando el meteoprax. —Sonrió—. ¿Qué más podría pedir un profesor de Luz?

Twig le devolvió la sonrisa, pero se le había helado la sangre en las venas al escuchar aquellas palabras. Si el profesor no podía marcharse, ¿qué pasaría con él? ¿Se quedaría solo de nuevo? ¿Abandonado? No se atrevía ni a pensarlo.

—Profesor —insinuó tímidamente—, me ayudaréis a encontrar a los demás, ¿verdad?

—¿Por quién me has tomado? No todos los académicos de Sanctaprax estamos tan podridos como ese inmundo traidor, ese afilador de cuchillos advenedizo de Vilnix Pompolnius, aunque hayas oído lo contrario.

—Lo siento, no quería... Es sólo que... No podía... No puedo...

—Silencio ahora, Twig.

—¡Tengo que marcharme! —gritó Twig—. Tengo que irme, antes de que sea demasiado tarde.

—... tarde... tarde... —se burlaron los bosques.

El profesor le pasó torpemente el brazo alrededor de los hombros.

—Te doy mi palabra —prometió—: no te abandonaré. Después de todo —añadió señalando la rama que le sujetaba la cabeza—, favor con favor se paga.

—Gracias —murmuró el chico, reprimiendo las lágrimas, y alzó la vista—. Yo...

El profesor tenía la vista perdida y sonreía. Su mente había vuelto a quedar atrapada por los traicioneros espectros y fantasmas que acechaban en los rincones más oscuros del bosque. Los cristales brillaron.

—Luz encarnada —suspiró soñadoramente—. Luz hecha un todo.

—¡Profesor! —chilló el chico—. ¡Profesor! ¡Me disteis vuestra palabra!

Capítulo dieciséis

Capitán Twig

P rofesor —vociferó el muchacho en el oído de su compañero—. Soy yo, Twig. Tenéis que ayudarme.

Pero el profesor se limitó a darle la espalda, alzar el brazo y escudriñarse el dorso de una mano.

—Fíjate cómo los cristales se aferran a los pelos —se maravilló— y los iluminan de abajo arriba, desde el folículo hasta la punta.

Sí, los pelos brillaban, ¿y qué?

—Profesor —insistió—, escuchadme.

—Tienes razón, mi viejo y leal amigo y rival —dijo el profesor—. Mira, parece que absorban la luz. Supongo que te has fijado en las partículas de polvo sepia; estoy seguro de que una sustancia así tiene que tener cualidades purificantes...

Twig se apartó un poco haciendo un gesto de impotencia. Del mismo modo que el caballero sepia lo había tomado por un antiguo compañero, Garlinius, ahora el profesor creía que él era el profesor de Oscuridad. Desesperante, completamente desesperante.

—Vos venís conmigo —dijo Twig, luchando por

contener las lágrimas, mientras lo cogía suavemente por la muñeca y lo guiaba—. Vamos, dos cabezas son mejor que una... incluso aunque una de ellas esté rota y vacía.

No habían dado más de una docena de pasos cuando el profesor se detuvo y se giró hacia Twig.

—¿Qué quieres decir exactamente con «rota y vacía»?

—¡Vaya —exclamó el chico echándose a reír —, me alegro de que hayáis vuelto!

—¡Ay, Twig, qué lugar más extraordinario!

Twig esbozó una sonrisa vacilante y, mientras la insólita pareja continuaba su búsqueda de la tripulación del *Cazatormentas*, se quedó en silencio y dejó que el profesor divagara acerca de los cristales de meteoprax.

—Luz en estado físico —se entusiasmó—; energía sólida, ¿te lo imaginas, Twig? Volátil a plena luz, estable mientras brilla el crepúsculo, pero densa hasta lo impensable cuando la cubre un manto de oscuridad. El meteoprax es una sustancia maravillosa, no te quepa la menor duda. —Twig asintió. Al menos, eso era cierto—. Pero el peso, como muy bien demostró Ferumix, es relativo porque x es igual a y + z elevado a pi, donde x corresponde al peso; y, a la superficie del cristal; y z, a su translucidez. —Frunció el entrecejo—. ¿O era igual a su resplandor?

Twig lo observó inquieto. ¿Los cálculos que hacía el profesor probaban que todavía estaba en sus cabales, o simplemente estaba soltando incoherencias?

—No hay duda de que esto está lleno de meteoprax.

—¡Así es! —exclamó el profesor. Se giró con movimientos rígidos para encararse a Twig y lo miró con los ojos desorbitados—. Y tengo la intención de contabilizarlo todo, hasta la última partícula, para conseguir establecer cuántas grandes tormentas han sido necesarias para producir tal número de cristales, y durante cuánto tiempo. Eras, milenios —susurró con reverencia—, o una eternidad.

Twig se angustió. Toda aquella charla acerca del tiempo interminable le preocupaba. El ambiente vibraba y oía voces que le susurraban desde las sombras arlequinadas. Voces suaves y tranquilizadoras; voces tentadoras.

—Tú eres Twig —murmuraban—. Tienes dieciséis años, pero ¡cuánto has visto y hecho en ese tiempo tan breve...!

Y, mientras dejaba vagar la vista por los relucientes trocitos de luz y tinieblas, observó de nuevo escenas que le eran familiares, así como gente y lugares que conocía: Taghair, el roblelfo del que había recibido el nombre; Hoddergruff, un vecino leñotrol; a bordo del *Cazatormentas*, con los piratas aéreos; en el cuarto trasero de la Taberna del Roble Sanguino, con Madre Plumacaballo, Forfículo, Lobo Tizón...

—La eternidad de la Espesura del Crepúsculo te ofrece mucho más —ulularon las voces.

Twig se quedó mirando la cara que tenía frente a él y, avanzando un paso, murmuró:

—¿Padre?

La silueta espectral de Lobo Tizón se echó hacia atrás hasta quedar fuera de su alcance y replicó con voz grave y estentórea:

—Más lejos de lo que piensas. Pero ten paciencia; búscame y me encontrarás. Algún día, Twig... Sigue buscando, y algún día...

—¡NO! —aulló Twig—. Tú no eres mi padre, mi padre real. —Agarró la empuñadura de la espada con la mano enfundada en el guantelete, la desenvainó y, mientras daba mandobles a diestro y siniestro, gritó—: Alejaos de mí, seáis lo que seáis.

El aire ululó formando remolinos y las caras se desvanecieron mofándose, gesticulando y sacándole la lengua.

258

—¿Que tenga paciencia? ¡No voy a quedarme aquí! —chilló.

— ... aquí... aquí...

—¡He dicho que os vayáis! —rugió Twig—. ¡Idos!

— ... idos... idos...

Y se fueron. Y cuando Twig volvió a la realidad, se descubrió mirando los preocupados ojos del profesor de Luz, cuyas nudosas manos lo agarraban con firmeza por los hombros.

—¿Puedes oírme, muchacho? —gritaba—. ¡Twig!

—Sí, sí, os oigo... ¡Oh —gimoteó—, si no salgo pronto de la Espesura del Crepúsculo, tendré que quedarme aquí para siempre! —Empuñó aún con más fuerza la espada y la blandió en el aire—. ¡Tem! —aulló—. ¡Spiker! ¡Stope! ¡Hubbel! ¿Dónde estáis?

Sus palabras resonaron y se fueron apagando hasta desvanecerse. Dejó inerte la cabeza. Era desesperante; era... Pero un momento... Ladeó la cabeza porque...

—¿Qué ocurre? —preguntó el profesor.

—Chissst —murmuró Twig cerrando los ojos para concentrarse al máximo.

Ahí estaba de nuevo, grave y lastimero: el suave pero inconfundible sonido del canto de bienvenida de un osobuco.

De niño, Twig había pasado muchas noches tendido en la cama escuchando cómo aquellas gigantescas criaturas solitarias se comunicaban entre sí a través de las vastas extensiones del Bosque Profundo. No obstante, él sabía que no había osobucos en la Espesura del Crepúsculo... excepto uno.

—¡HUBBEL! —gritó, y devolvió el saludo tan bien como pudo—. ¡Uuh, uuh, uuh!

—¡Uuh, uuh, uuh! —llegó la respuesta, ahora desde más cerca.

Con la espada bien agarrada, por si acaso, Twig echó a correr.

—¡Uuh, uuh! —llamó, excitado.

—¡Uuh, uuh!

La voz sonó más cerca que nunca. Enseguida se oyó un ruido de madera partida y astillada, y Hubbel en persona, el enorme osobuco albino, apareció entre los sombríos árboles y se dirigió hacia ellos.

—¡Hubbel! —exclamó Twig.

—¡T...uuh...g! —rugió el osobuco, y ambos se estrecharon en un cálido abrazo.

—Creí que nunca volvería a verte —dijo Twig al cabo de un rato mientras se separaban.

Entonces se dio cuenta de que no estaban solos. Del mismo modo que el profesor de Luz había ido tras él, los restantes tripulantes habían seguido a Hubbel. Se secó las lágrimas y esbozó una sonrisa a las caras sonrientes que lo rodeaban.

—Tem —dijo—, Spiker, Stope, Piloto de Piedra... ¡Qué alegría veros a todos!

—Y a mí me reconforta descubrir que tú también estás a salvo, maestro Twig —dijo Tem Aguatrueno, antes de hacer una pausa—. Yo... bueno, el caso es que esperábamos que el capitán estuviera contigo.

—No, no está aquí. Lobo Tizón se negó a abandonar el *Cazatormentas* —dijo el chico—. Lo último que vi fue que había recuperado el control del barco aéreo y se

dirigía hacia el mismísimo centro de la Gran Tormenta.

—El bueno del capitán Lobo Tizón... —murmuró Tem Aguatrueno—. El pirata aéreo más valiente que he conocido, sin duda. Pronto vendrá a buscarnos, ¡ya lo veréis!

Twig asintió, pero no dijo nada. No era el momento adecuado para hablar de la bola de luz que vio cómo rodeaba el barco aéreo, ni de la explosión que se produjo a continuación. No tenía ningún sentido terminar con las esperanzas de los piratas. Pero, por otro lado, quedarse esperando el regreso de Lobo Tizón podía ser fatal. Resultó ser el profesor de Luz quien acudió en su ayuda al recomendarles:

—Debéis marcharos de aquí lo antes que podáis.

Los piratas aéreos lo miraron estupefactos y Tem exclamó horrorizado:

—¿Sin el capitán?

—No hay manera de saber dónde se encuentra Lobo Tizón —repuso el profesor—, y en su ausencia, sugiero que elijamos un nuevo capitán. Alguien a quien prometamos toda nuestra lealtad y que nos lleve hasta el límite de la Espesura del Crepúsculo.

—¿Y quién es esa persona? —pregúnto Tem con brusquedad, muy inquieto.

—¡Oh, Twig, por supuesto! —replicó el profesor—. ¿Quién más podía serlo? Como hijo y heredero del anterior capitán...

Los piratas aéreos sofocaron un grito, y Tem Aguatrueno hizo un gesto de incredulidad.

—¿Hijo y heredero? —exclamó—. ¿Quién, el joven Twig? No puede ser.

—¿Estás poniendo en duda mi palabra? —inquirió con frialdad el profesor de Luz.

—No... Sí... Quiero decir que... —farfulló Tem.

—Quintinius... quiero decir, Lobo Tizón en persona me lo contó —aclaró el profesor—; por eso queríamos que el muchacho se quedara en Subciudad: por su propia seguridad.

Tem silbó entre dientes y comentó:

—Recuerdo que el capitán nos habló una vez de un niño, hijo suyo y de *lady* Maris. No tuvieron otra opción que abandonarlo a su suerte en el Bosque Profundo...

Se volvió hacia Twig, que hizo un gesto de asentimiento con la cabeza.

—Yo era ese niño.

Tem lo observó un momento, desconcertado, y de pronto desenvainó la espada, la elevó bien alto y se arrodilló inclinando la cabeza.

—¡A ti, capitán Twig, hijo de Lobo Tizón, te entrego mi vida! —exclamó.

Spiker, Stope Bocaprieta y el Piloto de Piedra siguieron su ejemplo. El chico se ruborizó. Los acontecimientos se sucedían demasiado rápido; capitán pirata... ¡y ni siquiera tenía un barco aéreo! Pese a todo, tal como exigía la tradición, desenvainó su propia espada y la hizo entrechocar con las que alzaban los piratas, una tras otra.

—Y yo a vosotros —dijo—. Y yo a vosotros.

Los piratas aéreos devolvieron las espadas a sus fundas, se irguieron y gritaron:

—¡Capitán Twig, esperamos tus órdenes!

—Sí, bueno, yo... —dudó el chico, y se ruborizó aún más.

—Hay una estrella... —intervino el profesor de Luz—, cuya luz no es sólo un referente ante el paisaje cambiante de las constelaciones, sino que también reluce lo suficiente para verla en el crepúsculo. Es la Estrella del Este. —Flexionó las rodillas y miró hacia arriba con dificultad—. Allí —dijo señalándola—; allí está.

Todos los piratas aéreos alzaron la vista y contemplaron la estrella que titilaba débilmente en el dorado resplandor. Twig asintió; era hora de asumir el poder que le habían otorgado.

—Si avanzamos de forma que la estrella quede siempre frente a nosotros —dijo—, estaremos seguros de que andamos en línea recta. Antes o después llegaremos al borde de la Espesura del Crepúsculo. ¿Estáis conmigo?

—¡A tus órdenes, capitán! —respondieron—. Estamos contigo.

—Entonces ¡en marcha! Profesor, vos a mi lado. Hubbel, tú cerrarás la marcha. Asegúrate de que nadie se quede rezagado ni se pierda.

—Uuh, uuh —replicó el osobuco.

Se pusieron de nuevo en marcha y, por primera vez desde que llegó a la Espesura del Crepúsculo, Twig se sintió confiado, porque ahora tenía un objetivo, un propósito, un destino; y, además, sus responsabilidades no consistían en preocuparse sólo de sí mismo. Entonces echó un vistazo a la tripulación que lo seguía a través de aquel ambiente denso y reluciente. Todos habían sufrido heridas durante la huida de emergencia: los brazos y la cara de Spiker estaban llenos de moretones, la nariz de Tem Aguatrueno parecía rota, el Piloto de Piedra cojeaba ostensiblemente, mientras que Stope Bocaprieta había perdido su mandíbula improvisada, por lo que la boca le quedaba abierta en una permanente sonrisa tonta. El más afectado de todos, sin embargo, era Hubbel.

Cuando se reencontraron, Twig estaba demasiado emocionado para darse cuenta del estado del animal, pero ahora, al mirarlo con detenimiento, vio que se hallaba en un estado lamentable: el blanco pelaje estaba manchado de sangre y apelmazado, y resoplaba sonoramente a cada paso que daba. Deseó con todo su corazón que las heridas de su viejo amigo no fueran tan graves como parecían. Dejó de observarlos, volvió a mirar hacia delante y comprobó que todavía seguían la estrella.

—Me alegro de que nos acompañéis —le dijo al profesor.

—Bueno —dijo éste—, mis motivos no son puramente altruistas: yo también necesito llegar al linde de la Espesura del Crepúsculo.

—Pues yo creía que queríais quedaros aquí.

—Sí, eso quiero; pero si he de calcular el número de grandes tormentas, antes debo establecer la superficie total de la Espesura del Crepúsculo. Y no podré hacerlo si me quedo en medio de los bosques.

—No —repuso Twig con la mente ausente—, supongo que no.

266

Se le había ocurrido algo preocupante: aun en el caso de que llegaran al límite de la Espesura del Crepúsculo, ¿qué harían entonces? La Ciénaga tenía fama de ser demasiado peligrosa incluso para sobrevolarla; así que... ¡cuánto más peligroso sería cruzarla a pie! Por si eso fuera poco, como capitán, era responsable del bienestar de su tripulación. Temblando de antemano, Twig se volvió hacia el profesor de Luz en busca de consejo.

—¡Qué demonios...! —exclamó al ver que éste no estaba por allí.

Fue de un lado a otro embargado por el pánico, y lo vio varios pasos atrás, agachado rígidamente al lado de un montículo junto a un árbol.

267

—Contemplar el mundo en un grano de meteoprax —iba diciendo—; abrazar el infinito en la palma de la mano...

—¡Profesor! —chilló Twig, y lo sacudió firmemente por el hombro.

El profesor de Luz se giró y miró al chico a los ojos. Al cabo de un rato, brilló en su mirada un destello de reconocimiento.

—Twig, lo... lo siento mucho —se disculpó—. Prosigamos.

—Gracias, profesor —dijo Twig—. Yo... —Hizo una pausa y se volvió hacia los demás—. Esto es demasiado arriesgado. Debemos asegurarnos de que ninguno de nosotros se desvía, aunque nuestra mente divague.

—¡Necesitamos una cuerda! —sugirió Spiker.

—¡Claro! —bramó Tem Aguatrueno con entusiasmo al tiempo que descolgaba un rollo que llevaba al hombro—. Debemos atarnos todos y formar una fila.

Twig asintió y supervisó la operación. Mantuvo a Hubbel en retaguardia, con la cuerda atada alrededor de su inmensa cintura. A continuación, y a intervalos regulares, hizo unos nudos corredizos, pidió a los piratas aéreos que metieran la mano izquierda a través del lazo y los ató por la muñeca, uno tras otro en este orden: Tem Aguatrueno, Spiker, Stope Bocaprieta y el profesor de Luz. Finalmente, ató lo que quedaba de cuerda alrededor de su propia cintura y se puso en cabeza.

—Perfecto —anunció—. ¡Allá vamos!

Así, atados entre sí, los miembros de la tripulación continuaron caminando por la Espesura del Crepúsculo, en dirección a la lejana estrella que brillaba lejos, muy lejos enfrente de ellos.

—Espero que el final no esté demasiado lejano... —susurró Twig con un extremecimiento.

—... demasiado lejano... —fue la susurrante respuesta del aire.

De repente, oyó un repentino alboroto tras él. Se dio la vuelta y observó la fila de piratas: faltaba alguien.

—¿Dónde está Stope Bocaprieta? —preguntó al tiempo que se dirigía enfadado hacia donde había quedado un nudo corredizo vacío.

—Se ha ido —respondió Spiker.

—¿Cómo que se ha ido?

—No paraba de mascullar acerca de que no podía... de que no iba a dejar su preciosa mandíbula atrás. Y a continuación lo vi trotando hacia el sotobosque. —Señaló con el dedo—. Por ahí.

—¿Cómo habéis permitido que ocurriera esto? —les gritó Twig a todos, furioso.

—Uuh, uuh, uuh —soltó el osobuco.

En ese momento fue cuando Twig se dio cuenta de que Hubbel no estaba simplemente de pie junto a Tem Aguatrueno, sino que lo sujetaba con firmeza. También él, como Stope Bocaprieta, se había liberado de la cuerda.

—¿Qué significa esto? ¿Qué ha ocurrido? —dijo—. ¿Tem? ¿Qué está pasando?

—¡Déjame en paz! —gruñó el pirata evitando mirarlo—. Déjame marchar. —Y en cambio sus ojos se quedaron fijos en algo situado a su izquierda—. ¡Cal —gritó—, no te vayas sin mí!

Twig miró en esa dirección, pero allí no había nadie; al menos, nadie que él viera.

—¡Cal —chilló de nuevo Tem—, espérame! ¡Oh, mi pequeño y hermoso hermano, ha pasado tanto tiempo! —Se debatió con energía entre los brazos de Hubbel—. ¡SUÉLTAME! —rugió—. ¡AHORA MISMO!

Twig observó al pirata aéreo, enorme y coloradote, que se retorcía entre los brazos de Hubbel como un niño en plena pataleta, y se horrorizó. La Espesura del Crepúsculo se estaba cobrando su precio sobre la cordura de la tripulación mucho más rápido de lo que se imaginaba.

—¡Hermano mío —peroraba Tem—, he buscado tanto tiempo...!

—Es sólo una visión, Tem —susurró Twig—, un truco. Ahí no hay nadie.

—¡Cal! —gritó él—. ¡Cal, contesta! —Y forcejeó aún con más violencia—. ¡SUÉLTAME! —bramó.

Twig se mordió los labios. Desde que se había encontrado con los piratas aéreos, Tem siempre se había portado tan bien con él... ¿Cómo podía abandonarlo ahora en la Espesura del Crepúsculo? Sin embargo, en su estado actual, era un peligro para todos ellos. Y lo cierto era que Hubbel, herido como estaba, no podría retenerlo mucho tiempo más. Así pues, le dijo con tristeza al osobuco:

—Déjale que se vaya, Hubbel.

En cuanto el osobuco lo soltó, Tem se calmó. Miró alrededor con la mirada ida un momento, y luego sonrió.

—¡Cal! —gritó, y retrocedió por el camino por el que habían llegado hasta allí—. ¡Cal, espérame!

270

Mientras Twig lo veía alejarse, las lágrimas se le agolparon en los ojos. El bueno de Tem, en quien siempre se podía confiar, se había ido.

—¡Adiós, amigo mío! —gritó—. Espero que encuentres a quien buscas.

Entonces sintió una suave pero firme mano en los hombros: era Hubbel.

—Uuh, uuh —dijo la criatura en voz baja.

—Lo sé, lo sé. Todos lo echaremos de menos.

Mermado en número —y en espíritu—, el grupo continuó en dirección a la Estrella del Este: Spiker, el Piloto de Piedra y Hubbel, con el profesor de Luz y Twig al frente. Caminaban en silencio, solos. La cuerda abandonada yacía en el suelo muy atrás, cubierta ya de polvo. Twig agarró con fuerza la espada y apretó los dientes. Abatido, se preguntó cómo era posible que existiera un lugar tan espantoso. Pero volviéndose hacia los demás, los animó:

—¡Vamos, no decaigáis! No podemos estar muy lejos.

—¡Detrás de ti, capitán! —gritó Spiker, y echó a correr.

—Uuh, uuh —añadió Hubbel mientras se lanzaba resollando tras él.

El Piloto de Piedra, por su parte, no debía de haber entendido lo que había dicho Twig, porque se detuvo y se puso a agitar los brazos y a pisar tan fuerte como su pesado abrigo y sus aún más pesadas botas se lo permitían. Nubes de polvo sepia se elevaron en el aire y los trozos de cristal reflejaron la deslumbrante y reluciente luz dorada en la capucha del pirata.

—¡Oh, no! —suspiró Twig—. Tú también no...

El Piloto de Piedra, el más sensato y leal de todos los piratas aéreos, también había terminado sucumbiendo a la locura inmortal de la Espesura del Crepúsculo.

—¿Uuh, uuh? —cuestionó Hubbel.

—No sé qué le ocurre —respondió Twig, y se le acercó cautelosamente.

El Piloto de Piedra se cubría totalmente el rostro con el abrigo, así que era difícil saber lo que le pasaba por la cabeza.

—¿Puedes oírme? —gritó el chico—. ¿Estás bien?

Un gruñido áspero y amortiguado emergió de la capucha, y el Piloto de Piedra le pegó un empujón a Twig y señaló con el dedo.

—Lo sé —dijo Twig—. Yo también he visto...

—Grrrg —gruñó el Piloto de Piedra con impaciencia. Obligó a Twig a darse la vuelta y le agarró la cabeza.

—Pero ¿qué...? —exclamó Twig—. ¿Te has vuelto loco? ¡Hubbel! ¡Ayuda!

El Piloto de Piedra gruñó de nuevo, y le forzó a que mirara hacia donde estaba señalando. Hubbel se precipitó hacia ellos.

272

—¡UUH! —bramó.

—Grrrrg, grrrrrg —insistió el Piloto de Piedra con su voz apagada.

—¡Oh! —jadeó Twig cuando por fin se dio cuenta de lo que había visto el pirata.

Hubbel estaba a punto de abalanzarse sobre el Piloto de Piedra.

—¡DETENTE, NO PASA NADA! —chilló Twig—. ¡Mira!

Todos dirigieron la vista hacia delante, y allí, a través de un hueco entre los árboles, justo debajo de la Es-

trella del Este, vieron resplandecer una gran extensión de claridad blanquecina.

—La Ciénaga —susurró Twig mientras se giraba excitado hacia los otros—.¡Lo hemos conseguido! Hemos llegado al límite de la Espesura del Crepúsculo y...

Se calló. ¿Le engañaban de nuevo los ojos o había alguien en ese lugar? Twig se acercó un poco más y observó atentamente. Sí, no cabía duda: una figura delgada y angulosa, con las manos en las caderas y las piernas abiertas, estaba ahí de pie, recortada contra el resplandor que lucía a sus espaldas.

Hubbel olisqueó el aire y gruñó inquieto mientras movía con desconfianza las orejas. Ajeno a los recelos del osobuco, Twig avanzó a grandes zancadas acompañado del profesor de Luz.

—¡Me voy! —les gritó a los espectros de luz y sombra—, y nunca volveré.

—... volveré... volveré —le respondieron los bosques, incitantes y embrujadores.

Twig clavó la mirada en la figura que tenía enfrente. Susurros y resplandores flotaron en el ambiente al mismo tiempo que, por todas partes, la neblina escurridiza y llena de remolinos de criaturas fantasmales trataba de llevárselo para siempre.

—... vuelve... vuelve... —le dijeron.

—¡Nunca! —gritó Twig y tanteó la espada—. ¡Jamás!

—... más... más... más —respondieron los bosques.

Capítulo diecisiete

La Ciénaga se cobra su precio

Screed Robadedos, con la capucha calada hasta los ojos, contempló a los viajeros que se aproximaban. Una sonrisa, mezcla de diversión y desdén, le bailaba en los finos y blancos labios.

—Bien, bien, bien —dijo con voz ronca—, ¿qué tenemos aquí?

Habitualmente, los caminantes que pasaban por aquel lugar iban en grupos de la misma especie: una banda de duendes crestanegra, una serie de erizoelfos, una familia de leñotrols o, recordó con una sonrisita, de duendinocs.

Pero ¡semejante pandilla!

Se quedó quieto y observó. Había un joven y un anciano (quizá su abuelo), que parecía llevar un tronco enraizado en la parte trasera de su toga blanca; una criatura de baja estatura (le pareció que se trataba de un roblelfo), y también había algo o alguien vestido con ropas muy gruesas y con capucha, y...

—Un osobuco —graznó Screed.

El individuo no se fiaba de los osobucos y tenía una buena razón: aquellas criaturas no sólo eran prodigiosamente fuertes, sino que, además, tenían una intuición extraña. Sólo había intentado conseguir los dedos de un osobuco en una ocasión y casi le había costado la vida.

Screed soltó una risita.

—¡Casi! —susurró al recordar que, como siempre, el elemento sorpresa a media noche había sido demasiado para su víctima—. Aunque no era ni la mitad de grande y amenazante que este ejemplar. Tendré que andarme con cuidado.

Aquellos últimos pasos estaban representando todo un reto para Twig. Mientras avanzaba a trompicones, los espectros, apariciones y demonios se burlaron de él siniestramente.

—¿Abandonarás aquí a tu padre, Lobo Tizón? —le susurraban—. ¿Lo dejarás solo sin su único hijo?

—No tengo alternativa —farfulló Twig con lágrimas en los ojos.

—¡Adelante! —oyó decir al profesor—. Ponte el guantelete y blande bien alto tu espada. Eres capaz de hacerlo, Twig, puedes liberarte de la Espesura del Crepúsculo.

—Sí... —murmuró Twig, inseguro, pero hizo lo que el profesor le decía—. Sí puedo; lo haré. —Hizo una pausa—. ¿Nos siguen los demás?

—Todavía estamos aquí —confirmó Spiker.

Twig miró hacia lo alto y frente a él: al final del largo y turbulento túnel que abarcaba su vista se veía la estrella, y bajo ella, la pálida y angulosa figura. Continuó avanzando hacia ambos con pasos vacilantes.

—Ya falta poco —lo animó el profesor—, pronto llegaremos.

Entonces el chico se giró para encarársele y lo agarró del brazo.

—Entonces tenéis que deteneros —dijo—. Si vais demasiado lejos, moriréis.

Desde su posición en el límite entre la Ciénaga y la Espesura del Crepúsculo, Screed Robadedos se impacientaba.

—Oh, maldición, ¿qué pasa ahora? —refunfuñó, molesto—. Cuando no es uno es el otro. —Pero, al darse cuenta de que el osobuco movía las orejas, cambió de tono—. ¡Vamos! —les chilló—. Sólo quiero ayudaros antes de que sea demasiado tarde.

Mientras las palabras que llegaban desde el exterior de la Espesura del Crepúsculo resonaban en la cabeza de Twig, las voces y visiones espectrales aflojaron su presión sobre él. Se le despejaron los oídos, se le desempañaron los ojos y vio los bosques tal como eran: un lugar escabroso, reluciente y al mismo tiempo lúgubre, denso a causa del sopor y el hedor a decadencia.

—Puedo avanzar un poco más —contestó el profesor de Luz.

—¿Estáis seguro? —cuestionó Twig.

—Bastante seguro. ¡Vamos!

Al recordar que él era el capitán, Twig se irguió y gritó como lo habría hecho Lobo Tizón.

—¡Saludos! Yo soy Twig, capitán pirata aéreo. Di tu nombre y a qué te dedicas.

Screed soltó una risilla desagradable.

—Un mocoso que habla como un leñolobo —rezongó entre dientes, pero alzó una mano y contestó—: Me llamo Screed y me dedico a guiar a los viajeros a través de la traicionera Ciénaga. —Hubbel gruñó alarmado—. Aunque quizá no estéis interesados en mis servicios. —Screed tenía los ojos cerrados pero, mientras hablaba, los movía cómicamente de un lado a otro—. Quizá lo sabéis ya todo acerca de la Ciénaga y su barro movedizo, sus orificios tóxicos, los boboglobos, los peces rezumadores, los cuervos blancos...

—No, no —dijo Twig—, podría interesarme.

Recorrió los últimos metros de la Espesura del Crepúsculo y se detuvo justo en el linde. Screed estaba a un paso, en la Ciénaga, y entre ambos había una línea invisible que separaba los dos lugares. Por un momento se observaron el uno al otro en silencio mientras se oía a lo lejos el sonido de un estridente graznido sobre el páramo blancuzco.

—Cuervos blancos peleándose por una presa: el olor de la sangre los vuelve locos —aclaró Screed. Y Twig percibió el desasosiego de los demás tras él—. En ocasiones no esperan a que hayas muerto para atacarte —gruñó sonriendo astutamente.

Twig se estremeció. La Ciénaga, como sabía muy bien, era un lugar difícil y peligroso, pero no se fiaba de

aquel tal Screed, de palidez mortal y taimados ojos inyectados en sangre.

«¡Oh, por todos los cielos, menudo capitán pirata
aéreo estoy hecho!», pensó Twig con abatimiento, y de
nuevo deseó que su padre lo acompañara. Él sabría qué
hacer.

Por tercera vez desde que lo habían nombrado capitán, fue el profesor de Luz quien acudió en su ayuda.
Éste avanzó unos pasos y se puso a su lado.

—¿Cuánto cobras por persona? —preguntó.

¡Cobrar! A Twig ni siquiera se le había ocurrido la
idea de pagar por los servicios del guía, aunque estaba
claro que la curiosa criatura blanquecina querría alguna recompensa. Sin embargo, estaba sin blanca, al igual
que el resto de la tripulación.

—Veamos —dijo Screed, pellizcándose pensativo la
barbilla—. Oferta especial para piratas aéreos. —Los
miró con desconfianza—. Doscientos cada uno.

A Twig le recorrió un escalofrío. Puesto que eran
cuatro los que querían atravesar la Ciénaga, eso suponía ochocientos... ochocientos que no tenían.

El profesor, pese a todo, no parecía preocupado y
ofreció:

—Mil en total. Puedo pagarlo.

—Pero... —balbuceó Twig totalmente confuso—,
yo creía que...

—Después de pensar mucho en ello, he decidido ir
con vosotros. Siempre que me aceptéis, por supuesto.

—Sí, sí, claro —aceptó Twig, no muy convencido—.
Pero habíais dicho...

—Me arriesgaré. ¿Quién sabe? Quizá se me cure el

cuello. —Hizo una pausa—. En cualquier caso, no puedo quedarme aquí.

—Pero estabais tan seguro... —comentó Twig—; dijisteis que...

—Ya sé lo que dije —lo interrumpió el profesor—. Creía que podría investigar el meteoprax si me quedaba, pero estaba equivocado: aunque la Espesura del Crepúsculo me brindara el tiempo suficiente para estudiarlo, también me robaría la capacidad para hacerlo. —Screed Robadedos chasqueó la lengua con impaciencia, pero el profesor lo ignoró y siguió hablando—. Soy un académico, Twig, conocido en Sanctaprax por la agudeza de mi intelecto. Soy capaz de recitar el antiguo libro de Dilnix *Tratado sobre las propiedades de la luz*; me sé de memoria *Los mil aforismos luminiscentes de Archemax*... Pero si me quedo en la Espesura del Crepúsculo, en este horrible lugar que te atonta, apenas conseguiré recordar quién soy.

—¿Queréis decir que...?

—Que prefiero tener una muerte digna a sufrir la ignominia de una eternidad de ignorancia. —Se sacó una bolsa de cuero de entre los pliegues de su toga y se la alargó a Twig—. Aquí hay quinientos —aclaró—. Le daré el resto cuando lleguemos.

Twig se dirigió hacia Screed y se estremeció al descubrir al larguirucho individuo mirando los dedos de los pies del profesor mientras se relamía los delgados labios.

—Si estás de acuerdo con las condiciones —propuso mientras le tendía la bolsa de cuero—, cerremos el trato.

—Me alegro mucho de oírlo —contestó Screed esbozando una sonrisa.

Cogió la bolsa, la deslizó en el peto de su jubón y alargó esa misma mano para estrechar la de Twig.

Twig se estremeció al sentir los dedos huesudos y resecos del individuo.

—Venid por aquí —indicó Screed, y empujando a Twig suavemente pero con firmeza, le hizo cruzar la línea invisible, dejando atrás la Espesura del Crepúsculo, y se adentró en la Ciénaga.

Twig se detuvo y se giró. El profesor de Luz no se había movido. A pesar de su determinación, era un paso difícil; al fin y al cabo podía ser el último.

—¡Vamos! —urgió Screed, irritado—. No tenemos todo el día.

—¡Tomaos el tiempo que queráis, profesor! —exclamó Twig.

Screed resopló y se giró furioso. Twig alargó los brazos hacia el profesor para que se apoyara.

—Gracias, Twig —dijo el académico—. Pase lo que pase, muchacho, ha sido un placer y un honor conocerte. Un día serás un gran capitán pirata con barco propio. Sé que lo serás.

Y, diciendo esto, el profesor dio el paso decisivo. Twig, que esperaba que se derrumbara en cualquier momento, se acercó para sostenerlo. Pero no se derrumbó. Se estremeció de dolor cuando atravesó la línea de la Ciénaga, chilló, se tambaleó un poco... pero permaneció en pie.

Spiker, Hubbel y el Piloto de Piedra, que estaban tras él, aplaudieron con alegría.

—¡Bien hecho, profesor! —gritaron.

—Sí, bien hecho —confirmó Twig con una

sonrisa—.
Estaréis de ma-
ravilla en cuanto os
llevemos de vuelta a Sanctaprax. —El profesor sonrió débilmente, al mismo tiempo que el rostro
le adquiría un color gris ceniciento y el
de Twig se ensombrecía de preocupación—.
¿Có... cómo os sentís? —preguntó, ansioso.

—Vivo —gimió el profesor—, más o menos; pero
me temo que voy a tener que ir un poco lento. Quizá
sea mejor que yo...

—No —dijo Twig con resolución—; venís con nosotros. Nos turnaremos para ayudaros—. Vamos, mu-
chachos —añadió dirigiéndose a los demás—, ¡en marcha!

—Ya era hora —soltó Screed mordazmente.

Mientras los miembros de la tripulación que quedaban avanzaban arrastrando los pies, Screed se giró y se detuvo. Twig, que sujetaba al profesor por la espalda, los seguía.

—¡Qué bonita estampa! —chilló Screed—. Recordad: manteneos unidos, pisad donde yo piso y sobre todo no miréis atrás.

El corazón de Twig le dio un vuelco cuando vio el largo camino que les quedaba por delante. La Ciénaga parecía extenderse hasta el infinito. Si hubiera estado solo, el viaje ya habría sido desalentador, pero teniendo que sujetar al profesor...

—Paso a paso —resolló éste, como si le hubiera leído el pensamiento.

Twig asintió y bajó la vista hacia el barro blanco que se le escurría entre los pies. No obstante, el profesor tenía razón: habían salido de la Espesura del Crepúsculo y eso era lo realmente importante, porque aunque la Ciénaga era tan peligrosa como inmensa, también tenía fronteras. Y gracias al encuentro fortuito con el guía...

—¡Capitán! ¡Capitán! —oyó gritar a Spiker con alarma. Por un momento Twig olvidó que el roblelfo se dirigía a él, y miró alrededor de forma automática buscando a Lobo Tizón—. ¡Capitán Twig! —chilló Spiker—. ¡Tienes que venir, rápido! ¡Se trata de Hubbel!

Twig comprobó que el osobuco albino yacía desplomado sobre el blando suelo.

—Vete —dijo el profesor—. Puedo mantenerme en pie.

No hizo falta que se lo dijera dos veces. Twig se

apresuró a través del denso y espeso barro y se arrodilló junto a su amigo.

—¿Qué ha pasado? —preguntó—. Hubbel, ¿qué ocurre?

—Uuh, uuh, uuh —gimió el osobuco. Se agarró el pecho y giró la gigantesca cabeza.

—¡Hubbel! —gimió Twig con los ojos anegados en lágrimas—. Hubbel, háblame, por favor; dime qué tengo que hacer.

—Uuh, uuh —gimoteó el osobuco en voz baja, y se vio repentinamente sacudido por un ataque de tos horrible y estentóreo que le estremeció el cuerpo con espasmos de dolor.

Twig luchó contra las lágrimas. Las heridas que había sufrido Hubbel en la caída del *Cazatormentas* eran internas y mucho más serias de lo que el chico creía. Respiraba con pequeños jadeos sibilantes. Twig acarició el cuello del animal y le susurró que todo iba bien, que todo iría bien. El osobuco sonrió débilmente y cerró los ojos.

—T...uuh...g. Uuh, uuh. Am...uuh...os...

De pronto un hilo de sangre de un rojo brillante se extendió por el pelaje blanco desde la comisura de la boca y le resbaló por la mejilla. Hubbel volvió a toser, tembló, resopló... y se quedó quieto.

—¡NO! —chilló Twig, y se echó al cuello del animal—. Tú no; ahora no. ¡No puedes estar muerto! —aulló—. Parecía que estabas tan... tan bien...

—Les pasa incluso a los mejores —soltó una voz socarrona detrás de Twig. Éste se quedó inmóvil—. En un momento determinado estás bien —continuó Screed—, y al instante, más muerto que...

—¡Screed! —rugió Twig mientras se ponía en pie y desenvainaba la espada—. Una palabra más y te juro que te partiré en dos.

—¿Y condenar a tu tripulación a una muerte segura? —respondió despectivamente—. No lo creo.

Dio media vuelta y dejó a Twig temblando de furia contenida.

—Vamos, Twig —dijo el profesor de Luz—; ya no puedes hacer nada por tu amigo.

—Lo sé —dijo Twig mientras se sorbía la nariz—, pero...

—Vamos —repitió el profesor—, antes de que ese sinvergüenza se aleje demasiado.

Capítulo dieciocho

Robar dedos

Screed Robadedos apenas podía creer en su suerte. Cuando el osobuco se derrumbó, tuvo que esforzarse para no dar un brinco de alegría. Acababan de abandonar la inmortalidad de la Espesura del Crepúsculo, y el miembro más peligroso del grupo había dejado de serlo.

—Los otros son presas fáciles —se dijo en voz baja, y contuvo una risa malvada—. El anciano los hará avanzar lo suficientemente lentos. —Hizo una pausa y se acarició la mandíbula, pensativo—. Sin embargo, es una lástima que se estropeen los dedos de unos pies tan bonitos, tan grandes y peludos.

Dio un vistazo para comprobar por dónde andaba el resto del grupo, y se sintió complacido al descubrir que, pese a sus advertencias, avanzaba ya formando una larga fila. Descolgado en la cola iba el roblelfo, que tenía algunas dificultades.

—Tranquilo, pequeño, no falta mucho —susurró en tono amenazante—. Y tampoco te falta mucho a ti —dijo mientras dirigía su atención a la figura vestida con gruesas prendas, que cojeaba en el centro de la fila—; y vosotros dos —añadió mirando al joven y al viejo que se le apoyaba en el brazo—, vosotros, queridos amigos dedosgrandes, ¡seréis la guinda del pastel!

Alzó los brazos e hizo bocina con las manos de dedos huesudos y apergaminados.

—¡Eh!

Su voz cascada resonó a través del paisaje blancuzco como el graznido de los cuervos blancos. Nadie le hizo caso.

—¡Eh, tú! —chilló Screed—, ¡capitán Twig!

En esta ocasión el joven alzó la vista.

—¿Qué ocurre? —le contestó, y el aire transportó su voz.

—Casi hemos llegado a la mitad del camino —gritó Screed, y señaló tras él—. ¿Ves aquello que se recorta contra el horizonte? Es el mástil de un barco naufragado; allí es a donde nos dirigimos. Cuando lleguemos, descansaremos un poco.

—¡Tenemos que detenernos a descansar ahora! —le contestó Twig a gritos.

—Me temo que eso es imposible. —Screed esbozó una sonrisa—. Toda esta área está infestada de la peor especie de peces rezumadores; os comerán vivos en cuanto os vean.

Hubo un silencio.

—De acuerdo, pero ¿puedes ir un poco más lento? —gritó Twig.

—Por supuesto, capitán. Pero no lo haré —añadió por lo bajo. Se puso de nuevo las manos en forma de bocina—. Ahora seguid recto hasta que os encontréis con el barco naufragado —indicó—. No os pasará nada mientras sigáis avanzando en línea recta; pero tened cuidado: hay orificios tóxicos a ambos lados, así que no os apartéis del camino.

—Muy bien —contestó Twig.

—¡Ah, y una cosa más! —gritó—. Aunque la Ciénaga parece plana, en realidad está llena de desniveles. No os preocupéis si en algún momento no me veis a mí o el barco y seguid avanzado.

—¡De acuerdo! —gritó Twig.

Screed se rio por lo bajo: aquel capitán estaba demostrando ser un joven muy servicial. Se dio la vuelta satisfecho y reanudó el camino a través del fétido páramo. El blanquecino sol se reflejaba en la distancia sobre el barco naufragado, y Screed sabía que, pese a que éste se hallaba más cerca de lo que parecía, estaba muy lejos, de manera que los cándidos piratas aéreos no llegarían nunca.

—Boboglobos, peces rezumadores y cuervos blancos —resopló—: ¡bah! no son nada comparados conmigo. Porque yo, Screed Robadedos, soy la criatura más peligrosa que habita esta gran llanura blanca... como pronto descubrirás tú mismo, capitán Twig —dijo con sorna.

Las palabras de Screed se le repetían a Twig una y otra vez: «No os apartéis del camino». Era lo mismo que Spelda y Tuntum, los leñotrols que lo habían criado, le decían siempre. Y si no se hubiera apartado del camino, ahora todavía estaría viviendo en el Bosque Profundo. Esta vez, sin embargo, reconocía que el consejo era sensato, porque si el profesor resbalaba o daba un traspié, podría ser fatal.

Como éste tenía la cabeza fijada a la rama que llevaba sujeta a la espalda, no era capaz de mirar el suelo, así que le correspondía a Twig vigilar dónde pisaban; y eso significaba que no le era posible ver hacia dónde se dirigían. Cada vez que levantaba la vista, descubría que se habían desviado a la derecha o la izquierda.

—¿Es que tengo que hacerlo yo todo? —se quejó Twig, irritado—. ¿Por qué no me decís cuándo nos estamos desviando?

—No puedo —se disculpó el profesor—. Mantengo los ojos cerrados.

—¡Pues abridlos! —replicó Twig con impaciencia.

—No puedo —repitió cansinamente—. Con la cabeza así atada y en esta posición, el sol me da justo de frente. Si lo miro demasiado rato, me quedaré ciego. —Soltó un bufido de desesperación—. ¿Y para qué sirve un profesor de Luz que no ve? Acabaría mendigando en las calles de Subciudad.

—Lo siento —se disculpó Twig con aire de culpabilidad—; yo...

—Oh, querido muchacho, tú eres la última persona bajo el cielo que debería disculparse. No me abandonaste en la Espesura del Crepúsculo y tampoco lo has hecho ahora. Te estoy y estaré eternamente agradecido. —Al cabo de un momento comentó—: Es ese Screed el que me está poniendo nervioso; dijo que caminaría más lento.

Twig asintió pero no respondió. Quizá el guía sí había bajado el ritmo; el profesor y él avanzaban tan exasperantemente lentos que era difícil saberlo.

La travesía cada vez se parecía más a una pesadilla interminable. Cada metro parecía un kilómetro, cada segundo, una hora.

—Por todos los cielos —gimió el profesor—, ¿cuánto queda todavía? No creo que logre continuar mucho trozo más.

—Ya veréis cómo sí —le aseguró Twig mientras miraba hacia atrás para comprobar que Spiker y el Piloto de Piedra todavía los seguían—. No puede estar muy lejos ya.

Volvió a echar un vistazo hacia delante y ahogó un grito de horror.

—¿Qué ocurre? —dijo el profesor con los ojos abiertos como platos.

—Screed no está —dijo Twig mientras descolgaba el catalejo con una mano y escudriñaba el horizonte frenéticamente.

El profesor de Luz entornó los ojos y oteó a lo lejos.

—Ya nos advirtió que esto podría ocurrir.

—Lo sé, pero...

—Vamos, Twig. Yo soy viejo y estoy malherido, así que me puedo permitir estar abatido; pero tú no. Tú tienes toda la vida por delante.

—Barro —masculló el chico, desanimado—, eso es todo lo que tengo por delante. ¡Oh, profesor, si no hubiera desobedecido a mi padre, nada de esto habría ocurrido! Pero no, yo no podía hacer lo que me habían dicho, no; testarudo y estúpido, tenía que colarme otra vez en el *Cazatormentas*. Todo esto es culpa mía.

—Twig, muchacho —dijo el profesor con dulzura—, lo hecho, hecho está. No es el momento de repartir culpas; lo importante ahora es cómo te enfrentas a las consecuencias de tus acciones. Si tú... ¡AAAAH! —chilló cuando, de repente y sin previo aviso, un burbujeante orificio tóxico erupcionó entre ambos.

—¡Profesor! —gritó Twig al verse separado de él.

Observó horrorizado la densa columna de barro hirviendo que se elevó en el aire como si fuera el tronco de un enorme árbol blanco. Subió cada vez más alto con un gran estruendo, hasta que se dobló sobre sí misma y cayó de nuevo al suelo en una lluvia de pequeñas esferas espesas y pegajosas.

—¡Profesor! —volvió a gritar Twig—, ¿dónde estáis?

—Aquí —se oyó una voz trémula desde detrás de la columna de barro—. Estoy atrapado.

—No os mováis; voy a buscaros.

Mientras el lodo salía a borbotones del orificio, Twig se vio envuelto en nubes de vapor tóxico. Tosiendo y resoplando, con los ojos llorosos, avanzó a trompicones. El ardiente vapor rielaba; el lodo seguía brotando, y aunque levantó el brazo para protegerse la cara, le fue imposible evitar aquel hedor irrespirable.

—No... os... veo —dijo jadeando.

—Aquí —se oyó la débil voz del académico.

Sonaba cerca; Twig se detuvo, se limpió los ojos y escudriñó el denso vapor. Y allí, a menos de tres pasos detrás de él, estaba el anciano.

—¡Detente! —gritaba—. No des ni un paso más.

Por un momento, Twig no entendió nada. Estaba claro que el profesor no se había caído de espaldas porque, aunque sí era cierto que tenía la cabeza a ras del suelo, miraba adelante, en vez de estar de cara al cielo. Y entonces lo entendió: el profesor de Luz había caído en un pozo de barro movedizo, y éste le llegaba ya hasta las axilas.

Twig se arrancó la bufanda del cuello y se la ató sobre la boca y la nariz a modo de máscara improvisada. Luego se quitó el abrigo de pirata, se arrodilló al borde del pozo y, cogiendo la pieza de ropa con fuerza por el cuello y los hombros, lanzó el otro extremo hacia el profesor.

—Agarradlo con fuerza —jadeó—, os sacaré de ahí.

El profesor cogió el abrigo y Twig afirmó las piernas en el suelo, se echó hacia atrás... y estiró como no lo había hecho en su vida.

—Y uno... y dos... y tres... —gruñó, desesperado.

Lenta, lentamente, el profesor emergió del suelo; primero apareció el pecho, luego la barriga...

—¡Oh, mi cuello —gimoteó—, mi pobre, pobre cuello...!

—Ya casi estamos —dijo Twig sin resuello.

Raaaaasssss... ¡FLOP!

El lodo succionador había soltado su garra sobre las piernas del profesor, que ahora estaba tendido boca abajo frente a Twig.

—Profesor —dijo éste con insistencia mientras le daba la vuelta y le limpiaba el lodo de la cara—. Profesor, ¿podéis oírme?

Los labios del anciano, delgados y agrietados, se entreabrieron.

—Sí —murmuró con voz ronca—, puedo oírte... Me has salvado la vida.

—No, todavía no, pero lo haré. Subíos a mi espalda.

—¡Oh, Twig, no puedo...! Tú no puedes...

—No lo sabremos hasta que lo intentemos. —El muchacho se puso de nuevo el abrigo, se dio media vuelta y se agachó—. Poned los brazos alrededor de mi cuello —le ordenó—. Así, muy bien.

Entonces, con un gruñido de esfuerzo, se levantó y, agarrando con las manos la parte trasera de las huesudas piernas del profesor, avanzó con dificultades, pero se fue alejando del barro movedizo, del vapor tóxico que surgía del orificio y de la fuente de lodo ardiente. Caminó y caminó a través del paisaje blanquecino y cenagoso, al mismo tiempo que la temperatura bajaba y el humo se disipaba.

—Ni rastro de Screed todavía —farfulló al fin el profesor—, ¡menudo embustero está hecho! Se queda nuestro dinero, por supuesto, y luego nos abandona a nuestra suerte. Probablemente, ahora está en ese barco naufragado, tan tranquilo.

Twig levantó un poco la cabeza y paseó la mirada por la Ciénaga. Por lo menos, el barco naufragado parecía estar más cerca.

—¡Al demonio con ese vil villano! —maldijo el chico mientras escupía en el suelo—. Con o sin la ayuda de Screed, Spiker o el Piloto de Piedra, vos y yo sobreviviremos a esta odisea. ¡Os doy mi palabra como capitán de esta tripulación!

295

ϒ

Screed no se hallaba en el barco naufragado que era su hogar. Cuando estuvo seguro de que nadie se daría cuenta, se escondió detrás de una roca y rodó por el lodo hasta quedar cubierto de pies a cabeza de fango blanquecino.

—Desaparecido por arte de magia —dijo, y soltó una risita gutural.

Entonces, satisfecho con su camuflaje perfecto, se puso en pie y avanzó encorvado por la Ciénaga tan rápido como pudo, manteniéndose en paralelo al camino que seguían los piratas aéreos. Él podía verlos, pero ellos no lo veían a él.

—No os salgáis del camino, calaveras podridas —musitó mientras pasaba a la altura de Twig y el anciano—; no queremos que la Ciénaga os trague, ¿verdad? Al menos, todavía no.

Siguió trotando a buen paso hasta que alcanzó a la curiosa figura ataviada con gruesas prendas, sobrepasó al roblelfo, que ahora se arrastraba a cuatro patas, y avanzó hacia la mole del osobuco. Al acercarse, vio que no era el primero en llegar: los cuervos blancos se habían abalanzado ya sobre el cadáver con garras y picos.

—¡Largaos de aquí, diablos blancos! —rugió Screed mientras se abalanzaba sobre ellos agitando los brazos salvajemente.

Los cuervos blancos se incorporaron y, manteniéndose derechos sobre sus ágiles patas, graznaron con furia, pero no echaron a volar. Screed se agachó. Aunque los carroñeros habían dado cuenta de gran parte del cuerpo, los pies —enormes, peludos y con zarpas afiladas— estaban aún intactos. Mientras el individuo ladeaba la cabeza, el sol se reflejó en los incontables cristales diminutos atrapados en el pelaje entre los dedos del animal.

—¡Qué hermoooooso botíííín! —sonrió Screed, satisfecho.

Se sacó el cuchillo del cinto y, con la precisión milimétrica de un cirujano, rebanó los dedos de los pies de Hubbel y los metió en su bolsa de cuero. Los cuervos chillaron y graznaron en un frenesí de frustración.

—Ahí lo tenéis —les dijo—, todo vuestro. —Y a continuación se colgó la bolsa al hombro y se puso de nuevo en marcha—. Uno menos —se rio—; sólo quedan cuatro.

Spiker fue el primero en llegar. El roblelfo todavía andaba a gatas, pero ya no podía más, y su respiración era rápida y sibilante. Screed se puso en pie con las manos en la cintura y bajó la vista hacia la lastimera criatura. Sin mediar palabra, le rodeó los hombros con un brazo y tiró hacia atrás. La hoja de su cuchillo brilló un instante. El roblelfo soltó un grito ahogado, trató de agarrarse la garganta... y se desplomó.

—En realidad le he hecho un favor —murmuró

297

mientras se agachaba para ocuparse de los pies de Spiker— al librarle de sus miserias.

Volvió a ponerse en pie y miró a la figura encapuchada, que seguía acercándose trabajosamente.

—Estés o no preparado —masculló—, ¡allá voy!

La agotadora caminata le estaba cobrando su precio a Twig porque, aunque el profesor de Luz tenía poco más que huesos y piel bajo la toga, parecía que pesaba cada vez más a medida que lo arrastraba sin descanso a través del lodo estancado y viscoso.

—Unos pasos más —dijo el profesor— y ya habremos llegado.

De repente Twig llegó a una zona sombreada y el ambiente se tornó más fresco. Levantó la vista y... el gran barco naufragado se erguía ante él.

—¡Gracias a los cielos! —exclamó.

—Gracias a ti —dijo el profesor.

Twig le soltó las piernas y lo ayudó con delicadeza a bajar de su espalda.

—¡Ah, qué alivio! —suspiró el chico mientras parecía que los brazos se le alzaban por voluntad propia—. ¡Me siento como si pudiera volar!

—¡Menuda carga debo de haber sido! —exclamó el profesor haciendo un gesto de comprensión.

—Por un momento, he pensado que no lo conseguiríamos —admitió Twig—, pero aquí estamos. —Echó una ojeada alrededor y gritó—: ¡Screed!

—Screed... Screed... Screed... —resonó el eco en la distancia, pero nadie contestó.

—¿Dónde estará? ¿A qué juega?

—No me fío un pelo de ese sinvergüenza —resopló el profesor.

Twig se detuvo, repentinamente alarmado. ¿Y Spiker y el Piloto de Piedra? Había estado tan ocupado rescatando al anciano que se había olvidado del resto de su tripulación. Echó a correr por el casco vuelto del revés, saltó sobre el mástil y se dispuso a escalarlo. Aunque el barco descansaba sobre el barro blanco en una posición peligrosa, la cofa seguía siendo de largo el punto de referencia más alto de la Ciénaga. Así pues, desde ella observó el camino por el que habían llegado hasta allí.

Vio algo a lo lejos, una mancha marrón inmóvil sobre el blanco barro. Temblando como si tuviera una premonición, se descolgó el catalejo de la parte delantera del abrigo y lo enfocó.

—Spiker... —musitó mientras enfocaba la terrible escena.

—¿Qué ocurre? —oyó que le gritaba el profesor desde abajo.

—Es... es Spiker. Está muerto... ¡Asesinado!

—¿Y el Piloto de Piedra?

Twig oteó con el catalejo rastreando la brillante planicie blanca en busca de cualquier señal.

—Estoy... estoy tratando de encontrarlo —repuso con voz ronca. De pronto una difusa figura oscura ocupó el centro de la lente al emerger de detrás de una roca blancuzca. Las manos sudorosas, que le temblaban incontrolablemente, le resbalaron cuando intentó enfocar—. ¡Sí! Es él; y está bastante cerca.

—¿Vivo?

—Así es, pero arrastra la pierna derecha de una forma que no me gusta. Apenas puede caminar. Yo... —soltó una exclamación—; ¿qué ha sido eso?

Por detrás del Piloto de Piedra, había notado un movimiento, visible pese a que lo producía algo blanco sobre el fondo blanco del lodo; como si la propia Ciénaga hubiera desarrollado un cuerpo y una cabeza. Algo o alguien se estaba acercando al Piloto de Piedra.

—¿Qué es eso? —cuestionó Twig con voz trémula—. ¿Un lodo-demonio? ¿Un monstruo cenagoso? ¿O acaso el terrible boboglobo?

Volvió a enfocar el catalejo. La silueta de la criatura destacaba con claridad: brazos y piernas desgarbados, espalda encorvada, cabeza en forma de calavera, de piel fina, tirante en boca y cejas. Twig hirvió de rabia; aquello no era un lodo-demonio ni un monstruo cenagoso.

—Screed... —masculló—. Debería habérmelo imaginado.

El Piloto de Piedra se detuvo y se giró. Twig oyó cómo éste daba un grito de angustia y se tambaleaba hacia atrás al mismo tiempo que veía centellear un deslumbrante rayo de luz.

—¡Y tiene un cuchillo!

Twig cerró el catalejo, bajó del mástil, pasó sobre el casco y echó a correr hacia la Ciénaga.

—¿Adónde vas? —gritó el profesor.

—A ayudar al Piloto de Piedra, antes de que sea demasiado tarde.

Sudoroso y con todo el cuerpo dolorido, corrió tan deprisa como pudo. Screed y el Piloto de Piedra rodaban sobre el fango; y a medida que se acercaba vio brillar de nuevo el cuchillo. Se acercó más; en un momento dado el Piloto de Piedra llevaba ventaja, pero enseguida era Screed quien parecía ganar. Si pudiera... De repente el Piloto de Piedra cayó hacia atrás debido a un golpe salvaje. El cuchillo volvió a brillar.

—¡SCREED! —chilló Twig.

La huesuda figura se apartó de inmediato de su presa y se volvió hacia el joven como un animal acorralado. Le relucieron los amarillentos dientes.

—Bien, bien —bramó mientras se sacaba del cinturón una hoz de aspecto siniestro—. Me has ahorrado el trabajo de perseguirte; muy considerado por tu parte.

Agitó la hoz arriba y abajo con una mano, haciendo brillar el afilado borde de la hoja.

Twig palideció; tenía muy poca experiencia en el combate con armas.

—Vamos allá, capitán Twig —le provocó Screed, que había prescindido del cuchillo y le hacía señas con la mano libre para que se aproximara—; veamos de qué estás hecho. —Se acercó con rapidez escurriéndose como un lodo-cangrejo—. O quizá prefieras dar media vuelta y echar a correr. Te daré ventaja —añadió, y rio socarronamente.

Twig desenvainó la espada y lanzó una mirada desafiante a los ojos inyectados en sangre del individuo.

—Me quedaré y lucharé contigo, Screed —anunció, aunque intentó que la malvada criatura no se diera cuenta de cómo le temblaban la voz y el brazo—. Más aún —añadió con temeridad—: te venceré.

302

Screed le sostuvo la mirada, pero no le contestó; se encorvó un poco más y empezó a balancearse de un lado a otro. La hoz brillaba adelante y atrás mientras se la pasaba de una mano a otra, y todo el rato mantuvo la mirada fija y sin pestañear en los ojos de Twig. Entonces... saltó.

—¡Uaah! —chilló Twig, y se echó hacia atrás.

La hoja curvada surcó el aire, baja y mortal. Si el chico no se hubiera apartado a tiempo, la hoz le habría rajado el estómago. La hoja volvió a acercársele.

«Está jugando conmigo —se dijo Twig— haciéndome retroceder por el lodo resbaladizo. ¡Enfréntate a él! Enfréntate a él... ¡o muere!».

Se estaba preparando para atacar cuando de repente la hoz descendió silbando hacia él, rápida y con un brillo

303

maligno. Twig aguantó la respiración, agarró con ferocidad su espada y la elevó para que se encontrara con la hoja que estaba a punto de arrollarlo.

—¡Uuuuh! —gruñó mientras el golpe le sacudía el brazo y le hacía temblar todo el cuerpo.

—Vamos, vamos, capitán —dijo Screed con malicia mientras se movía rápidamente de un lado a otro frente a él—, ¿es eso lo mejor que sabes hacer?

De pronto el aire bailó con la terrorífica danza de la curvada hoz, que dio un giro, bajó en picado, tomó impulso y se lanzó hacia Twig. Con el corazón en la boca, éste levantó la espada, que chocó de nuevo con la temible arma, y otra y otra vez...

«¡Te venceré! —aulló la voz de Twig en su mente—. ¡Por Spiker, por el Piloto de Piedra, por... mí mismo!»

Screed se desvió bruscamente hacia la izquierda y embistió, pero Twig fue más rápido que él. Dio un paso hacia un lado hasta quedar fuera de peligro, repelió la hoz sin que ésta le hiciera daño y lanzó la espada hacia el esmirriado cuello de Screed.

—¡Ahora! —rugió mientras se abalanzaba contra él—. Tú... —Pero resbaló en el borde de un agujero oculto—. ¡Aaayyy! —chilló al torcérsele un tobillo.

Mientras Twig caía pesadamente al fangoso suelo, la espada se le escurrió de la mano y cayó sobre el blando lodo, fuera de su alcance. Al instante Screed se precipitó sobre él: le inmovilizó el brazo enguantado con el pie y le hizo cosquillas bajo la barbilla con la punta de su despiadada hoz.

—No tienes muchas posibilidades con Screed Robadedos, ¿no es cierto, capitán Twig? —dijo haciendo una mueca de desdén.

Levantó todo lo que pudo la hoz, de manera que ésta se recortó contra el cielo como una luna negra. La hoja relució.

—¡SCREEDIUS TOLLINIX! —La débil y atiplada voz del profesor resonó en la Ciénaga—. ¿Qué te ha hecho esa criatura?

Screed se quedó paralizado y volvió la cabeza.

—Pero ¿qué...? —murmuró.

Sin pensárselo dos veces, Twig liberó el brazo que tenía atrapado, rodó sobre sí mismo, cogió su espada y espetó una estocada salvaje y profunda en el centro del huesudo pecho de Screed. La densa sangre roja resbaló por la espada, le llegó al guantelete y se convirtió en agua cristalina que le salpicó el brazo.

La hoz cayó al suelo con un amortiguado ¡plaf! Screed bajó la vista y casi pareció sorprendido al ver

cómo la espada le sobresalía del pecho. Su mirada de perplejidad se encontró con la de Twig.

Pero éste ahogó un grito porque la expresión de la cara del individuo estaba cambiando ante sus propios ojos: la mueca de maldad había desaparecido, así como la sonrisa desdeñosa y la mirada salvaje. Y vio cómo el brutal maníaco sediento de sangre, que sólo unos segundos antes había intentado cortarle en trocitos, se convertía en alguien bastante distinto; alguien calmado, amable, e incluso noble. En los ojos le brillaba una mirada ausente y le jugueteaba una sonrisa en la boca; los labios se le entreabrieron y una única palabra salió de ellos:

—Sanctaprax.

Entonces cayó al suelo, muerto.

Twig se puso en pie, tembloroso, y se quedó mirando el cuerpo inmóvil.

—He matado a alguien —murmuró el chico mientras cerraba los ojos de Screed con las yemas de los dedos, que también le temblaban.

Ahora parecía descansar en paz y tenía, como en los últimos momentos de su vida, una curiosa majestuosidad. A Twig se le hizo un nudo en la garganta. ¿Cómo había podido convertirse aquel ser en una criatura tan repugnante? Su mirada se posó en la bolsa que colgaba de los hombros del guía muerto. ¿Quizá sus pertenencias le darían alguna pista? La cogió, aflojó los cordeles y miró su interior.

307

—¡Uaaaaag!

Twig vomitó y los ojos se le anegaron en lágrimas, pero la imagen del montón de dedos no le desapareció de la mente. Lanzó la bolsa lejos de sí, se dobló por la mitad y respiró muy hondo.

—¿Por qué? —jadeó finalmente, y miró a Screed con horror—. ¿Qué clase de monstruo eras?

Pero él ya no podía dar más respuestas. Twig se irguió y, mientras se daba la vuelta, los cuervos blancos empezaron a congregarse. Sólo entonces se fijó en su guantelete.

Capítulo diecinueve

El botín de Screed

Abriéndose paso con la espada por entre la creciente bandada de aves carroñeras, Twig se encaminó hacia donde yacía el cuerpo del Piloto de Piedra. El interior de las piezas oculares de vidrio fijadas a la capucha estaba empañado. ¿Significaba eso que el pirata aéreo todavía respiraba? ¿Sobrevivía después del salvaje golpe que le había asestado Screed?

—Si consiguiera quitarle estos trastos —masculló Twig mientras tiraba en vano de los cerrojos que mantenían la capucha y los guantes en su lugar.

Se arrodilló y puso el oído sobre el pesado abrigo buscando la señal de un latido. Y esbozó una amplia sonrisa al encontrarlo: ahí estaba, débil, pero regular, el corazón palpitante del Piloto de Piedra.

—Muy bien, no te preocupes —dijo Twig volviéndose a poner en pie—; te llevaré al barco naufragado. Allí se está fresco. —Le deslizó las manos bajo los brazos y alrededor del pecho—. Vas a estar... ¡aúpa...! —rezongó al echárselo a los hombros—... de maravilla.

A cada penoso paso, el cuerpo le suplicaba reposo; pero pese a todo, no aminoró la marcha. Si el Piloto de

Piedra moría, habría perdido a su tripulación por completo, y no permitiría que eso sucediera.

—Ya queda poco —farfulló sin aliento—; casi hemos llegado.

El pirata no emitió ningún sonido ni hizo movimiento alguno, pero Twig sabía que el corazón le seguía latiendo, puesto que los cuervos blancos los dejaban en paz. En cuanto dejara de palpitar, atacarían al instante.

Por último se encontró de nuevo bañado por la larga sombra que proyectaba el barco naufragado. Miró hacia el inclemente cielo blanco y dio las gracias en silencio.

—Profesor... —llamó mirando alrededor—. ¿Estáis ahí profesor?

—Aquí dentro —se oyó una cansada voz desde el interior del barco. Twig descubrió que, a su izquierda, había un gran agujero en el casco—. Aquí dentro —repitió el profesor apenas en un susurro.

Mientras Twig arrastraba al Piloto de Piedra por el

agujero, lo asaltó el insoportable olor a descomposición. Dejó al herido junto a la pared más alejada de la
entrada y encontró al profesor recostado sobre una
viga derrumbada en el lado opuesto. La rama atada a su
espalda todavía le mantenía el cuello erguido y continuaba vivo pese a que, incluso en la penumbra, estaba
claro que tenía mal aspecto.

—Lo ha matado —gemía el profesor—. Lo ha asesinado.

—No —repuso Twig—. Está herido, y quizá de gravedad, pero todavía está vivo.

—No me refiero al Piloto de Piedra —dijo casi sin
aliento, e hizo un amplio gesto con el brazo—, sino a
este barco; encontré la placa con el nombre. Es el *Cor-*
tavientos; su capitán era Screedius Tollinix. ¡Screedius
Tollinix! —gimió—. Un magnífico y valiente caballero... —Le ardieron los ojos de rabia—. Hasta que ese
detestable guía le puso las manos encima... —añadió, y
lo asaltó un ataque de tos.

Twig observó atentamente al profesor. ¡Por supuesto, ahora lo comprendía! Cuando éste gritó, Screed reconoció su propio nombre; por eso se había quedado
paralizado... Y él lo había matado; pero no se sentía capaz de decirle al profesor que Screedius Tollinix y el
guía eran la misma persona.

—Intentad dormir un poco —dijo Twig al profesor
agachándose a su lado.

—No, no —respondió éste, agitado—. Pronto dis-
pondremos de tiempo para dormir, pero ahora hay cosas que debemos dilucidar y explicar; cosas que tenemos que discutir... —Por un segundo los ojos se le

quedaron en blanco. Cuando volvió a enfocarlos, parecían perplejos, asustados—. Twig, muchacho —dijo en voz baja y sibilante—, escúchame, y escúchame bien. Debo hablarte del meteoprax.

—Pero... —balbució Twig.

—A fin de cuentas, por eso estoy aquí. Ésa es la razón por la que tu padre insistió en que viajara con vosotros, porque sé todo lo que hay que saber acerca de los cristales sagrados: su valor, sus propiedades, su poder... —Hizo una pausa—. Puesto que el meteoprax es demasiado pesado para trasladarlo en la oscuridad y demasiado volátil expuesto a la luz directa del sol, debemos... debes conseguir una luz constante pero tenue que lo acompañe hasta que haya alcanzado su destino, en el corazón de la roca flotante de Sanctaprax. Y cuando do eso ocurra...

—Pero ¿a qué viene todo esto? —le espetó Twig—. No disponemos de meteoprax, no fuimos capaces de conseguirlo en la Espesura del Crepúsculo. ¿O acaso lo habéis olvidado? Fracasamos.

—Silencio, Twig —insistió el profesor. Luego alzó el brazo y señaló un extremo del casco que quedaba bastante alejado—. Por ahí —indicó casi sin aliento.

A esas alturas los ojos del muchacho ya se habían acostumbrado a la oscuridad y, al mirar hacia las sombras, vio un gran arcón medio hundido en el lodo.

—¿Qu... qué es eso?

—Ve a verlo.

Mientras Twig cruzaba el suelo lodoso en dirección al cofre, el olor a carne putrefacta aumentó de intensidad.

—¡Aaaagh! —jadeó, y se vio asaltado por las náuseas al ver los miles de tesoros diminutos clavados a las paredes de madera—. ¡Grruajj!

Y volvió a sentir arcadas al descubrir que también la enorme pila inclinada que había en un rincón estaba formada por incontables miles de dedos amputados.

—¡En nombre de todos los cielos! —masculló, y se volvió hacia el profesor en busca de alguna explicación.

Éste, impaciente, le hizo señas para que siguiera adelante.

Al fin Twig se detuvo junto al arcón de cristal y leñoplomo. La tapa estaba cerrada, pero no con candado. Titubeó. ¿Y si estaba llena de más restos humanos? ¿Y si a Screed también le gustaban los glóbulos oculares, o las lenguas?

—¡Ábrelo! —le insistió el profesor.

Twig se agachó, inspiró una profunda bocanada de aire y levantó la tapa. Una luz plateada resplandeció en el interior y el muchacho se sobrecogió ante la visión de multitud de deslumbrantes y relucientes cristales. Sofocó un grito y exclamó:

—¡Meteoprax!

—Y más que suficiente para nuestras necesidades.

—Pero ¿cómo...? Yo... —Se detuvo de pronto y gritó—: ¡Los dedos de los pies!

—Exactamente. Cuando los desventurados duendes, trols, trogs o lo que sea partían desde el Bosque Profundo hacia Subciudad, su camino les llevaba a través de la Espesura del Crepúsculo. Allí, las partículas de meteoprax se les acumulaban bajo las uñas de los dedos de los pies y las garras, ¿lo ves? Entonces, cuando llega-

ban a la Ciénaga, se encontraban a Screed, el más repugnante de los seres, quien les robaba el dinero, les rajaba la garganta y les cortaba los dedos. —Suspiró cansado—. Pero ¿por qué?; ésa es la cuestión. ¿Para qué querría un alma tan degenerada utilizar una sustancia tan maravillosa?

A Twig le vinieron a la cabeza las palabras del caballero sepia: «Una búsqueda siempre es una búsqueda», y se estremeció horrorizado al darse cuenta de lo que debía de haber ocurrido.

Aunque el barco de Screedius Tollinix naufragó, él no fue capaz de abandonar su búsqueda. Y, del mismo modo que tiempo atrás Garlinius Gernix y Petronius Metrax y, posteriormente, Quintinius Verginix, prometió dedicar su vida a encontrar meteoprax y juró no regresar a Sanctaprax a menos que hubiera cumplido su sagrada misión.

Incapaz de volver a la ciudad con las manos vacías, Screedius Tollinix decidió continuar su búsqueda sin importarle el precio que supusiera. El noble académico caballero, a quien Twig había entrevisto en el momento de la muerte, debía de haberse vuelto loco por su deseo de cumplir las promesas que había hecho en la ceremonia de iniciación; no importaba la cantidad que acumulara porque nunca sería suficiente.

—Y no quiero ni pensar en cuántos habrán muerto para satisfacer las espantosas ansias de esa malvada criatura —reflexionaba el profesor.

Twig contempló los cristales iridiscentes. Ahora sabía que cada uno de ellos se había cobrado su precio en sangre. Temblando de un modo casi descontrolado, bajó la tapa del cofre de golpe.

—¡No es justo! —bramó—. Yo soñaba con volver, triunfante y victorioso, con meteoprax suficiente para estabilizar la ciudad flotante de Sanctaprax los próximos mil años.

—Y todavía puedes lograrlo —aseguró el profesor respirando con dificultad.

Twig se le encaró, furioso.

—¡Pero no de este modo! —gritó. A sus espaldas, el Piloto de Piedra masculló algo medio atontado—. Quiero encontrar meteoprax nuevo, meteoprax puro, recién descargado por una gran tormenta en la Espesura del Crepúsculo; y no este... este diabólico tesoro escondido, robado de los dedos de los pies de los muertos.

—¡Ay, Twig , Twig, muchacho...! —El anciano tosió de nuevo; un sonido grave y bronco le vibraba en el fondo de la garganta—. El fin y los medios —dijo casi sin aliento—, el fin y...

La tos seca lo convulsionó otra vez, más desgarradora que nunca.

—¡Profesor! —Twig corrió hacia él. El rostro se le había convertido en una pálida sombra de color gris amarillento; los ojos estaban hundidos y las mejillas, enflaquecidas. Le costaba un gran esfuerzo respirar. Twig le cogió la mano—. Profesor, ¿estáis bien?

Se quedó mirando la mano enguantada de Twig. Débilmente, pasó los dedos sobre los nudillos metálicos y el polvo sepia se le quedó pegado a las yemas.

—Claro —susurró con voz apenas audible—, praxpolvo...

—Es cierto; cuando la sangre de Screed entró en contacto con él, se convirtió en agua pura. —Se agachó de modo que su oído quedó a la altura de los temblorosos labios del profesor. El cálido aliento que notó en el rostro olía a descomposición.

—El secreto... —susurró el profesor—. Sé cómo conseguir praxpolvo con seguridad. —Jadeó y se llevó las manos a la garganta—. La Espesura del Crepúsculo ha estado diciéndonoslo todo el tiempo.

—Continuad —pidió Twig mientras se tragaba las lágrimas—; tomaos vuestro tiempo, profesor.

El anciano sonrió débilmente y dijo con voz ronca:

—¡Tiempo! Tiempo... —Sus ojos se elevaron hacia el cielo—. El meteoprax cae en el crepúsculo de los bosques. ¡El crepúsculo, Twig! Ni luz ni oscuridad, sino el crepúsculo. Lentamente, se va descomponiendo a través de los siglos bajo la influencia del crepúsculo. Se descompone, Twig, durante cientos y cientos de años, hasta que se convierte en polvo. Eso es el praxpolvo; el praxpolvo que cubre la armadura de esos pobres caballeros perdidos, así como las manoplas que llevas.

Twig se miró el guantelete y la fina capa de polvo sepia que lo recubría.

—Pero ¿y el secreto? —susurró—. No lo entiendo.

—¿No te das cuenta, Twig? —cuestionó el profesor haciendo acopio de sus últimas fuerzas—. Lo que la Espesura del Crepúsculo tarda años en conseguir de forma natural, nosotros podemos obtenerlo con un solo golpe devastador. Pero ese golpe sólo puede —sólo debe caer— en el preciso momento del...

—¡Crepúsculo! —soltó Twig.

El profesor dejó escapar un suspiro largo y lastimero y murmuró:

—Díselo... al profesor de Oscuridad. Puedes... confiar... en él...

Se quedó en silencio, mientras la cálida respiración se detenía. Twig se irguió y contempló aquel rostro viejo y sabio.

El profesor de Luz había muerto. Los cuervos blancos chillaban ya con fuerza en el exterior. Twig los oyó escarbar y rascar la madera; los más audaces metían la cabeza por el agujero del casco y escrutaban alrededor con ojos ávidos y relucientes como dos gotas de agua.

—¡Largaos de aquí! —chilló.

Los pájaros se retiraron, pero sólo un momento y no se fueron muy lejos. Twig sabía que tendría que incinerar el cuerpo del profesor de inmediato. Mientras lo arrastraba hacia el exterior, los cuervos blancos se arremolinaron alrededor lanzando alaridos de rabia.

—¡No lo conseguiréis! —aulló Twig.

El sol estaba ya muy bajo y el muchacho siguió su propia sombra alargada a lo largo del camino, en dirección a un pozo circular de barro movedizo. Depositó al profesor en el borde, mientras los cuervos blancos aleteaban en una oleada de excitación, e intentó concentrarse al máximo y pensar en algunas palabras adecuadas para tan solemne ocasión.

—Profesor de Luz —murmuró—; venerable académico de Sanctaprax, un ser noble y sabio. Este sitio no es lo suficientemente bueno para ser vuestro lugar de reposo eterno... —La voz se le rompió y respiró hondo—. Descansad en paz.

Y tras esas palabras empujó el cuerpo. Los pies fueron los primeros en meterse en el barro movedizo, seguidos de las piernas y el torso. Los cuervos blancos, fuera de sí de rabia, se lanzaron en picado y se hundieron, pero aun así no consiguieron alcanzar el cuerpo muerto. El lodo trepó por el pecho del profesor, los brazos, los dedos... Twig se anegó en llanto.

—Adiós —susurró mientras la cabeza del anciano desaparecía de su vista.

Por un momento, las únicas señales del lugar donde había estado el profesor fueron las ramitas superiores de la rama que Twig le había atado al cuello. Poco después también éstas desaparecieron de la vista, al tiempo que una burbuja de aire explotaba en la superficie del pozo. Luego... silencio. Calma. Paz.

Twig hincó una rodilla en tierra, alargó su mano enguantada y la hundió en el charco de cálido barro movedizo en señal de respeto. Mientras lo hacía, éste cambió bruscamente y él se quedó estupefacto. Ante sus propios ojos, el lodo denso y blanquecino se convirtió en agua, tan pura y cristalina como la de los arroyos rumorosos que serpenteaban a través del Bosque Profundo. Aunque bastante abajo ya, distinguió todavía el cuerpo del profesor que descendía en espiral cada vez a mayor profundidad, hacia su tumba de agua.

Se puso en cuclillas y observó el pesado guantelete. El polvo sepia, tan fino que se movía como si fuera líquido, aún se deslizaba sobre la plata bruñida.

—Praxpolvo —susurró con reverencia mientras se ponía en pie y miraba a lo lejos.

Allá en la distancia, a mucha distancia, percibió las luces de Sanctaprax titilando en el aire. Bajo ella, la escuálida extensión de Subciudad permanecía encogida bajo su manto de mugriento humo marrón. Los habitantes de ambos lugares sacarían provecho del contenido del arcón de cristal y leñoplomo, puesto que el meteoprax restablecería el equilibrio de la roca flotante y el praxpolvo purificaría el contaminado río del Límite.

«El fin y los medios...», había dicho el profesor. Twig no estaba seguro de si las vidas que se salvarían en Sanctaprax y Subciudad, gracias a los cristales, justificarían el asesinato de los seres que había matado Screed. Pero estaba convencido de que si no conseguía regresar con el arcón de meteoprax, no cabía duda de que todos ellos habrían muerto en vano.

«Debo intentarlo —se dijo a sí mismo—. Por los vivos... y por los muertos.»

En ese instante oyó un rugido de inquietud proveniente del interior del barco naufragado. Era el Piloto de Piedra, que por fin había vuelto en sí.

Capítulo veinte

El Piloto de Piedra

Lo primero que hizo Twig al entrar de nuevo en el barco fue encender el farol que Screed tenía colgado de un clavo junto a la entrada. Una cálida luz melosa se extendió por el interior tenebroso, y vio que el Piloto de Piedra se había sentado.

—¡Menos mal que estás vivo! —exclamó.

—Sí, pero por los pelos —se oyó que decía una voz tímida y apagada tras el grueso traje—. Tengo insensible la pierna derecha. —Twig lo miró en silencio, sorprendido—. Me atacó ese que decía ser nuestro guía y debió de dejarme sin sentido. Ni siquiera sé cómo he llegado aquí.

—Yo... yo te traje.

—Ya. ¿Y Screed?

—Está muerto, gracias al filo de mi espada. Él... Yo... —Se agachó frente al Piloto de Piedra, confuso—. Oye, puedes hablar...

—Sí.

—No lo sabía... Quiero decir... Vaya, lo siento, pero siempre creí que eras mudo.

—No malgasto mis palabras. El mundo es ancho y

traicionero, y estas ropas y mi silencio constituyen mi protección. Tu padre lo entendía muy bien.

—¿Mi padre? ¿Sabía él que hablabas?

—Él lo sabía todo. —A continuación se retorció y se contorsionó hasta que logró sacar el brazo derecho de la manga.

A través de los paneles de cristal, el chico vio cómo los sorprendentemente delicados dedos luchaban con los cierres internos que aseguraban la capucha a los hombros. Uno tras otro, aquéllos se abrieron.

Twig estaba maravillado. El Piloto de Piedra no sólo había revelado que era capaz de hablar, sino que además ahora, por primera vez, iba a mostrar el rostro. Contuvo el aliento. ¿Qué horrible desfiguración o aflicción sufría aquella pobre criatura para haber llegado a semejantes límites con tal de ocultarse? ¿Qué terrible secreto se encerraba bajo aquellas gruesas vestimentas?

Mientras se subía la capucha, dejó a la vista un cuello pálido y delgado. Twig se mordió los labios y, de inmediato, una espesa cascada de pelo anaranjado cayó sobre la cara del pirata aéreo; éste alzó una mano y se lo apartó del rostro.

—Eres... eres... —farfulló Twig, boquiabierto.

—Una chica —replicó la Piloto de Piedra—. ¿Sorprendido?

—¡Pues claro! No tenía ni idea. Creía que eras una especie de... de... monstruo...

La Piloto de Piedra frunció el entrecejo y apartó la vista.

—Quizá sería mejor si lo fuera —dijo con calma—.

La más deforme y terriblemente terrorífica criatura del Bosque Profundo no estaría tan sola como yo, ahora que he perdido a Lobo Tizón y el *Cazatormentas*. Era el único lugar en el que me sentía segura, e incluso allí seguía necesitando esto. —Dio un golpecito a la capucha.

—Anímate —dijo Twig, tratando de sonar tranquilizador—. Saldremos de ésta.

—Es inútil. Vamos a morir en este lugar inmenso e interminable; sé que será así.

—No debes hablar de ese modo —repuso Twig con severidad y, en un intento por distraer a la afligida muchacha, añadió—: Según una historia que mi padre me contó una vez, tú estabas presente cuando yo nací a bordo de un barco aéreo, un barco aéreo capitaneado por el famoso...

—Multinius Gobtrax —lo interrumpió la Piloto de Piedra con la voz rota por el llanto—; lo recuerdo muy bien. Estábamos sobre el Bosque Profundo, en medio de una terrible tormenta, cuando Maris, tu madre, se puso de parto. Nunca había visto corrientes como aquéllas: el barco aéreo fue succionado hacia arriba y sobrepasó el bosque antes de que nadie tuviera oportunidad de bajar el ancla o asegurar los garfios.

—Y pese a todo conseguisteis salvar el barco aéreo. Lobo Tizón me contó cómo apagaste los quemadores de madera, liberaste los pesos y trepaste por un lado para descascarar la propia roca flotante.

—Hice lo que tenía que hacer —dijo tranquilamente la muchacha bajando la vista.

—Y yo me alegro de que así fuera; a fin de cuentas, si no lo hubieras hecho yo no estaría aquí ahora.

—¿Y quién me habría salvado de Screed si tú no hubieras estado aquí? —Consiguió esbozar una sonrisa—. Digamos que estamos en paz, ¿vale?

—Vale... —repuso Twig, no muy convencido.

—¿Pero?

—Nada, es sólo que... Bueno, eso ocurrió hace dieciséis años. ¿Cómo puedes...?

—¿Parecer tan joven? —dijo ella terminando la frase por él.

Twig asintió.

La Piloto de Piedra desvió la mirada mientras se agarraba la capucha con una mano muy blanca y delgada. Twig observó pensativamente a aquella muchacha, en apariencia eternamente joven, de piel pálida —casi translúcida— y su mata de cabello anaranjado. Le resultaba tan familiar... Y entonces se acordó.

—¡Mag! —exclamó.

—¿Disculpa? —se sorprendió ella.

—Es alguien a quien me recuerdas, alguien a quien conocí hace muchísimo tiempo. Era una trog termagante y...

—¿Qué sabes de los trogs termagantes? —preguntó ella, vacilante.

Twig se encogió de hombros. ¿Qué sabía él acerca de las termagantes? Sabía que Mag, una chica también pálida y de cabello rojo, lo capturó y lo mantuvo en su caverna subterránea, como si fuera una mascota; sabía que, al llegarle la edad, la joven bebió de las sagradas raíces del roble sanguino y se transformó en una bestia de mujer descomunal como Mamsi, su madre; y sabía también que si él no hubiera logrado escapar, le habrían hecho pedazos.

—¿Fuiste su mascota? —se extrañó la Piloto de Piedra.

—Sí, en efecto. Me ató con una larga correa; me mimaba y me hacía carantoñas. —Hizo un gesto de dolor—. Y se pasaba horas peinándome y haciéndome trenzas.

—¿Hasta que se convirtió en una termagante?

—Exacto.

La muchacha se quedó en silencio y bajó la vista con expresión inmutable. Cuando la alzó de nuevo, Twig vio lágrimas en sus ojos.

—Ésa era una de las cosas buenas de llevar la capucha —dijo abrazándose a ella—: nadie me veía nunca llorar. —Se sorbió los mocos—. Como puedes ver, yo nunca me convertí en termagante.

Twig asintió, aliviado de que así fuera. Porque ver cómo su dulce y querida Mag se convertía en una aterradora criatura sedienta de sangre había sido una de las experiencias más penosas de toda su vida.

—Cuando llegó mi hora y la Madre Roble Sanguino sangró para mí, yo no estaba presente —explicó ella con tristeza—; y aquellas que pierden su cita nunca se transforman, sino que están condenadas a ser siempre como me ves ahora, hasta el día de su muerte.

—Pero... pero ¿por qué no acudiste?

—Sucedió que el día antes de que tuviera que transformarme en termagante —explicó la trog dando un suspiro—, yo estaba fuera de la caverna paseando a mi mascota, un cachorro de rondabobos, cuando me rodeó una manada de leñolobos de cuello blanco. Destrozaron a mi mascota y a mí me reservaron para su dueño, un negrero de Subciudad —dijo escupiendo las palabras—. Éste me encadenó junto con otros roblelfos, trols y duendes y nos obligó a caminar hasta un mercado de esclavos en el Bosque Profundo. Fue allí donde me encontró Lobo Tizón, tu padre, sucia, andrajosa y medio ida.

—¿Así que te compró? —preguntó Twig con los ojos como platos.

—Al ver el estado en que me encontraba —repuso ella—, agarró el látigo del negrero y casi lo desolló vivo; luego me cogió de la mano y me dijo: «Vamos, pequeña; Maris te cuidará». Y me fui con él.

—Debe... debe de haber sido horrible —dijo Twig con comprensión agachándose junto a ella.

—Sí, así es. Nunca podré encontrar la caverna donde vivía. Los cielos saben que no he dejado de buscarla todos estos años. Pero a su debido tiempo, Lobo Tizón también me dio un hogar.

—El *Cazatormentas* —apuntó Twig.

—Exacto, y también una profesión: soy el mejor Piloto de Piedra de los cielos; o lo era... Porque ahora no tengo nada.

—Me tienes a mí. —Y le alargó una mano.

La chica alzó la vista hacia él y, con aire vacilante, se la estrechó entre las suyas.

—Si vamos a quedarnos aquí, tendremos que encontrar comida —dijo Twig, animado.

—¿Quedarnos aquí?

—Por supuesto. ¿Cómo vamos a conseguir si no que el barco aéreo vuelva a volar de nuevo? Nunca saldremos de la Ciénaga si no lo logramos.

Twig inspeccionó el casco roto. Lograr que el barco aéreo volara de nuevo costaría mucho trabajo, sobre todo porque al tener la Piloto de Piedra la pierna herida, significaba que tendría que hacer todo el trabajo él solo. Y, sin embargo, ¿qué otra opción le quedaba?

—Las reparaciones no tienen que ser perfectas —dijo ella siguiendo la mirada de Twig—. Si localizas la roca-vuelo, creo que conseguiré que el *Cortavientos* vuele de nuevo. Lobo Tizón fue un gran maestro.

—Por cierto, ni siquiera sé cómo te llamas —comentó Twig sonriendo.

La Piloto de Piedra lo miró con los ojos entornados

mientras se agarraba con fuerza a la capucha protectora. Finalmente dijo:

—Me llamo Maugin.

Por la mañana el sol naciente despertó pronto a Twig. Dejó descansar a Maugin, que todavía dormía, y llevó a cabo una concienzuda inspección del barco aéreo. Enseguida le quedó claro que el sol saldría muchas veces sobre la Ciénaga antes de que el *Cortavientos* pudiera volar otra vez.

El casco no sólo se había roto por varios sitios, sino que también se estaba pudriendo por estribor, donde se apoyaba en el lodo; el mástil se había partido y, pese a que algunos pesos colgantes estaban en su lugar, muchos habían desaparecido; del mismo modo la roca-vuelo se había partido en dos: una mitad, atrapada bajo una pesada viga sobre el cálido barro, y la otra no se veía por ninguna parte.

«Ante todo —se dijo Twig—, tengo que averiguar si hay herramientas a bordo. Si no logro encontrar un martillo y algunos clavos, no podré reparar nada. Por otro lado, ¿qué sentido tiene arreglar algo antes de encontrar la otra mitad de la roca-vuelo? Y en cualquier caso, si no hay reservas a bordo, nos moriremos de hambre.»

A continuación regresó por donde había venido.

Sin embargo, mirara donde mirara no encontraba nada: ni en el pañol entre cubiertas, ni en el almacén, ni en la despensa; los camarotes estaban vacíos y ya sabía que en la bodega, donde habían pasado la noche la Piloto de Piedra y él, tampoco había nada.

—Estamos perdidos —suspiró—. Será mejor que vaya a decírselo a Maugin.

Y se encaminó hacia la escalera que lo llevaría de nuevo a la bodega.

Al llegar abajo frunció el entrecejo, confundido. ¿Dónde estaba la Piloto de Piedra? ¿Y el arcón de meteoprax y la horripilante exposición de dedos de pies? Cuando la vista se le acostumbró a la oscuridad, se dio cuenta de que estaba en otra parte completamente distinta; aquello era la bodega de proa, en vez de la principal. Investigó alrededor; primero se quedó con la boca abierta, después sonrió y, finalmente, lanzo un grito de alegría.

—¿Twig? —se oyó una voz desde el otro lado de la pared de madera—. ¿Eres tú?

—¡Sí —respondió él a gritos—, y lo he encontrado! He encontrado el almacén de Screed, su camarote y... y aquí hay todo lo que necesitamos: platos, copas, cuchillos, cucharas... Oh, y aquí están sus cañas de pescar, los anzuelos y el sedal; velas de cera, una lámpara de aceite y una caja grande de galletas. Y también un barril de leñoponche, y... ¡oh, Maugin! Screed dormía sobre las velas del barco.

—¿Y cabos? —preguntó Maugin—; los necesitaremos para izarlas.

Twig buscó bajo el colchón de velas dobladas.

329

—¡Sí, aquí están! —exclamó—. Enrollados debajo a modo de somier, tenemos todos los cabos que queramos. Y... ¡mira! Hay un arcón enorme, lleno de herramientas. Podemos empezar a trabajar enseguida. —Se calmó un poco y preguntó—: ¿Cómo está tu pierna?

—No muy mal... —respondió Maugin, pero él detectó el dolor en la suave voz de la muchacha.

Twig se puso manos a la obra con entusiasmo. Trabajó duro hora tras hora siguiendo las instrucciones de la Piloto de Piedra que, a pesar de que lo había negado, sentía un intenso dolor en el profundo corte de la pierna. Sin embargo, el *Cortavientos* era una verdadera ruina: cada palo parecía estar podrido; cada tablón, a punto de derrumbarse. Aunque Twig lo hizo lo mejor que pudo, poniendo un parche por aquí y cortando por allá, el trabajo era desesperanzador. Cuando el sol se puso en el horizonte, contempló sus reparaciones, consternado por lo poco que había avanzado.

—Nunca lograré terminarlo —se quejó.

—No te preocupes —lo tranquilizó Maugin con su voz dulce y tímida—. Tú encuentra la otra mitad de la roca-vuelo y conseguiremos que vuele.

—Pero la roca-vuelo es flotante. ¿No se habrá ido volando?

—No lo creo. Como muy bien sabes, la roca fría se eleva y la caliente se hunde. Si asumimos que aterrizó en algún lugar del cálido lodo de la Ciénaga, debería estar todavía allí.

Pese a que la Piloto de Piedra se había herido de gravedad al caer del *Cazatormentas*, por fortuna, no se había roto la pierna. Gracias a la limpieza regular con agua purificada con el praxpolvo, la hinchazón bajó, la rojez disminuyó y la herida inflamada empezó poco a poco a curarse. Llevaban diez días en el cortavientos cuando finalmente se pudo poner en pie, aunque tambaleante.

—¡Es increíble, Maugin! —se sorprendió Twig, y la cogió del brazo—. Veamos si puedes apoyar tu propio peso. —La Piloto de Piedra dio un paso vacilante con la pierna derecha, que se bamboleó. Ella hizo un gesto de dolor, pero insistió—. ¡Excelente! —se entusiasmó Twig—. Pronto estará como nueva.

—Nunca será así —dijo Maugin sonriendo con valentía—, pero me conformaría con que me sirviera

unos años más. Bueno, ¿cómo va la cena? —preguntó olisqueando el aire.

—¡La cena! —exclamó Twig—; se me ha olvidado por completo. —Y salió zumbando para sacar la plancha metálica del fuego—. ¡Justo como me gustan! —gritó.

—Quieres decir quemados —replicó Maugin sonriente mientras miraba a través del agujero del casco.

Él sonrió. La timidez de la Piloto de Piedra estaba desapareciendo poco a poco.

—¿Así que no querrás ninguno?

—No he dicho eso. ¿Qué tenemos hoy? No, no me lo digas: ¡pez rezumador!

—Bueno, en realidad es bistec de cuernolón, con pan fresco y crujiente y una rica ensalada de acompañamiento. —La boca de Maugin se abrió de par en par—. Sólo bromeaba —dijo Twig mientras le alargaba un plato con su ración diaria de tres peces rezumadores y un pedazo de galleta dura con un puñado de leñosavia seca dispuesta encima—. La dieta ideal.

—Si tú lo dices... —dijo Maugin con una sonrisa.

Se sentó con cuidado sobre una roca y se puso a desmenuzar un trocito de la seca galleta.

Lejos en la distancia, el enorme sol anaranjado desapareció detrás del horizonte y el cielo adquirió tonos rosas y verdes. Los dos jóvenes observaron cómo aparecían las luces de Sanctaprax, una a una. En lo alto las estrellas brillaban ya y, mientras comían en silencio, la noche se extendió por el cielo como un baldaquín abierto.

—Me encanta el anochecer —comentó Twig mientras se levantaba para encender la lámpara—. Se está tan tranquilo aquí fuera, sin nada ni nadie a kilómetros de distancia y sólo el cielo allá arriba.

—Pues a mí me pone los pelos de punta —replicó Maugin con un estremecimiento.

Twig no contestó. Sabía que, pese a sus años como pirata aéreo, Maugin, como buena termagante, todavía echaba de menos su vida bajo tierra. Esa sensación,

igual que el deseo de Twig de surcar los aires, se llevaba en la sangre.

—Por cierto —dijo él—, tengo buenas noticias.

—¿Cuáles?

—He encontrado la otra mitad de la roca-vuelo.

—¿De verdad? —dijo Maugin, excitada—. ¿Dónde estaba?

Twig tragó saliva. La había encontrado en el charco purificado donde estaba enterrado el profesor de Luz. La tarde anterior había acudido allí, desesperado, para hablar con él, y la había encontrado flotando en el agua limpia y cálida, precisamente sobre la superficie.

—¡Oh, no muy lejos de aquí! ¿Crees que podrás unirlas?

—He arreglado cosas peores.

—Hasta ahora hemos tenido suerte, ¿eh?

—Más de la que me había atrevido a esperar —admitió Maugin.

En ese momento, en algún lugar lejano en las profundidades de la noche titilante, una estrella fugaz cruzó el cielo con un suave silbido. Twig se tumbó para contemplarla.

—¡Es tan hermoso...! —suspiró.

—¡Chissst! —dijo Maugin—. Pide un deseo.

Twig dejó de observar el cielo, miró a Maugin y le susurró:

—Ya lo he hecho.

Capítulo veintiuno

Vuelo a Subciudad

Twig y Maugin trabajaron con más ahínco que nunca los dos días siguientes. Tras finalizar la nauseabunda tarea de deshacerse de la colección de dedos podridos, Twig limpió de barro el fondo de la nave, unió el mástil partido, terminó las reparaciones de las jarcias y, con madera sacada de otros camarotes, rellenó los agujeros más grandes del casco. Maugin unió las dos mitades de la roca-vuelo con un intrincado entramado de cuerdas, sujetas con barro húmedo y secadas al sol. A continuación ambos acometieron el difícil trabajo de arrastrar los cabos y las velas desde la bodega de proa hasta la cubierta.

Pese a estar hechas de seda de leñoaraña, las velas eran difíciles de manejar y, como estaban bastante raídas por lo viejas que eran, se agitaban y revoloteaban a cada ráfaga de viento; además, se hicieron desgarrones que los chicos tuvieron que coser.

—¡Agárrate fuerte! —gritó Twig mirando hacia abajo, mientras el sobrejuanete mayor que sostenía se hinchaba con el viento. Había llegado ya a la mitad del mástil y trataba de sujetarlo a una cornamusa móvil—.

¿De veras crees que conseguiremos llegar a Subciudad?

—Ten fe —le contestó Maugin— y, con un ligero toque en las palancas de las velas, la roca-vuelo hará el resto.

Twig sonrió. Había algo en la actitud calmada de Maugin que lo tranquilizaba, y cada vez dependía más de aquella chica pacífica y seria.

—Vamos —dijo él—; sólo falta izar el velacho y el foque y ya estaremos.

Mientras el sol poniente señalaba el fin de otro día, Twig comprobó los nudos por última vez, trató de mantener el equilibrio sobre el inestable bauprés y saltó a cubierta.

—Ahí está —anunció—; hemos terminado. —Inspeccionó su trabajo, nervioso—. Qué, ¿hacemos una prueba?

—Está oscureciendo —opinó la Piloto de Piedra—; será mejor que lo dejemos para mañana.

—Tú lo sabrás mejor —repuso Twig, en cierto modo aliviado—. Vamos a tomarnos una o dos copitas de leñoponche para celebrarlo. Nos lo hemos ganado.

Al día siguiente a Twig lo despertaron antes de que saliera el sol.

—Levántate —le decía Maugin mientras lo sacudía por los hombros.

Abrió los ojos y miró alrededor medio grogui. Tenía la cabeza como un bombo y se dijo que había bebido demasiado leñoponche.

—Debemos irnos ya, antes de que cambie el viento

—indicó Maugin—. Voy bajo cubierta a controlar la roca-vuelo; tú hazte cargo del timón y yo te avisaré cuando esté lista.

Twig se lavó, se vistió, bebió la suficiente agua purificada por el praxpolvo para saciar su sed y aclararse la cabeza, y se dirigió al timón. Allí, junto a la rueda recién alineada y engrasada, se quedó mirando las dos largas hileras de palancas de hueso.

—El peso de popa y el de proa, los pesos del casco de estribor, pequeños, medianos y grandes —farfulló mientras trataba de memorizar los nombres—. Y luego el partimón, la gavia, el juanete mayor —repasó dirigiendo su atención a la segunda fila de palancas—. Pe-

tifoque… no, sobrejuanete mayor. ¿O es el velacho? ¡Maldición!

—¡Listos para partir! —se oyó la tranquila voz de Maugin por la escalera, desde las bodegas del barco—. ¡Iza el partimón!

—¡A sus órdenes! —respondió Twig.

Su voz sonaba chillona y más nerviosa de lo que le hubiera gustado.

Con el corazón en un puño, agarró la palanca del partimón y tiró. La vela se agitó y se hinchó con el aire. Al principio no pasó nada; pero poco después, con un temblor y un crujido, el *Cortavientos* se elevó ligeramente y, de un modo casi imperceptible, se irguió. Los podridos maderos chirriaron de un modo horrible.

—Abajo los pesos del casco de babor —masculló Twig—. Un poco más arriba el peso grande del casco de estribor y… ¡Oooooh! —gritó mientras el barco se escoraba peligrosamente hacia babor al mismo tiempo que notaba un ruido de tela desgarrada.

—¡Cuidado! —gritó la Piloto de Piedra con voz segura.

Twig trató de mantener la mente serena. Subió una milésima los pesos del casco de babor y lo compensó bajando el peso de popa. El barco aéreo se estabilizó y, con un

prolongado y desagradable sonido, se elevó a trancas y barrancas del lodo succionador.

—¡BIEEEEN! —aulló Twig.

El deseo que había pedido mientras la estrella fugaz cruzaba el cielo se había cumplido: regresaban a Subciudad.

—¡Despacio ahora! —gritó la Piloto de Piedra.

Twig asintió mientras giraba lentamente el timón a la izquierda.

«Tranquilo —se dijo a sí mismo—. Mantén un rumbo estable... y concéntrate.»

El cortavientos se inclinó a babor. A Twig le daba vueltas la cabeza; ¡debía acordarse de tantas cosas! Como el viento soplaba del sur, tenía que elevar más los pesos del casco de estribor que los de babor, pero no demasiado, porque si no el barco aéreo perdería el equilibrio y caería. El hecho de no disponer del peso del cas-conivel y el constante chirrido del viejo casco podrido, que le estaba destrozando los nervios, no lo ayudaban mucho.

—¡Lo estás haciendo muy bien! —gritó Maugin dándole ánimos.

«¿Será cierto?», se preguntó Twig.

Eso era lo que deseaba porque la última vez que había intentado pilotar un barco aéreo, la aventura acabó en desastre, pese a que su padre estaba allí para hacerse cargo de la situación cuando las cosas se le pusieron demasiado difíciles. Pero ahora no había nadie que pudiera acudir en su ayuda; estaba solo.

«Puedes hacerlo —se alentó—; ¡debes hacerlo!»

En ese momento alzó la vista y vio una nube oscura que se les acercaba a toda velocidad. Mientras el *Cortavientos* se elevaba, la nube descendió. Estaban a punto de colisionar.

—¿Qué es eso? —gritó Twig sin aliento. Temblando de inquietud, giró el timón hacia la izquierda; la nube cambió también de dirección—. ¿Y qué va a ocurrir cuando choquemos?

La nube se acercaba más y más y Twig se fijó en un curioso ruido, como un graznido, un chillido o un aullido, que sonaba cada vez más fuerte. De pronto distinguió lo que era en realidad aquella nube: una bandada de aves que batían las alas y agitaban las colas. ¡Las averratas regresaban!

La bandada dio una vuelta alrededor del barco como

341

si fuera un solo ser, una, dos, tres veces; se lanzaron entre la velas en formación de ocho, antes de desaparecer de la vista por debajo del casco. Volaron a través de las múltiples grietas hasta llegar a la base del barco, donde se instalaron. El familiar sonido de los gorjeos y los arañazos se filtró hasta la cubierta.

—¡Averratas! —exclamó Twig con una expresión de alegría en el rostro.

Era una buena señal. Incluso aunque la creencia de que las averratas abandonaban un barco cuando éste estaba condenado fuera sólo un cuento de viejos, Twig estaba tan contento de verlas llegar como Tem Aguatrueno se había sentido consternado al verlas partir. Y, mientras izaba el resto de las velas y el cortafuegos avanzaba dando bandazos, recobró la esperanza. Del mismo modo que su padre, y el padre de éste antes de él, y a su vez el padre de éste antes de él, Twig —el capitán Twig— estaba a cargo de su propio barco pirata.

Desde su posición veía por debajo, cada vez más lejos, la sombra del barco aéreo que se desplazaba por el reluciente lodo blanco de la Ciénaga. De vez en cuando ajustaba uno o dos pesos, pero cada vez era más fácil; estaba empezando, como había dicho Lobo Tizón, a coger el «toque».

Surcaron el cielo anticipándose al viento. Frente a ellos, el horizonte se esfumó tras un banco de niebla arremolinada y la distante ciudad flotante de Sanctaprax se desvaneció; la sombra que proyectaba el barco también desapareció bruscamente cuando las nubes —nubes reales en esta ocasión— taparon el sol, mientras el vendaval, que ululaba y silbaba, remolcaba y gol-

peaba al barco aéreo. De vez en cuando, un tablón se desprendía y caía. El *Cortavientos* se estaba cayendo a pedazos poco a poco, pero todavía se mantenía en el aire.

«No te dejes llevar por el pánico —se susurró Twig en un vano intento por calmar su corazón desbocado—. Arría un poco las velas y sube los pesos. Con cuidado, con cuidado...»

—Será mejor que lleguemos antes de que oscurezca. —Twig oyó una voz a sus espaldas.

Era Maugin.

—¿No deberías estar ocupándote de la roca-vuelo? —preguntó, ansioso.

—No se puede hacer nada hasta que nos acerquemos a tierra —le aseguró la muchacha—. He estado dando una vuelta por el barco; tenemos que tomárnoslo con calma.

—¿Y el meteoprax? —inquirió Twig—. El farol tiene que arder lo justo para que alumbre como si fuera la luz del crepúsculo —le recordó.

—El meteoprax está bien; todo está bien. —Hizo una pausa—. Excepto que...

—¿Qué?

—No estoy segura, pero tengo la horrible sensación de que las fijaciones que colocamos en el mástil se están rompiendo. Debemos navegar a favor del viento hasta que sea absolutamente necesario ponernos en su contra para llegar a Subciudad; si no, el mástil se romperá. Eso significa que llegaremos hasta el Límite; hemos de mantener los nervios templados hasta el último minuto.

Twig se puso tenso; notaba las palmas húmedas y la boca seca. La mera idea de volar sobre el Límite hacia el inexplorado cielo que se extendía más allá, donde ni siquiera los piratas aéreos habían osado aventurarse nunca, lo empavorecía. Sin embargo, si Maugin tenía razón acerca del mástil, no les quedaba otra alternativa. Deberían navegar a favor del viento hasta que llegaran a la altura de Subciudad, y entonces girar, lanzarse hacia tierra... y rezar.

—¿Estamos aún sobre la Ciénaga? —preguntó.

Maugin fue a comprobarlo y, desde la balaustrada, le contestó:

—Sí, pero nos acercamos al Límite. Mantén a la vista las luces de Sanctaprax.

—¡Ya lo sé! —dijo Twig con brusquedad mientras elevaba los pesos del casco de estribor.

El barco cabeceó y se escoró, y el mástil crujió de un modo inquietante.

—Sigue el viento —aconsejó la muchacha—; déjate llevar.

Asintió con gravedad. Agarraba el timón con tanta fuerza que los nudillos se le pusieron blancos y se hizo sangre al morderse los labios. El barco se ladeó aún más; si no iba con cuidado, se volcaría por completo.

—¡Cuidado! —gritó Maugin mientras el barco descendía de un modo muy peligroso. Twig bajó los pesos de proa y popa, y el navío se estabilizó momentáneamente. El chico suspiró... pero el alivio le duró poco—. Twig —dijo ella, con la voz tranquila y apacible de siempre—, hemos cruzado el Límite.

Un escalofrío le heló la sangre: el viento los había conducido hacia el misterioso infierno que se extendía más allá del Límite, donde se decía que habitaban dragones y monstruos, y de donde los pocos que se habían aventurado no regresaron jamás; iban hacia un lugar conocido sólo por los elementos que allí se conjuraban: las grandes tormentas, por supuesto, pero también torbellinos de aullidos endiablados (que pervertían la mente y colmaban de visiones los sueños de los durmientes), densas y sofocantes nieblas que anulaban los sentidos, lluvias torrenciales, nieves cegadoras y tormentas de polvo de azufre que lo cubrían todo de una fina capa de partículas verdes, grises, o rojas.

«Tengo que mantener a la vista las luces de Sanctaprax —se dijo Twig—, y esperar hasta que estén a nuestra altura. Aguanta, Twig; ¡aguanta!»

Con gran esfuerzo, Maugin dejó atrás la hipnótica neblina que se arremolinaba en espirales tras ella y fue corriendo hacia el timón.

345

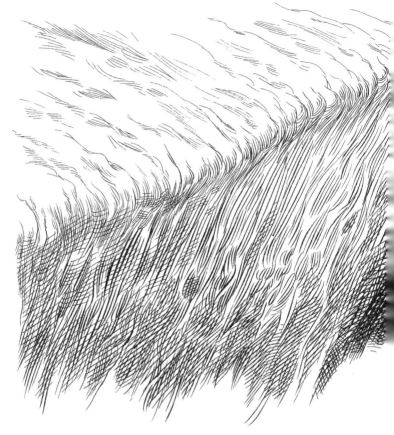

346

—Ya lo cojo yo —le dijo a Twig—; tú concéntrate en las palancas.

El viento cobró más fuerza. Las velas hechas jirones gimieron cuando aquél atravesó las recientes rasgaduras de la lona; las cuadernas del casco emitieron un agudo chirrido y se desprendieron algunas astillas.

A Twig le bailaban las manos sobre las palancas: elevaba una, bajaba otra, equilibraba el foque del mástil... Mientras tanto, las luces de Sanctaprax se acerca-

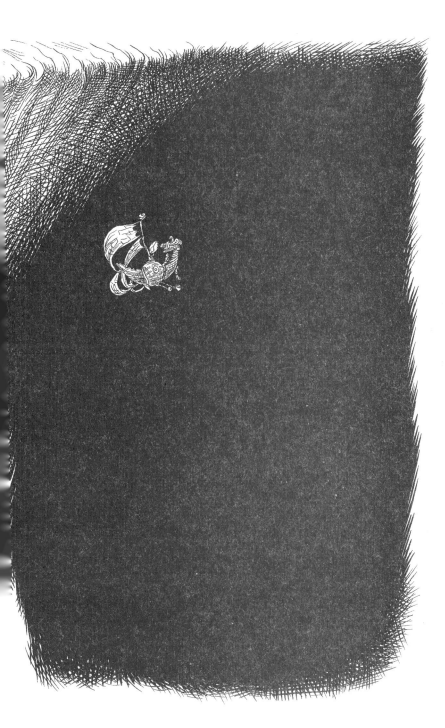

ron por el lado de estribor de proa, brillando tentadoras sobre tierra firme.

Bajo el maltrecho casco del *Cortavientos*, se extendía la impenetrable oscuridad del vacío y al muchacho el miedo le atenazó la garganta. Lo que deseaba era acabar con el barco, meterse en la boca de la tormenta que los zarandeaba e intentar alcanzar los grises acantilados del Límite. Si se estrellaban contra el suelo, al menos tendrían una oportunidad de sobrevivir. Pero allí, más allá del Límite, sólo les esperaba la caída final.

Se dispuso a accionar la palanca del peso del casco de estribor, cuando sintió una garra de hierro en la muñeca. La delgada mano de Maugin lo agarraba con firmeza.

—Todavía no —le susurró al oído—; ten fe. Espera a estar a la altura de las luces. Espera, Twig; espera.

El miedo de Twig se desvaneció. Pero estaba empapado en sudor y temblaba violentamente a causa del frío y por lo que les esperaba. De pronto se produjo un estruendo escalofriante detrás de ellos, y el mástil de popa, incluida la vela, pasó volando por su lado hacia la oscuridad.

—¡Ya está! —gritó Twig, mientras estabilizaba el timón para recuperar el control del bamboleante barco aéreo—. ¡Lo tengo!

Maugin escrutó el horizonte y gritó:

—¡Ahora!

La mano de Twig salió disparada de nuevo hacia la palanca del peso del casco de estribor y la bajó con todas sus fuerzas. Esta vez Maugin no lo detuvo. Mientras el pesado botalón oscilaba, el *Cortavientos* se sacudió como si lo hubiera golpeado un martillo gigante, y viró hacia una ráfaga de viento helado.

El mástil crujió bajo la presión, las velas se rompieron y pasaron por su lado como fantasmas. Entonces, con un crujido que desgarraba los oídos, el imponente palo se torció.

—No te rompas —imploró Twig—, ¡ahora no!

Con un chirrido agonizante, el mástil se inclinó hacia atrás y la tempestad le hincó profundamente sus dientes en el centro podrido y... ¡CRAC!, se partió en dos y la parte superior se desplomó más allá del puente.

Twig se lanzó sobre la Piloto de Piedra cuando el gran palo pasó silbando sobre sus cabezas como la diabólica guadaña de Screed.

—¡No saldremos de ésta! —gritó mientras las velas se desinflaban y el *Cortavientos* descendía. Súbitamente, las luces de Sanctaprax desaparecieron—. ¡Estamos perdidos!

—¡No! —le gritó Maugin—. La roca-vuelo nos salvará. Si la enfriamos, flotaremos. Twig, ¡estamos flotando!

Se abrieron camino hasta el calzo de la piedra, mientras el viento aullaba en sus oídos y el barco caía en picado.

—Tira de la argolla de hierro, Twig —gritó la Piloto de Piedra—. Tira conmigo. Una, dos y tres: ¡ahora!

Ambos tiraron de la argolla metálica del calzo de la piedra y las barras emitieron un sonoro silbido cuando la fría tierra cayó sobre la piedra que había dentro. El rugido que azotaba los oídos de Twig amainó; el *Cortavientos* disminuía la velocidad y se estaba estabilizando. Lo que quedaba del barco aéreo se erguía mientras, con creciente volatilidad, la rocavuelo tiraba de las barras del calzo de la piedra y las elevaba.

—Ahora escúchame, Twig. —La voz de la muchacha sonaba tensa y apremiante—. Cuando pasemos sobre el Límite, debemos disponer de una vela; la que sea, para que nos impulse de regreso.

—Te la traeré —dijo Twig.

Estaba extrañamente tranquilo. No habían llegado tan lejos para fracasar ahora.

El resplandor del arcón de meteoprax iluminaba con luz fantasmal el enmarañado desorden de jarcias y velas hechas jirones, y Twig hizo recuento de los destrozos. Aunque el mástil estaba roto, tendrían que apañárselas con lo que quedaba, así que se enfrascó en la tarea de izar una vela improvisada con una intensidad febril.

Se estaban elevando a una velocidad cada vez mayor cuando, de pronto... divisaron las luces de Sanctaprax y Subciudad brillando en la distancia. Twig tiró de los cabos de las velas con gran energía, mientras las gruesas fibras le desollaban la carne y le hacían sangrar.

Entonces el viento volvió a soplar y el muchacho sufrió una fuerte sacudida. Dio un grito de dolor... pero las deshechas velas se inflaron. El viejo *Cortavientos* gimió igual que Twig y se arrastró de nuevo hacia el Límite.

351

«Eleva los pesos del casco de estribor —se dijo Twig a sí mismo, mientras se lanzaba de nuevo hacia el timón—. Baja los pesos de babor y alinea los pesos de popa y del pericasco. Ya está. Ahora sube un poquito el sobrejuanete mayor... así, con cuidado, y...»

El pesado botalón osciló de un lado a otro brutalmente. Hecho un manojo de nervios, Twig alzó la vista hacia el mástil roto que colgaba, aunque las velas improvisadas resistían.

Lo lograrían. Renqueantes, astillados, destrozados, resquebrajados y maltratados por el viento, pero lo lograrían.

Capítulo veintidós

Hacia el corazón de Sanctaprax

No tienes opción —dijo Twig sentándose en el borde de la silla—. Yo tengo algo que tú necesitas, y tú tienes algo que yo necesito.

Madre Plumacaballo se permitió una ligera sonrisa. El joven era ciertamente audaz.

—Eres digno hijo de tu padre —afirmó, y tableteó con el pico—. Llegas aquí en ese ruinoso y chirriante barco aéreo y encima das ultimátums. —Sus ojos amarillos, parecidos a dos gotas de agua, centellearon—. ¿Debo recordarte que, si no hubiera sido por mi apoyo, el *Cazatormentas* ni siquiera hubiera zarpado?

—Eso ya lo sé, pero...

—Y ahora me dices que se ha perdido, con Lobo Tizón a bordo, y aun así aquí estás, gritando tus peticiones. Soy yo quien debería exigirte a ti, «capitán» Twig.

—Bueno, yo... —balbució él.

—Me costó unos quince mil, más los intereses. Como ya sabes, mi negocio no es regalar dinero, sino que quiero obtenerlo a cambio de mis inversiones...

Enfundada de nuevo en su disfraz protector, la Piloto de Piedra, que se había mantenido pacientemente detrás de Twig, se aproximó a la mesa y dio un golpe sobre ella con su mano enguantada.

—Contén tu pico, mujer pájaro —rugió—. Deja hablar al capitán.

Madre Plumacaballo rio con nerviosismo, se atusó las alborotadas plumas del cuello y fijó en Twig una mirada aterradora.

—Tu padre —dijo desdeñosamente— era un caballero.

—Cierto, pero esto es lo que quiero —afirmó el chico tragando saliva sonoramente—. Uno: todas las deudas contraídas por mi padre, Lobo Tizón, deben ser canceladas. Dos: quiero un nuevo barco aéreo, lleno de provisiones y listo para zarpar. Lo llamaré *Danzalímites*...

—¿*Danzalímites*? —repitió Madre Plumacaballo con sorna.

—Y tres —continuó Twig sin detenerse—: pagarás a la tripulación que yo elija para navegar. Además, me llevaré ahora una bolsa llena de oro, como muestra de tu buena voluntad.

—Pides mucho, capitán Twig. —La expresión de Madre Plumacaballo se tornó torva y aproximó el pico al rostro del muchacho—. ¿Qué ofreces a cambio que sea tan valioso?

Twig se aposentó mejor en la silla y jugueteó con su cabello.

—Creía que nunca lo preguntarías —repuso—. Te explicaré el secreto para producir praxpolvo sin peligro.

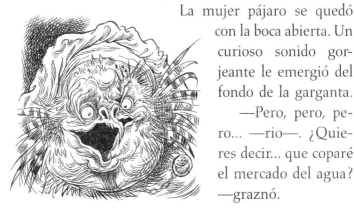

La mujer pájaro se quedó con la boca abierta. Un curioso sonido gorjeante le emergió del fondo de la garganta.

—Pero, pero, pero... —rio—. ¿Quieres decir... que coparé el mercado del agua? —graznó.

Twig asintió y se la quedó mirando con asco al ver que la cara de la mujer pájaro se contraía de alegría, infamia y pura codicia.

—¡Lo controlaré todo! —chilló—. Seré más poderosa que ese pelma del jefe de la asociación, Vilnix Pompolnius; seré más poderosa que todos ellos juntos. —Se volvió hacia Twig con recelo—. ¿Estás seguro de que conoces el secreto?

—Lo estoy. Y cuando satisfagas mis peticiones, te lo demostraré. Y, en efecto, serás muy poderosa y mucho más rica de lo que jamás hayas soñado.

Las plumas de Madre Plumacaballo se erizaron mientras ella fijaba su fría mirada en Twig sin pestañear y le decía:

—Tienes un trato, hijo de Lobo Tizón. —Se sacó del bolsillo del mandil una bolsa de cuero llena de monedas de oro y se la lanzó sobre la mesa—. Pero recuerda esto, capitán Twig: si me traicionas, me ocuparé personalmente de que las asociaciones se enteren de tu imprudencia. —Entornó los redondos y relucientes ojos—. La Asociación de Torturadores estará particularmente interesada en tener un nuevo sujeto de estudio... ¡y de tanta categoría!

La noche casi había caído cuando Twig abandonó la Taberna del Roble Sanguino. Regresó junto con la Piloto de Piedra a los muelles flotantes, arrastró el pesado arcón fuera de la bodega del *Cortavientos* y ambos se dirigieron a Subciudad.

El ambiente en las estrechas y sucias calles era bochornoso y sofocante, y muchos encargados de los puestos y las tiendas habían cerrado su local para echarse una siesta tardía. Volverían a abrir cuando se pusiera el sol. Sin embargo, había un establecimiento que no estaba cerrado y, mientras Twig y Maugin pasaban por delante con el arcón de meteoprax, su orondo propietario salió del interior.

—¡Eh, eres tú! —gritó Flabsweat mientras se abalanzaba sobre Twig.

Sin pensárselo siquiera, Twig desenvainó la espada y le dijo con calma:

—Atrás, o será peor para ti.

Flabsweat retrocedió con el miedo pintado en los ojos.

—No... no quería ofenderte —voceó.

Twig se quedó mirando con inquietud al asustado tendero. ¿Era eso lo que aquella misión había hecho con él? ¿En esto se había convertido? Bajó la vista, se quitó el guantelete y se lo alargó.

—Toma, quédatelo.

—¿Qué... qué es esto? —preguntó el individuo acercándose.

—Un trofeo de la Espesura del Crepúsculo —repuso Twig—. Está cubierto de praxpolvo; el suficiente para obtener agua fresca para ti, tu familia y tus animales durante el resto de vuestras vidas.

Flabswet pasó el dedo sobre el polvo sepia de textura casi líquida.

—Praxpolvo —dijo con voz entrecortada—. Vaya, gracias; muchas gracias.

—Espero que ahora consideres zanjado el asunto del aveoruga.

—Oh, bastante zanjado, absolutamente zanjado, completamente zanjado. —Twig se dispuso a irse—. Y ya sabes, cualquier cosa que pueda hacer por ti, cualquier especie de las más exóticas que quieras que te procure... Puedo conseguir lo que quieras. Tómatelo como un regalo; sólo tienes que pedírmelo.

Twig se detuvo y miró hacia atrás.

—Te tomo la palabra —dijo.

Él y la Piloto de Piedra prosiguieron su camino y, a medida que se acercaban a Sanctaprax, el corazón de

357

Twig empezó a latir con furia. No sabía si estaba nervioso o excitado, pero no se atrevió a levantar la vista hasta que llegaron ante la imponente roca flotante. Entonces vio una gran cesta que colgaba sobre su cabeza.

—¿Hay alguien ahí arriba? —gritó—. Me gustaría visitar Sanctaprax.

La pequeña y angulosa cara de un duendinoc se asomó al borde de la cesta y miró hacia abajo.

—¿Quién os ha invitado? —preguntó el personaje.

—Vamos a visitar al profesor de Oscuridad —replicó Twig.

—El profesor de Oscuridad, ¿eh? —musitó el duendinoc achicando los ojos.

La cesta empezó a bajar, y Twig, sonriendo a la Piloto de Piedra, susurró:

—De momento todo va bien.

La cesta se posó justo frente a ellos y el duendinoc los miró de arriba abajo.

—Espero que ese arcón no pese demasiado.

—Mucho menos de lo que llegará a pesar —replicó Twig—; pero podemos llevarlo con una mano.

Entre los tres levantaron el arcón, lo metieron en la cesta y saltaron dentro a su vez. Entonces el duendinoc se arrodilló, agarró la manivela del cabrestante y la hizo girar. La cesta dio unas sacudidas y se bamboleó, y después se elevó poco a poco por el aire.

—Un personaje interesante, el profesor de Oscuridad —dijo la criatura con voz nasal y quejumbrosa—. Nunca ha dejado de oponerse al Sumo Académico.

Miró con recelo a Twig tratando de conocer su opinión antes de continuar.

—Un usurpador es un usurpador —dijo el muchacho con un resoplido.

La Piloto de Piedra se inquietó porque en Sanctaprax había espías por todas partes.

—Bueno, lo es, ¿no? —dijo Twig bruscamente.

—Eso es lo que piensan muchos en la venerable ciudad flotante —replicó el duendinoc mientras asentía con sabiduría. Alzó la vista y se encontró con la mirada inquisitiva de Twig—. No soy de los que escuchan rumores, entiéndeme —aclaró—, pero se dice que los días de Vilnix Pompolnius están contados. —Twig escuchaba en silencio—. Por supuesto, es culpa suya. ¿Cómo esperaba que reaccionaran las asociaciones cuando les cortó el suministro de praxpolvo, eh?

—Quizá ya no tenga más para suministrarles —aventuró Twig.

—Eso es exactamente lo que quería decir. Si ya no les sirve de nada a los asociados ni a los académicos, ¿cuánto tiempo más podrá mantenerse en el poder, eh? ¿Cuánto? —Respiró hondo—. Si quieres saber mi opinión, serán los asociados los primeros que se lancen sobre él. No les gusta nada que los traicionen, nada —afirmó, e hizo un gesto con un dedo de lado a lado de la garganta—, ¿sabes lo que quiero decir?

Twig asintió, pero no replicó. Se le ocurrió pensar que si Vilnix Pompolnius llegaba a poner las manos sobre el meteoprax que contenía el arcón, no sólo desaparecerían sus problemas actuales, sino que su situación de poder corrupto sería invulnerable.

Continuaron subiendo en silencio, y al llegar arriba, el duendinoc saltó sobre la plataforma de aterrizaje para ayudar a Twig y Maugin con su pesada carga.

—Seguid el camino hasta el final, y entonces girad a la izquierda —indicó—. La vieja torre de los catalluvias está un poco más adelante. No tiene pérdida.

—Gr... gracias —balbuceó Twig, y le estrechó la mano.

El esplendor de la ciudad que se extendía ante ellos era sobrecogedor.

Para empezar, lo que el duendinoc había llamado camino era, de hecho, una amplia avenida de baldosas rojas, blancas y negras, bordeada a ambos lados por torres que brillaban como el oro bajo la luz del sol poniente. ¡Y menudas torres!

Cada una de éstas era diferente, pero tan maravillosa como su vecina. Algunas tenían minaretes, otras capiteles, otras cúpulas de intrincados mosaicos de espejo y piedras semipreciosas; algunas disponían de reloj, otras de campanario; una lucía grandes ventanas cubiertas de cristal, otras, aberturas en forma de rombo; una era tan estrecha que oscilaba con el viento; otra era baja y robusta...

El diseño de cada torre, por supuesto, dependía de la facultad o escuela a la que pertenecía, del mismo modo que los diversos instrumentos y adornos sujetos a los muros. En uno de éstos había molinillos, mangas de viento y escaleras flotantes; en otro, relojes de sol, veletas, péndulos y calibradores metálicos; mientras que un tercero disponía de un intrincado sistema de botellas colgantes, cada una en una tonalidad diferente de azul, que tintineaban con el viento.

Twig lo miró todo con la boca abierta. Dondequiera que mirara veía suntuosidad, elegancia, proporciones perfectas... Era demasiado bello para asimilarlo: aquella hilera de pilares ornamentados, un pórtico intrincadamente tallado, las estatuas, las fuentes... (¿cómo conseguían que el agua fluyera de aquel modo?), las amplias escaleras, los corredores curvados, los puentes delicadamente arqueados...

—Es increíble —suspiró.

Los académicos iban de aquí para allá vestidos con sus togas. Recorrían los puentes, subían y bajaban las escaleras, entraban y salían de las torres; algunos iban solos, otros en parejas o en grupos apiñados y susurrantes. Pero todos iban con la cabeza baja, absortos en sus problemas, tan ajenos a la suntuosidad que los rodeaba como a la presencia del joven y el personaje encapuchado que caminaban lentamente a su lado con el pesado arcón.

Twig suponía que Sanctaprax era un tranquilo lugar para estudiar, reservado y reverente; sin embargo, los profesores universitarios y los adjuntos no se comportaban en absoluto de ese modo. La ciudad estaba abarrotada y se percibía una atmósfera cargada de intrigas secretas y expectativas furtivas. Mientras los académicos pasaban junto a él escuchó retazos de conversaciones preocupadas.

—... peligrosamente cerca del final...

—... las cadenas no aguantarán mucho más...

—Vilnix Pompolnius es quien tiene la culpa...

—Le comunicaré tus sugerencias al profesor de Investiganieblas; quizá...

—A cielo abierto, para siempre...

—Tenemos que hacer algo...

—Estamos haciendo algo —farfulló Twig mientras él y la Piloto de Piedra llegaban al final de la larga y curva avenida.

Torcieron a la izquierda y se encontraron frente a una ruinosa torre.

Abandonada desde aquella noche oscura en la que Vilnix —entonces aprendiz de catalluvias— había llevado a cabo su aciago experimento, la residencia del profesor de Oscuridad estaba casi en ruinas. El lado derecho de la torre había desaparecido y dejaba expuestas la escalera y las habitaciones, permanentemente abiertas. Los restos apuntaban acusadoramente al cielo.

Twig y la Piloto de Piedra avanzaron dando traspiés sobre las losas destrozadas que conducían a la puerta. Entraron y arrastraron el cofre por la escalera y subieron hasta el segundo piso en el que había una luz encendida. La modesta placa que colgaba de la puerta les confirmó que habían ido al lugar adecuado. Twig llamó con suavidad.

—Oh, ¿qué ocurre ahora? —se oyó una débil voz—. Ya os he contado todo lo que sé.

—Profesor —llamó Twig con urgencia.

—Soy viejo y estoy débil —se quejó la voz—, y tan, tan cansado... Dejadme en paz.

—Profesor, tenemos que hablar —insistió, y empujó la puerta.

No estaba cerrada y, pese a las continuas protestas del profesor, entraron en la habitación. En el momento en que estuvieron dentro, Maugin dejó caer el lado del cofre que sostenía y se sentó sobre la tapa con un gruñido de agotamiento. Twig bajó también su lado correspondiente del cofre, miró hacia la persona que había detrás del escritorio... y sofocó un grito.

Aparte de que sus ropas eran negras, en lugar de

blancas, el profesor de Oscuridad era el doble del profesor de Luz.

—En nombre de todos los cielos, ¿se puede saber quién eres tú? —exclamó mientras se ponía en pie—. Creía que eran los guardias de nuevo.

—Ahora vos no parecéis tan viejo y frágil, profesor —opinó Twig con una sonrisa.

—Pe... pero... pero... —balbuceó el anciano, que se había quedado sin habla.

Twig se le aproximó y le explicó:

—Soy Twig, y éste es el Piloto de Piedra. Juntos hemos completado la misión a la que mi padre, Quintinius Verginix, fue recientemente enviado.

El profesor se quedó con la boca abierta.

—¿Eh...? Entonces tú... Me estás diciendo que...

—Hemos regresado con meteoprax —anunció el muchacho.

El profesor rodeó la mesa y se les acercó.

—¡Meteoprax! —exclamó—. ¿Estás seguro?

—Completamente. Vuestro colega, el profesor de Luz, lo confirmó.

—¡Bah, ese viejo bufón! —soltó el profesor con brusquedad, pero Twig observó que se le habían empañado los ojos—. Por cierto, ¿qué es de ese condenado zopilote?

—Me temo que el profesor de Luz ha muerto —dijo con delicadeza.

—¿Muerto?

—Lo último que dijo fue que debía hablaros del meteoprax. Que podía... confiar en vos.

—Mi viejo amigo, muerto... —repitió el profesor

con tristeza y, sonriendo débilmente, los invitó—. Venid, pues; veamos que tenéis ahí.

Maugin se levantó cansinamente y se apartó a un lado; Twig se acercó al cofre y alzó la tapa, y el profesor de Oscuridad miró dentro.

—¡Por todas las leñocabras! —exclamó con alegría—. ¡Es meteoprax! ¡Esto es maravilloso! ¡Maravilloso! Pero en nombre de los cielos, ¿cómo habéis podido traer tanto? ¿Y por qué los cristales son tan pequeños?

—Es una larga historia —contestó Twig.

—Y estoy deseando oírla. Pero primero debemos llevar el meteoprax al tesoro.

—No, profesor —dijo Twig con firmeza—. Antes debo enseñaros otra cosa. Es hora de poner fin a esta locura del praxpolvo de una vez por todas. —Dio un vistazo por la ventana hacia el sol, de un color naranja muy oscuro, ya bajo en el horizonte—. Pero tenemos que darnos prisa. Necesitaré una mano y un mortero.

—Pero...

—Ahora, profesor —insistió Twig—; ¡por favor!

El profesor le señaló una mesa de trabajo de mármol en el otro extremo de la habitación.

—Allí encontrarás todo lo que puedas necesitar, pero...

—Gracias.

Twig cogió un vaso de precipitados metálico de la mesa y regresó deprisa a donde se hallaba el cofre. Al pasar junto al profesor, señaló con un gesto la ventana y le preguntó:

—¿Cuánto tiempo falta para el crepúsculo? Quiero decir, el «verdadero» crepúsculo.

—¡Ah, el verdadero crepúsculo! —replicó el anciano en tono soñador—; ese momento místico entre la luz y la oscuridad; tan fugaz, tan perfecto... Era el único aspecto de nuestras investigaciones sobre el que el profesor de Luz y yo nos poníamos de acuerdo...

—Profesor —dijo Twig con brusquedad, mientras volvía a pasar por su lado—, ¿cuánto falta?

El profesor se acercó a la ventana y realizó un rápido cálculo mental.

—Un minuto y medio —respondió de mal humor.

—Menos de lo que pensaba —masculló Twig. Se acercó rápidamente a la mesa de trabajo y seleccionó un mortero—. Con suavidad, con suavidad —susurró mientras vertía algunos cristales en el cuenco. Después cogió del estante la mano de mortero más pesada, la levantó y la mantuvo alzada—. Profesor —lo llamó—, debéis avisarme en el momento exacto del crepúsculo. ¿Lo entendéis?

El profesor observó cómo Twig se hallaba de pie sujetando con una mano el cuenco de meteoprax sobre la mesa, y la otra mano alzada.

—¡No! —bramó—. ¿Estás loco? ¡Nos harás saltar a todos por los aires!

—Tened fe, profesor, y no apartéis los ojos del cielo. Recordad: ni un segundo antes ni un segundo después.

El silenció cayó sobre la habitación durante lo que pareció una eternidad. A Twig le dolía ya el brazo... y las dudas lo acecharon. ¿Y si el profesor de Luz se había equivocado? El rayo de luz dorada que entraba por la ventana disminuyó de intensidad.

—¡Ahora! —chilló el profesor de Oscuridad, rompiendo el desagradable silencio.

Twig contuvo el aliento y dejó caer la mano de mortero en el recipiente con todo su ímpetu. Se oyó un ruido sordo; un crujido; un fulgor centelleante... Pero nada más. Y, mientras la luz dorada que entraba por la ventana se volvía ámbar, Twig contempló el cuenco lleno de polvo sepia que se deslizaba como si fuera líquido.

—Ha dado resultado —susurró. Se volvió hacia el profesor—. ¡Ha dado resultado!

El profesor de Oscuridad trotó hacia él sonriendo de placer. Miró el interior del mortero.

—Antes era meteoprax, ¡y ahora es praxpolvo! Espera, tengo que pellizcarme para convencerme de que no estoy soñando.

—No es ningún sueño —aseguró Twig—. El meteoprax restaurará el equilibrio de Sanctaprax y el praxpol-

vo purificará el agua para que
vuelva a ser potable. —Mirando al profesor de Oscuridad con audacia, añadió—:
Y ahora que sé que funciona,
tenemos que hacer una
cosa más, profesor —dijo
hablando en un murmullo
grave—. Tengo un plan
para cerciorarnos de que el
secreto de la producción
segura de meteoprax no

caiga nunca en las manos equivocadas. Pero necesito
vuestra ayuda para que salga bien.

   —Pide lo que quieras, Twig, muchacho; pide, y así
se hará.

369

ϒ

Mientras caía la oscuridad, Twig y la Piloto de Piedra salieron de la habitación detrás del profesor. Bajaron de nuevo por la escalera de caracol, rezongando y gruñendo cuando el arcón golpeaba las paredes. Al llegar abajo, en lugar de salir por la puerta, el profesor los guió hacia otro tramo de escalones, a través de un arco y por el interior de un túnel. Éste era oscuro y húmedo, y la tenue luz del farol del arcón era la única iluminación de que disponían para ver el camino.

—No me arriesgaré a encender las antorchas por si desestabilizaran el meteoprax —comentó el profesor.

Anduvieron y anduvieron. Hacia aquí, hacia allá, bajaron escaleras y rampas, avanzaron poco a poco hacia el mismísimo centro de la roca flotante. Twig notó cómo, tras él, la Piloto de Piedra iba cada vez más lenta; se daba cuenta de que estaba al límite de sus fuerzas.

—¿Falta mucho? —preguntó Twig.

—Casi hemos llegado —anunció el profesor—, sólo tenemos que doblar en la próxima esquina y...

—¡DETENEOS! ¿QUIÉN ANDA AHÍ?

El profesor se detuvo de golpe. Twig, a quien le resultaba difícil distinguir el ropaje negro en medio de la oscuridad de los túneles, se dio de bruces con él; Maugin gruñó alarmada y dejó caer el arcón... sobre un pie, y gruñó de nuevo, esta vez de dolor. En medio de la confusión se oyó la débil voz del profesor.

—¿Eres tú, Bogwitt? Soy yo, el profesor de Oscuridad. Debo acceder al tesoro.

—No podéis —respondió con firmeza el guardia.

—¿Qué... qué... qué has dicho? ¿Te atreves a negar-
me la entrada?

—Por orden del
Sumo Académico.

—¿Cómo? —exclamó el profesor—. Pero tanto tú como yo sabemos que nuestro honorable jefe, Vilnix Pompolnius, no se atrevería a incluirme a mí en semejante orden. Así que déjame pasar; ahora mismo.

—Nadie puede entrar en el tesoro —insistió el guardia con repentina ferocidad—. Ni los asociados ni los académicos. —Alzó su lámpara a la altura de la cara del profesor—. Y especialmente, vos. Ésas son las órdenes que me dio Vilnix Pompolnius en persona. Es más, tenéis que entregarme vuestra llave.

—¿Entregar mi llave? ¡Sobre mi cadáver! —vociferó el profesor.

—Si eso es lo que queréis, que así sea. —Ésa fue la glacial respuesta.

El guardia depositó la lámpara en el suelo con un porrazo y Twig oyó el característico sonido de una espada y una daga al ser desenvainadas. Escudriñó por encima del hombro del profesor al guardia que les bloqueaba el paso.

«Un cabezaplana —masculló para sí—; tendría que haberlo imaginado.»

Mientras observaba al arrogante duende, repleto de aros brillantes, dientes de oro y cuchillas, la rabia y el odio se le agolparon en la garganta. ¿Cómo se atrevía aquel cabezaplana a interponerse en su camino ahora que habían llegado tan lejos y conseguido tanto y cuando estaban ya tan cerca de su destino final?

—Mi querido Bogwitt —decía el profesor—, todo esto debe de ser algún tipo de malentendido. Si pudieras dejarnos pasar un momento al tesoro, nadie lo sabría nunca y...

En ese momento la furia de Twig estalló. Sacó con violencia su espada de la funda y de un salto se plantó delante del duende.

—¡Déjanos pasar, miserable! —rugió.

Al principio, el cabezaplana pareció sorprenderse... pero fue sólo un instante. Con una sonrisa impúdica, se puso en guardia y embistió repentinamente, tratando de alcanzar con la espada la garganta de Twig. Éste saltó con brusquedad hacia atrás y esquivó el golpe. Las dos espadas entrechocaron con furia y, aturdido por la impresionante fuerza del golpe, Twig se tambaleó. En menos que canta un gallo Bogwitt lo acechó de nuevo, dando estocadas con la espada y cuchillazos con la daga.

Twig se estremeció ante la avalancha de salvajes y violentos golpes y, resollando a causa del esfuerzo, trastabilló hacia atrás y se defendió como pudo, pero a cada segundo que pasaba se sentía más débil. De pronto el cabezaplana dio un salto hacia la derecha y atacó con la espada desde la izquierda, cogiendo desprevenido a Twig, que dio un traspié hacia un lado y se golpeó la rodilla contra la pared.

—¡Aaaauuu! —aulló al mismo tiempo que un dolor agudo le subía por el brazo y le recorría la espina dorsal. Su espada cayó sonoramente sobre el suelo.

Bogwitt dio un paso atrás con los ojos relucientes y alzó su propia espada.

—Pequeño estúpido —resolló—, ¿de verdad creías que podrías vencerme, a mí, el guardia personal de Vilnix Pompolnius, el más fiero y temido guardia de Sanctaprax? —Agarró fuerte la empuñadura de la espada hasta que los nudillos se le pusieron blancos. Se relamió los delgados labios con su viscosa lengua púrpura y los ojos le brillaron más si cabe—. ¡Cómo voy a disfrutar!

—¡Detente! —chilló Twig—. ¡No me golpees!

El cabezaplana adoptó un aire despectivo.

—Así que, después de todo, el grande y valiente oso no es más que un tímido leñorratoncito, ¿no es cierto? —dijo, y soltó una desagradable risa.

—Escúchame —repuso Twig mientras se metía la mano en la chaqueta.

—¿Qué truco es éste? —rugió el cabezaplana—. Saca ahora mismo la mano de ahí, antes de que te atraviese el corazón.

Twig sacó lentamente la mano, que agarraba la bolsa que le había dado Madre Plumacaballo, e hizo tintinear las monedas con suavidad.

—Oro, Bogwitt. Puedo darte diez monedas.

374

—Claro que puedes —dijo Bogwitt—; y yo podría rebanar tu hermoso cuello y quedarme con todo.

—Podrías —puntualizó Twig manteniéndose firme—, pero no te conviene.

—¿Qué quieres decir? —preguntó el duende con brusquedad, vacilando.

—Aquel a quien has prometido lealtad está a punto de ser destronado —contestó Twig.

—¿Quién, Vilnix Pompolnius? ¡No me hagas reír! —exclamó el cabezaplana—. ¿El Sumo Académico?

—El insidioso usurpador —masculló por lo bajo el profesor de Oscuridad.

—Los asociados están en su contra —continuó Twig—, y los académicos también.

—Pero... pero ¿por qué? —preguntó el duende.

—¿Por qué? —intervino el profesor de Oscuridad—. Porque se ha quedado sin el praxpolvo que aseguraba su alianza con los asociados y sin el meteoprax que mantiene en su lugar a la ciudad flotante.

—Pero en el tesoro hay meteoprax. —Bogwitt parecía confundido—. Eso es lo que Vilnix me ordenó proteger.

—¿Por qué no echas un vistazo, pues? —sugirió el profesor mientras le alargaba una llave enorme.

El duende cabezaplana entornó los ojos.

—No se tratará de un truco, ¿verdad?

—¡Entra y mira! —dijo bruscamente el profesor.

Con la espada todavía en alto, Bogwitt recogió la lámpara, se aproximó a la puerta del tesoro, introdujo la llave en la cerradura, la giró y empujó. Metió la cabeza y miró la estancia con incredulidad, y entonces la ira se agolpó en su garganta.

—¡Vacía! —gruñó—. El muy mentiroso, estafador, vil... ¡Está completamente vacía!

—Vilnix te ha mentido —dijo simplemente el profesor—, como hace con todo el mundo.

—Te has aliado con el bando equivocado, Bogwitt —le explicó Twig—, y ahora no hay lugar para ti en Sanctaprax. Sin embargo...

—¡Pero yo no lo sabía! —balbuceó Bogwitt—, sólo cumplía con mi trabajo. Yo...

—Sin embargo —repitió Twig—, hay una posible solución para este embrollo... Eres un buen luchador, Bogwitt.

—El mejor —asintió él.

—Y claramente leal —afirmó Twig.

—Lo soy, lo soy —convino el cabezaplana ansiosamente.

—En efecto, y esto es lo que te propongo: únete a la

tripulación de mi barco aéreo pirata. Pero no como es-
clavo; no habrá siervos ni se explotará a nadie a bordo
del *Danzalímites*. —Bajó la vista hacia la bolsa de cuero—. ¿Qué me dices?

El duende cabezaplana se quedó un momento en
silencio. Entonces, lentamente, su ancha cara se iluminó con una sonrisa. Miró con fijeza a Twig y contestó:

—Mi respuesta es sí.

Twig contó sin prisa diez monedas y las sostuvo en
la mano.

—Pero si intentas traicionarme, Bogwitt, te arre-
pentirás —añadió en tono amenazante—. Hay mucha
gente, tanto en Subciudad como en Sanctaprax, a la que
le encantaría ponerle las manos encima al antiguo
guardia personal de Vilnix Pompolnius.

—Puedes confiar en mí, capitán —aseguró Bogwitt.

—Eso creo —dijo Twig, y le puso las monedas en la
palma de la mano—. Bienvenido a bordo, Bogwitt.

El profesor, que había estado observando algo confuso el intercambio, se les aproximó.

—¡Vamos —urgió—, acabemos lo que hemos venido a hacer!

—Tenéis razón —dijo Twig—. Bogwitt, coge el arcón por el otro lado. —El cabezaplana no se movió—.
¡Bogwitt! —le espetó Twig—. Espero que esto no sea la
primera muestra de rebeldía.

—No, no —dijo Bogwitt mientras se acercaba al arcón—. En absoluto, señor. —Se estremeció—. ¿Por qué
brilla el arcón de un modo tan extraño?

—Porque contiene meteoprax. Lo hemos traído nosotros y de este modo se restablecerá el equilibrio en el vacío tesoro de Sanctaprax —respondió Twig.

Un minuto después, el tesoro ya no estaba vacío. En medio del círculo excavado en el mismo centro de la sala se hallaba el cofre de meteoprax.

—Pero ¿por qué no ha ocurrido nada? —preguntó Bogwitt.

—Sólo en medio de la oscuridad más pura y absoluta el meteoprax alcanza su peso máximo —explicó el profesor. Levantó la tapa del cofre y desprendió el farol encendido a media luz—. ¡Vamos, es la hora!

En fila, con el profesor al frente y Twig cerrando la marcha, los cuatro se dirigieron a la puerta. Mientras avanzaban, el farol y la lámpara se balancearon y proyectaron oscuras sombras por toda la habitación y sobre el cofre. El meteoprax se volvió pesado, luego ligero de nuevo... y a continuación más pesado que nunca. Y mientras eso sucedía, el suelo de la estancia del tesoro tembló y crujió.

—¡Rápido! —gritó el profesor mientras echaba a correr.

Los demás lo siguieron a trompicones y tambaleándose, mientras el suelo continuaba retemblando. Cuando llegaron a la puerta, Twig echó un último vistazo hacia atrás: el arcón tenía un aspecto absurdamente pequeño en el centro de la inmensa sala. ¿De verdad habría suficiente material para estabilizar la imponente roca flotante?

—¡Twig! —lo llamó el profesor repentinamente.

El chico cruzó la puerta, agarró el enorme pomo de hierro y cerró la puerta tras él. El eco del golpe resonó por los oscuros túneles. Al mismo tiempo, el suelo se inclinó bajo sus pies.

Se le revolvió el estómago y el corazón le dio un brinco. Aterrorizado, soltó un chillido.

En ese momento el movimiento se detuvo y reinaron el silencio y la calma. Twig se volvió hacia el profesor de Oscuridad.

—¿Eso es todo? —preguntó.

—Eso es todo —le confirmó el profesor—. La cantidad exacta.

379

Twig movió la cabeza, incrédulo.

—Confía en mí —dijo el profesor—. Aquí abajo, en el centro de la roca, los efectos son mínimos. En la superficie, sin embargo, en la propia ciudad, los efectos serán catastróficos. De hecho, puedes creerme cuando te digo que Sanctaprax nunca volverá a ser la misma.

Capítulo veintitrés

Enfrentamiento

Vilnix Pompolnius se estaba despertando de un profundo sueño cuando la roca flotante tembló por primera vez. Abrió los ojos, miró alrededor del lujoso Santuario Interior y esbozó una sonrisa de autosatisfacción.

—Qué maravilloso es todo esto —murmuró—. Y qué sumamente inteligente soy por haber conseguido hacerlo mío.

Se deshizo de las sábanas, saltó de la cama y se dirigió a la ventana. El sol, grande y rojo, trémulo como un inmenso cuenco de mermelada de leñofresa, acababa de asomar por el horizonte. Una luz tenue y rosada se extendió por el cielo; Vilnix bostezó y se pasó la mano por la cabeza sin afeitar.

—El comienzo de otro delicioso día —dijo mientras abría la ventana de par en par.

Una ráfaga de aire frío y húmedo le azotó el rostro quitándole el aliento. Tras él, las lágrimas de cristal de la lámpara tintinearon como campanillas. Vilnix se asomó, pero cerró de nuevo la ventana porque no quería que se hiciera añicos. No obstante, la araña de cris-

tal continuó con su insistente música tintineante.

—En nombre de todos los cielos... —masculló Vilnix Pompolnius frunciendo el entrecejo y mirando perplejo alrededor.

En ese momento la roca dio una sacudida y el espejo, recostado contra la pared, resbaló sobre la gruesa alfombra blanca hasta caer al suelo. Vilnix suspiró. Por lo menos no se había roto. Pero ¿por qué se había caído? Se suponía que los fijapesos y los sujetacadenas no empezaban a trabajar hasta el cabo de un par de horas y, en cualquier caso, la roca flotante era ahora presa de sacudidas y golpes tan intensos que no debían de producirse a causa de los taladros.

Horrorizado, Vilnix Pompolnius se apoyó en el alféizar de la ventana mientras el Santuario Interior se estremecía con más violencia que nunca. Objetos de valor incalculable caían al suelo por toda la habitación y se hacían añicos: jarros de porcelana, figuritas de marfil, ornadas tallas, relojes, libros encuadernados en piel...

«¿Será una tormenta —se preguntó Vilnix—, o un terremoto? ¿O acaso la roca flotante se ha vuelto finalmente tan ingrávida que está rompiendo las cadenas?»

Entonces se oyó un fuerte ruido de algo que se resquebrajaba y la araña de cristal se desprendió de golpe de su soporte del techo y se precipitó al suelo, donde aterrizó con un tremendo estrépito... sobre el espejo. Esquirlas y fragmentos de cristal volaron por toda la habitación y se incrustaron en las paredes revestidas de paneles.

—¿Qué está ocurriendo? —chilló Vilnix—. ¡Minu-

383

lis! ¡MINULIS! —Pero, en esta ocasión, el sirviente personal del Sumo Académico no apareció—. Minulis, ¿dónde estás? —tronó Vilnix, y se dirigió a grandes zancadas hacia la puerta de la espartana antecámara de su sirviente. ¡Enseñaría a aquel insolente sinvergüenza a no hacerle esperar!

Vilnix no había recorrido la mitad del camino por la alfombra cubierta de cristales cuando, de repente y sin previo aviso, la habitación entera tembló. El Sumo Académico trastabilló hacia atrás y cayó al suelo, y sobre él se derrumbó una sección enorme de yeso con relieves dorados, pues en el techo se había abierto una grieta de lado a lado.

Cuando la polvareda se asentó, Vilnix alzó la cabeza, se puso en pie y se sacudió los fragmentos pulverulentos de la ropa. Se dio cuenta de que Sanctaprax se había estabilizado de nuevo. La imponente roca se había estabilizado.

—Y, sin embargo, casi nos caemos —susurró—; lo cual sólo puede significar una cosa... —Su amarillento rostro enrojeció de furia—. Ese odioso pirata aéreo debe de haber vuelto con el meteoprax sin ser detectado.

Con la cabeza bullendo de decisiones y órdenes, Vilnix se puso la toga oficial sobre la camisa de pelo, se colocó el casquete de acero con remaches en su lugar y abandonó la caótica habitación.

—Ya le enseñaré yo —masculló, furioso—; ¡les enseñaré a todos! Verán lo que les sucede a los traidores que osan meterse en los asuntos del Sumo Académico.

Υ

No sólo el Santuario Interior había sufrido daños, sino que en las estancias de cada torre de Sanctaprax se repetía la misma escena: instrumentos que habían resbalado de las encimeras, libros arrojados de las estanterías, paredes agrietadas, ventanas rotas y la mampostería y los enlucidos que habían caído al suelo a medida que la vibración se había vuelto más violenta.

Chillidos de pánico y alaridos de dolor se alzaban por encima del rugido ensordecedor; y los ciudadanos de Sanctaprax, jóvenes y viejos, venerables y humildes, se echaban a las calles y plazas desde las torres y se quedaban en ellas sin saber qué hacer, mientras los minaretes y las almenas se desplomaban alrededor.

—¿Qué pasa? ¿Qué está ocurriendo? —se gritaban unos a otros—. ¡Es el fin de Sanctaprax!

Entonces alguien chilló:

—¡A la Gran Sala!

Y como si fueran uno, todos se dirigieron en tropel a lo largo de la avenida principal hacia el edificio más antiguo y sólido de Sanctaprax, el lugar al que siempre acudían en casos de emergencia.

La multitud llegó a la sala, enfadada y vociferante. Entraron y se indignaron al descubrir que ni siquiera aquel antiguo lugar de refugio se había librado de las consecuencias del terrible temblor que acababa de sacudir a la ciudad flotante. Bloques de piedra cubrían el agrietado suelo de mármol; un pilar se había derrumbado mientras otro parecía estar a punto de caerse en cualquier momento. Y mientras miraban, una grieta irregular se abrió en el muro trasero desde los cimientos hasta el tejado.

—¡Aquí no! —gritaron—. ¡La Gran Sala no!

Pero cuando los ciudadanos que cerraban la marcha entraron por fin en el edificio, la roca había vuelto a estabilizarse. Sin embargo, los ánimos no se habían aplacado ni un ápice. Desde los académicos agrupados en la parte delantera de la sala hasta los siervos y guardias, amontonados a lo largo de los muros, todos gritaban lo mismo:

—¿Dónde está Vilnix?

—Él tiene la culpa de todo esto.

—¡Ese sinvergüenza moralista!

—¡Ese maldito usurpador!

—¡Ese vil traidor que no es capaz de ver más allá del forro de sus propios bolsillos!

—¿Dónde está?

Entonces dos figuras subieron al podio y las preguntas que se formularon fueron muy diferentes:

—¿Qué hace ahí arriba el profesor de Oscuridad?

—¿Quién lo acompaña?

El profesor alzó los brazos y llamó a la calma.

—Amigos —gritó—. Amigos. —Se hizo el silencio—. Comprendo vuestra inquietud y comparto vuestro dolor porque nuestra amada Sanctaprax haya resultado tan seriamente dañada. Sin embargo, no había forma de evitarlo.

Un gruñido de desaprobación se extendió por la habitación. No era eso lo que querían oír. Twig observó el mar de rostros enfurecidos que había ante él y se estremeció. Si el profesor no era prudente, la multitud los destrozaría y preguntaría después.

—¿Qué voy a hacer con mi laboratorio? —preguntó el profesor de Palpavientos.

—¿Y quién va a reponer las ventanas de mi observatorio? —añadió el profesor de Oteanubes.

—Los edificios se pueden reparar —continuó el profesor de Oscuridad, impávido—, y ahora que ya no necesitaremos cadenas habrá manos suficientes para efectuar esas reparaciones.

Un rumor ansioso se fue propagando.

—¿Sin cadenas? —se decían unos a otros.

¿Qué locura era ésta? ¡Por supuesto que necesitaban cadenas!

—No precisaremos ninguna cadena excepto la cadena ancla, que evita que vaguemos a la deriva.

—¡Clarificadnos eso! —gritó el profesor de Oteanubes.

—¡Aclaradlo! —pidió el profesor de Palpavientos.

—¿Qué queréis decir? —se oyó chillar a una voz ronca desde el fondo de la sala.

—Esto es lo que quiero decir —dijo el profesor de Oscuridad—: la crisis que ha pendido sobre nuestras cabezas tanto tiempo por fin ha terminado. Sanctaprax está de nuevo en equilibrio.

Sus palabras fueron recibidas con un silencio absoluto. Todos se preguntaban si aquellas palabras eran ciertas. ¿Lo serían de verdad?

—¿Y qué nos dices de las sacudidas y los temblores? —preguntó el profesor de Oteanubes.

—¿Y las conmociones y las convulsiones? —añadió el profesor de Palpavientos.

—Eso —les dijo el profesor de Oscuridad— era el cargamento de meteoprax que ha devuelto el peso a la roca. —Levantó la vista—. Pero no volverá a suceder mientras vivamos. Os doy mi palabra.

Un murmullo recorrió la sala, un murmullo que creció y creció hasta que dio la impresión de que todo el mundo hablaba al mismo tiempo. Entonces un solitario aplauso se elevó desde el fondo, y otros se le añadieron. Al cabo de un momento la sala entera resonaba con un jolgorio de gritos exultantes de alegría desenfrenada.

—¡Por el profesor de Oscuridad! —chilló alguien.

—Sí, ¡por el nuevo Sumo Académico de Sancta-

prax! —gritó el profesor de Oteanubes agitando los brazos en el aire.

—¿O no sería mejor decir por el antiguo Sumo Académico? —cuestionó el profesor de Palpavientos.

—Antiguo o nuevo, será un honor volver a asumir mis responsabilidades como Sumo Académico —anun-

ció el profesor de Oscuridad ganándose un caluroso aplauso—. Sin embargo, no es a mí a quien tenéis que dar las gracias por lo que ha ocurrido, porque no he sido yo quien se ha aventurado en la Espesura del Crepúsculo y lo ha arriesgado todo para volver a Sanctaprax con un valioso cargamento de meteoprax.

—Entonces, ¿quién ha sido? ¿Quién ha sido? —aulló la multitud (seguro que no se trataba del joven escuálido que permanecía incómodo al lado del anciano).

El profesor se acercó un poco más a Twig, lo cogió por la muñeca y le alzó bien alto el brazo.

—Profesores, académicos, ciudadanos —anunció—, aquí tenéis al capitán Twig. Es a él a quien tenéis que darle las gracias.

Twig se puso rojo como la leñosavia cuando la multitud chilló, silbó y lo vitoreó, abrumado por las oleadas de gratitud que lo envolvían.

—Gracias a este bravo y valiente joven, nunca más tendremos que tendernos en nuestras camas temblando de miedo ante la posibilidad de que la roca flotante rompa sus cadenas y vuele a cielo abierto —explicó el profesor mientras levantaba aún más el brazo de Twig.

—¡Hurra! —gritó con entusiasmo la multitud.

—Gracias a él, nos hemos liberado de la dependencia que teníamos de los ávidos asociados en favor de nuestro bienestar.

—¡Hurra! —gritaron aún más alto.

—Con gran pericia, nos sirvió en cuerpo y alma y renunció a cualquier otra lealtad que no fuera Sanctaprax.

A Twig le temblaron las piernas al escuchar aquellas

palabras y se preguntó dónde las había oído antes. ¿Por qué le resultaban tan familiares?

—Ha dedicado su vida a encontrar meteoprax, persiguió una gran tormenta y no regresó hasta que hubo cumplido su sagrada... sí, Twig, tu sagrada... misión. —El profesor sonrió—. Arrodíllate, muchacho.

¡Eso era! Twig recordó que aquéllas eran las palabras que se habían pronunciado en la ceremonia de iniciación de su padre.

—Pero... Yo... —balbució mientras tragaba saliva.

Entonces, mientras bajaba la vista al suelo, hincó una rodilla.

La multitud permaneció en silencio mientras el profesor de Oscuridad se dirigía hacia el fondo de la sala y descolgaba la espada ceremonial de la pared agrietada. Twig estaba temblando; temblaba tanto que estaba seguro de que todo el mundo oía cómo le rechinaban los dientes. El profesor regresó enseguida con el arma y se detuvo ante él. El muchacho observó cómo la gran espada de oro bajaba lentamente, primero sobre su hombro derecho y luego sobre el izquierdo, para armarlo caballero.

—Yo te nombro caballero académico honorario —anunció el profesor—. Y te llamarás Arborinius Verginix. ¡Levántate!

Twig permaneció inmóvil un instante. No podía moverse: las piernas se le habían vuelto de gelatina. Cuando el profesor se agachó y le tomó de la mano, logró ponerse en pie aunque con dificultades. Un estrepitoso y clamoroso estruendo llenaba la Gran Sala, y fue tan fuerte que la cabeza le dio vueltas.

—¡Hurra! ¡Hurra! ¡Hurra! —chilló el gentío allí reunido. Y olvidándose de sus rencillas y agravios, al menos por un maravilloso momento, todos juntos —académicos con sirvientes, profesores con profesores— saltaron, brincaron y bailaron de alegría.

—¡Ahora podremos dedicarnos de nuevo a nuestras nobles ocupaciones! —exclamó el profesor de Oteanubes mientras daba una palmada en la espalda a su rival.

—Y satisfaremos otra vez nuestro intelecto —asintió el profesor de Palpavientos—. Y calibraremos las infinitas sutilezas del viento...

—Y de las nubes —añadió el profesor de Oteanubes.

—Desde el susurro del céfiro hasta el rugido de un tremendo huracán...

—Cirros, estratos, cirroestratos, cumulonimbos...

—Si no fuera por el viento —espetó el profesor de Palpavientos a su colega—, tus nubes ni siquiera se moverían.

—Es sólo gracias a las nubes —replicó acalorado el profesor de Oteanubes— por lo que vemos cómo sopla el viento...

Pero el profesor de Palpavientos ya no escuchaba a su rival.

—¡Mira! —dijo sofocando un grito mientras señalaba hacia la parte delantera de la sala.

Su gesto se repitió por la Gran Sala, hasta que ésta quedó en completo silencio y todos los ojos se fijaron en la amenazante figura que avanzaba indignada por la tarima y subía los peldaños hasta el elevado púlpito.

Se quedó allí, inmóvil, con las facciones rígidas y las manos agarradas a los lados del reborde de madera. Lo custodiaban sus guardas personales: una docena de descomunales cabezasplana, que mantenían las piernas separadas y los brazos cruzados. Vilnix se arremangó, se recolocó el casquete y paseó lentamente la vista por los reunidos con los ojos entornados al tiempo que esbozaba una mueca de desdén.

—¿Qué significa esto? —dijo con voz baja pero amenazante—. ¿Es que no puedo dejaros solos ni un momento?

La multitud se mostró inquieta.

Vilnix volvió a hacer un gesto de desdén y se inclinó sobre el púlpito; el casquete le destellaba. Entonces,

arqueando la espalda, señaló acusadoramente al profesor de Oscuridad y rugió:

—¿Vais a escuchar las mentiras de este falso profeta, de este viejo loco y senil que llevó a Sanctaprax al borde de la ruina y ahora trata de terminar su obra?

Twig negó con la cabeza. No, no era así en absoluto; y sin embargo, a cada palabra que Vilnix pronunciaba, la multitud se ponía más y más nerviosa.

—Está conchabado con piratas aéreos renegados —aseguró Vilnix escupiendo las palabras.

El murmullo crecía en la Gran Sala, más apremiante a medida que aumentaba la inquietud. Vilnix, cuyos ojos relucían triunfantes, observó de nuevo a la multitud.

—Él y todos aquellos a los que ha engañado para que lo crean son traidores, colaboracionistas y truhanes. ¡Guardias —gritó—, prendedlo! Prendedlos a ambos, a esos chinches piojosos a los que debería aplastar.

Dos cabezasplana se les aproximaron.

—Piensa el ladrón que todos son de su condición —se oyó una voz estridente desde la parte de atrás, que fue seguida de una cascada de risas nerviosas.

Vilnix se giró a un lado y otro mientras escrutaba furioso las sombras, y el corazón se le desbocó.

—¿Quién ha dicho eso? —Un sirviente, vestido completamente de blanco, se dejó ver—. ¡Minulis! —bramó Vilnix—, ¿eres tú?

—El profesor de Oscuridad ha dicho la verdad —gritó Minulis con voz desafiante, mientras un murmullo se extendía una vez más por la Gran Sala—. ¡No como vos!

—¿Cómo te atreves? —aulló Vilnix—. Guardias, ¡prendedlo a él también!

Otros dos cabezasplana saltaron del estrado y se abrieron camino a través del gentío. Pero no llegaron muy lejos. Por una vez los académicos se pusieron de acuerdo: se cogieron de las manos y los empujaron hacia atrás para que Minulis pudiera continuar hablando.

—He oído decir muchas cosas a media voz: los tratos deshonestos que hicisteis con el jefe de la asocia-

ción, los sobornos, la corrupción... ¡Vos sois el traidor!
—gritó audazmente—. ¡Lo único que siento es no haber sido lo bastante valiente para rebanaros el pescuezo mientras afeitaba vuestra vil cabeza!

Blanco de rabia y tembloroso, Vilnix le chilló que se callara.

—¿Vais a dejar que calumnien de este modo a vuestro Sumo Académico? —preguntó a la multitud.

—Vos no sois nuestro Sumo Académico —se oyó una voz. Era el profesor de Palpavientos.

—Ya no lo sois —añadió el profesor de Oteanubes.

Vilnix se quedó con la boca abierta. ¿Era posible que él,

que tanto se enorgullecía de su capacidad de manipulación, hubiera malinterpretado tanto el ambiente?

—¡Guardias, guardias...! —gritó. Dos cabezasplana avanzaron un paso, pero de inmediato se detuvieron. La multitud los abucheó, protestó y silbó—. ¡Adelante! —chilló Vilnix.

Pero los guardias no parecían estar por la labor. Es más, ahora que la consabida prudencia de los académicos se había desvanecido, los insultos y las acusaciones crecían en dureza y volumen. Decían que Vilnix había abusado de su poder, se había aliado con criminales, envenenado el río, profanado el meteoprax y puesto en riesgo la existencia misma de Sanctaprax.

—¡Tenemos que lincharlo! —chilló alguien.

—¡Colgarlo es poco castigo para él! —gritó otro.

Vilnix no esperó a escuchar más. Mientras la multitud se le aproximaba, dio media vuelta repentinamente, se arremangó la toga y salió disparado.

Un aullido colérico se elevó entre el gentío:

—¡A por él!

Vilnix bajó corriendo los peldaños del estrado, mientras Twig le pisaba los talones. La multitud se abalanzó contra él.

—Le cortaré el paso —gritó alguien.

—¡Oh, no, no lo harás! —masculló Vilnix mientras esquivaba los brazos tendidos que pretendían agarrarlo, y se apresuraba hacia el muro lateral.

Detrás de un tapiz había una puerta, y Vilnix la cruzó antes de que nadie tuviera tiempo de darse cuenta de que estaba allí.

—¡Se escapa! —gritó una voz enfadada.

Twig fue el primero en cruzar la puerta tras él. Miró a derecha e izquierda, y vio que el individuo se lanzaba cuesta abajo por la avenida central agarrándose todavía la toga, subida hasta la cintura.

—¡Detente! —chilló—. ¡Detente!

Twig corrió cada vez más rápido seguido de cerca por la furiosa multitud. Subieron callejones, cruzaron puentes, atravesaron túneles. Vilnix conocía Sanctaprax como la palma de su mano, y una y otra vez, Twig perdía unos segundos preciosos equivocándose al tomar un camino o al pasar de largo un desvío. Pese a todo, se le acercaba. Lento pero seguro, lo estaba atrapando.

—¡No puedes escaparte! —vociferó, en el momento en que Vilnix saltaba repentinamente de un sendero elevado, tratando de llegar al borde de la roca.

—¡Mira esto! —gritó Vilnix echándose a reír.

Twig alzó la vista y vio al mismo duendinoc que lo había conducido a él anteriormente. Estaba de pie junto a su cesta y le hacía señas a Vilnix.

—Por aquí, señor —dijo—. Estaréis abajo en un periquete, ya lo creo.

Twig gruñó cuando Vilnix se acercó al borde de la plataforma. A pesar de todo, iba a escaparse.

—Dejadme que os ayude —dijo el duendinoc, servicial.

—Puedo arreglármelas solo —contestó Vilnix con brusquedad, y apartó a la criatura.

Se agarró al borde de la cesta de mimbre y saltó dentro.

Al instante, se oyó el sonido de algo al rasgarse. Twig percibió cómo una expresión de horror cruzaba el rostro de Vilnix; después él y la cesta desaparecieron y se precipitaron al vacío.

—¡Aaaaaaah! —chilló Vilnix, y todos se detuvieron en seco.

Desesperado, frenético, escalofriante, el grito se fue desvaneciendo... y dejó de oírse bruscamente.

Abajo, muy abajo, el cuerpo de Vilnix yacía sobre el tenderete ambulante de un afilador de cuchillos. Tenía los brazos extendidos y las piernas abiertas, y el casquete se le había abollado tanto que sería imposible separarlo de su cráneo destrozado. Millcrop, el afilador, miró la cara sin vida del ex Sumo Académico.

—Vaya, vaya —exclamó—, que me aspen si no es el viejo Villy. Debería haber sido afilador de cuchillos, como yo.

Arriba, en Sanctaprax, Twig cogió la cuerda rota. Aunque algunas hebras estaban raídas, estaba claro que alguien había cortado el resto con un cuchillo. Se giró y su mirada se detuvo sobre la daga que el duendinoc llevaba al cinto.

—¿Has sido tú? —inquirió.

El duendinoc se encogió de hombros.

—Te dije que los asociados se ocuparían de él. —Hizo sonar en la palma de la mano un puñado de monedas antes de metérselas en el jubón—. Y pagan muy bien, la verdad —sonrió con complicidad.

Twig se puso en pie y pasó junto al duendinoc.

—¡Vilnix Pompolnius ha muerto! —anunció a la multitud.

Un grito de alegría y escarnio se elevó entre la muchedumbre.

—¡Se ha ido! ¡Se ha ido! —chillaron todos—. ¡Y para siempre!

Twig apartó la vista, inquieto. Estaba tan aliviado como cualquier otro de que Vilnix Pompolnius hubiera desaparecido, pero le perturbaba el modo en que había muerto. Había sido una ejecución disimulada y de lo más deshonrosa.

—¡Ah, estás aquí, capitán! —se oyó una voz.

Era Bogwitt, y la Piloto de Piedra estaba junto a él. Twig hizo un gesto de asentimiento y les dijo:

—¡Vámonos, vámonos de aquí!

Capítulo veinticuatro

El *Danzalímites*

Al final, su partida se retrasó a causa del profesor de Oscuridad, que los alcanzó cuando ya estaban en una de las cestas alternativas y trató insistentemente de convencer a Twig para que se quedara.

—¿Adónde irás? —preguntó—. ¿Qué harás? ¡Podrías tener un futuro tan magnífico y venerable aquí, muchacho, si quisieras!

—No puedo —dijo Twig—. Yo... yo soy un capitán pirata, como mi padre, y el padre de mi padre. Lo llevo en la sangre.

El profesor asintió con pesar.

—Pero si algún día cambias de opinión... —apuntó— el título de profesor de Luz quedaría muy bien sobre unos hombros tan valientes como los tuyos. —Twig sonrió—. Bueno, de acuerdo. Tenía que intentarlo. Y sobre el asunto que discutimos en mi estudio... —dijo mientras daba un paso atrás dejando al descubierto dos abultados sacos que había en el suelo tras él—. Creo que todo está en orden: envoltorios, instrucciones y cristales. Tal como acordamos. Y yo me ocupa-

404

ré de que la campana suene todas las noches; siempre es agradable tener una nueva tradición. —Sonrió—. Oficialmente, se tocará en honor de tu regreso desde la Espesura del Crepúsculo.

—Hasta la próxima, profesor —dijo Twig estrechándole afectuosamente la mano.

De vuelta a Subciudad una vez más, Twig descubrió que habían aterrizado a muy poca distancia de la Taberna del Roble Sanguino. Sin embargo, pasaron dos días antes de que cruzaran el umbral de Madre Plumacaballo. Fue el tiempo que tardaron en reunir una tripulación.

La primera mañana le hicieron una visita a Flabsweat. Desafortunadamente para el gordo y reluciente propietario, una nueva remesa de criaturas acababa de llegar del Bosque Profundo. Si Twig hubiera ido solo, habría retirado su oferta, pero la presencia del feroz cabezaplana y el inquietante ser encapuchado lo persuadieron de que debía cumplir la promesa que había hecho.

Del mismo modo que Lobo Tizón le había ofrecido la libertad a la Piloto de Piedra hacía tantos años, Twig se llevó a tres criaturas que no deberían haber estado nunca en la tienda de mascotas.

La primera era Spooler, un roblelfo de grandes ojos que se movía nervioso; aunque de constitución frágil, tenía una valiosa experiencia surcando los cielos.

La segunda era Goom, un osobuco adolescente que aún mostraba las heridas de la trampa de púas con que lo habían atrapado. Mientras Twig miraba a la criatura de arriba abajo, ésta se le acercó y le tocó el diente de osobuco que le colgaba del cuello.

—¿Uh? —preguntó.

—Uh, uh —explicó Twig.

—¿T...uuh...g? —dijo el animal.

Twig asintió. Aunque era joven, el osobuco lo sabía todo sobre el chico del Bosque Profundo que en una ocasión había curado el dolor de dientes de un congénere.

Y en cuanto al tercer miembro de la tripulación... Twig ni siquiera habría reparado en la escamosa criatura con lengua de reptil y enormes orejas si ésta no hubiera hablado.

—Así que buscas tripulantes, ¿eh? —susurró—. Qué útil te sería llevar a bordo a alguien que oye tanto los pensamientos como las palabras, ¿verdad, capitán Twig? —Sonrió, y sus enormes orejas se encogieron de golpe—. Me llamo Bulfis.

—Tienes razón. Bienvenido a bordo, Bulfis. —Y le entregó sus diez monedas de oro.

Ya eran seis. Con un par más, la tripulación estaría completa. Sin embargo, ahora que Bulfis estaba con ellos, la búsqueda resultó difícil.

Cada vez que Twig se acercaba a posadas y mercados y hablaba con criaturas que parecían adecuadas, Bulfis escuchaba sus más íntimos pensamientos y no tardaba en chasquear la lengua en señal de desaprobación y negaba con la cabeza. Uno era demasiado cobarde, otro, demasiado descuidado, el otro era un amotinador en potencia.

Hasta última hora de la segunda tarde no dieron con el siguiente miembro de la tripulación, en una sórdida posada. Al principio parecía el candidato con menos posibilidades: un masacrador, de cara rojiza, bajo y robusto que, borracho, lloraba sobre su leñobirra. Pero Bulfis fue categórico.

—Está triste, pero tiene buen corazón. Y, además, conoce los rudimentos de la navegación aérea. Ve y habla con él, capitán.

En la conversación que siguió, Twig descubrió que el masacrador se llamaba Tarp Trocolón y había ido a Subciudad en busca de su hermano Tendon, que tenía un pequeño negocio de venta de amuletos. Aquella misma tarde, no hacía ni dos horas, se había enterado de que Tendon estaba muerto; había saltado por los aires en un estúpido accidente con el meteoprax... sólo porque tenía sed.

—Y no es justo —gimió.

Bulfis tenía razón. El corazón de Tarp Trocolón era bueno, y después de tranquilizarlo, Twig le ofreció diez monedas de oro y un lugar en el *Danzalímites*. El masacrador aceptó.

—Disculpa —se oyó una voz estridente detrás de ellos—, pero he creído entender que estás buscando tripulantes. Si es así, no tienes que buscar más.

Twig se dio la vuelta. La persona que había ante él era delgada pero vigorosa, de rostro afilado y enjuto,

nariz aguileña y orejas pe-
queñas y muy despegadas.

—¿Y tú eres?

—Linus Aguanieve —re-
plicó él—. El mejor cabo a este
lado del cielo. Twig miró a Bulfis, pero la escamosa criatura
se limitó a encoger los
hombros—. Tengo cabeza
para las alturas, mente
para los números y detec-
to una buena oferta a primera vista —anunció. Los
inquietos ojos azules le
brillaban tras las gafas metálicas.

—Yo... yo... Espera un momento —dijo Twig, y se
llevó a Bulfis a un lado—. ¿Qué te parece? —susurró.

—No estoy seguro, capitán. No hay duda de que
todo lo que ha dicho es cierto, y sin embargo... No sé,
hay algo; hay algo reprimido en él. Podría salir a la luz
en cualquier momento... o quizá nunca.

—Podemos pasarnos la vida buscando —se quejó
Twig, exasperado—. Y este Aguanieve no tiene mal aspecto. Si lo contratamos ya tendré la tripulación completa. —Dio un vistazo por la ventana—. Podríamos ir
a ver a Madre Plumacaballo ahora mismo. —Cogió las
últimas diez monedas de la bolsa y se volvió hacia
Bulfis—. Voy a darle una oportunidad.

—Es tu decisión, capitán —dijo—. Tu decisión.

—El *Danzalímites* está preparado y os espera en lugar seguro —dijo Madre Plumacaballo—. Pero antes, el secreto.

—¡Ah, sí, el secreto! —Madre Plumacaballo se acercó mientras Twig sacaba un cristal de meteoprax del bolsillo y lo ponía sobre la mesa ante él—. Un mortero y una mano, por favor —pidió el muchacho.

—Pero... pero... —tartamudeó Madre Plumacaballo con ansiedad—. Eso es lo que todo el mundo intenta; y ya sabes lo que ocurre.

Twig tamborileó con los dedos, impaciente, y Madre Plumacaballo fue a por el mortero y la mano.

—Gracias —dijo él—. Ahora, observa. Coloco el cristal en el fondo, así; levanto la mano y espero.

Con las plumas erizadas, Madre Plumacaballo observó al joven mientras él susurraba extrañas palabras entre dientes.

—¿Qué estás diciendo? —preguntó—. ¿Es algún tipo de conjuro?

En lo alto, la sonora campana de la Gran Sala re-

picó. Twig dejó caer la mano de mortero, y el meteoprax se convirtió en praxpolvo con un destello y un
silbido.

—¡Sí, sí! —exclamó Madre Plumacaballo, y abrazó
cálidamente a Twig con sus enormes alas mullidas—.
Excelente, excelente. Pero ¿cuáles son las palabras? Tienes que decírmelo.

—Estaba contando los segundos —explicó el muchacho riendo—. Éste es el secreto: el meteoprax sólo
puede convertirse en praxpolvo en el momento exacto
del verdadero crepúsculo, ni un segundo antes ni uno
después.

—A mí me parece que el crepúsculo es el crepúsculo —opinó Madre Plumacaballo—, y dura mucho más
que un momento.

—Para ti y para mí, y también para el profesor de
Oscuridad, ese tiempo que separa la luz de la oscuridad
se ve tan claramente como... como el pico de tu cara.

Madre Plumacaballo soltó una exclamación ahogada y preguntó con impaciencia:

—¿Y cómo voy a saber cuándo es el momento exacto?

—El profesor de Oscuridad hará sonar la campana cada tarde en el momento preciso —explicó—. Todo lo que tienes que hacer es estar preparada.

—¿El profesor de Oscuridad? —dijo la mujer pájaro en tono suspicaz, y entrecerró los ojos.

—No es lo que te imaginas —replicó Twig rápidamente—. Lo hace para celebrar mi vuelta de la Espesura del Crepúsculo. Él...

—Si le has dicho una sola palabra acerca de este asunto, romperé nuestro trato —aseguró Madre Plumacaballo con brusquedad—. De hecho —añadió—, ahora que ya me habéis contado tanto...

Twig se puso en pie inmediatamente.

—Considerad lo espantoso que sería que, un día, la campana sonara un momento antes o un momento despues —dijo el muchacho con frialdad—. Yo he cumplido mi parte del trato, Madre Plumacaballo. Mi tripulación está esperando fuera. Ahora quiero mi oro y mi barco aéreo.

Madre Plumacaballo sacó una llave de su mandil y la depositó sobre la mesa.

—Ve a los muelles flotantes —dijo—. Embarcadero tres. El oro está a bordo.

—¿Estás segura? —dijo Twig—. Recuerda lo de la campana.

—Lo estará cuando lleguéis allí —replicó ella, abatida.

La nueva tripulación se enamoró del *Danzalímites* en cuanto lo vio.

—Es hermoso —dijo Tarp Trocolón con la boca abierta—, no hay duda.

—Un diamante —murmuró Aguanieve.

Twig sonrió orgulloso mientras observaba las grandes velas blancas y el inmaculado entramado de jarcias. Entre todos empujaron el barco sobre los rodillos de la rampa y lo sacaron del destartalado edificio. Ya era de noche y la luna llena se reflejaba sobre los mástiles, el pulido casco, las lámparas de plata, el bruñido instrumental y las palancas de hueso.

—¡Todos a bordo! —gritó Twig, como había oído gritar tantas veces a su padre—. ¡A vuestros puestos!

Los piratas aéreos dieron un brinco prestos a seguir sus órdenes, y él se dirigió al puente, agarró el timón y esperó a que la Piloto de Piedra indicara que la rocavuelo estaba a punto.

Por fin hizo la señal.

—¡Soltad las troleamarras! —chilló Twig—. ¡Izad la vela mayor y fijad el botalón!

El *Danzalímites* empezó a elevarse y Twig realineó con delicadeza los pesos de proa y popa. La amarra se desprendió y el barco aéreo remontó el vuelo.

El muchacho rio de júbilo. El navío iba como la seda; no se parecía en nada al *Cortavientos*. Bajó los pesos del casco de babor y ajustó la vela mayor. Y sin embargo, mientras el barco planeaba obedientemente hacia la izquierda, pensó que si no hubiera sido por el peligroso viaje a través de la Ciénaga y sobre el Límite en el destrozado *Cortavientos*, nunca habría aprendido

a manejar los controles. Ahora, tras esa experiencia, volar con el *Danzalímites* era pan comido.

Mientras descendían sobre la Taberna del Roble Sanguino, Twig vio a Madre Plumacaballo observándolos desde la puerta.

—Tarp —llamó Twig—, Spooler: comenzad a vaciar los sacos.

—¡A sus órdenes, capitán! —le respondieron y, asomándose sobre la barandilla de la cubierta de popa, se dispusieron a lanzar por los aires un puñado tras otro de envoltorios, que revolotearon, fueron de aquí para allá y cayeron planeando sobre Subciudad.

Los piratas aéreos observaron cómo sus habitantes corrían de un lado a otro bajo la oleaginosa y amarillenta luz de las farolas y cogían los curiosos papeles doblados que parecían haber salido de la nada.

—Disculpa, capitán —dijo Tarp mientras sobrevolaban la ciudad por segunda vez—, ¿qué estamos haciendo exactamente?

Twig sonrió, y en ese momento la Taberna del Roble Sanguino apareció de nuevo ante su vista.

—Estamos terminando con un monopolio.

—¿Qué quieres decir?

—Cada envoltorio contiene un cristal de meteoprax y las instrucciones para la obtención segura de praxpolvo. Era la única manera de asegurarme de que todo el mundo volvería a tener acceso al agua pura y cristalina.

—Eso me gusta, capitán —gritó Tarp—; me gusta mucho. Es justo, sí señor. Con toda seguridad, mi hermano Tendon lo habría aprobado.

—No creo que Madre Plumacaballo opine lo mismo

—observó Aguanieve—. Parece a punto de explotar.

Twig se rio y respondió a los puños cerrados y amenazantes de la mujer pájaro con un saludo y dijo:

—Ya era hora de que esa avariciosa recibiera su merecido. Lleva demasiado tiempo moviendo los hilos de Subciudad. —Echó un vistazo alrededor—. ¿Qué tal va con los sacos?

—Casi hemos terminado, capitán.

Twig sonrió. También él casi había terminado. Con el meteoprax donde le correspondía, cesaría la construcción de cadenas, se detendría la contaminación y el río del Límite volvería a correr lo suficientemente limpio para beber de él. El círculo vicioso en el que habían estado atrapadas Subciudad y Sanctaprax estaba a punto de romperse.

Mientras los últimos envoltorios caían planeando, Twig dirigió el timón hacia babor. Era hora de dejar atrás ambas ciudades. Izó las velas y bajó los pesos de popa. El *Danzalímites* salió disparado y, mientras el

417

viento soplaba con fuerza y susurraba entre las jarcias, Twig cerró los ojos y echó la cabeza hacia atrás, embargado por el júbilo.

¡Lo había conseguido! Había logrado lo que su padre, Quintinius Verginix, se había propuesto en todos aquellos años. Quizá era así como debía ser, ¿quién lo sabía?

En cualquier caso, había perseguido una gran tormenta hasta la Espesura del Crepúsculo en busca de meteoprax y, aunque finalmente había conseguido la preciada sustancia en un lugar diferente, lo cierto era que la había obtenido. Había partido como polizonte y regresado como capitán, victorioso y triunfante. ¡Era un héroe!

El viento le acarició el rostro y le despeinó el cabello. ¿Podía haber algo más excitante que volar por aquella interminable inmensidad azul? Sonrió francamente al darse cuenta de que no había nada, nada en el mundo, que pudiera comparársele. A fin de cuentas había nacido para ello.

Y en ese momento se sintió la persona más afortunada del mundo.

—¡Qué maravilla surcar los cielos con mi propio barco aéreo, el *Danzalímites*! —murmuró mientras se le hinchaba el pecho de orgullo.

De pronto el aire se llenó de resuellos y aleteos, y oyó cómo los piratas aéreos chillaban de miedo y alarma. Entonces abrió los ojos.

—¡Tú! —exclamó.

—Exacto —replicó el aveoruga mientras sobrevolaba la balaustrada y asomaba el pico.

—¿Estás bien, capitán? —dijo alguien. Era Tarp Trocolón—. ¿O quieres que atraviese el esmirriado cuello de esta criatura con una flecha?

Al girarse vio la ballesta de Tarp alzada y lista para disparar.

—¡Alto! —gritó—. ¡Bajad todas las armas!

—Menuda bienvenida, maestro Twig —dijo ofendido el aveoruga mirando alrededor—, aunque quizá sea lo adecuado, pues traigo malas noticias.

—¿Noticias? ¿Qué noticias? —preguntó Twig con inquietud.

—Se trata de Lobo Tizón. Tu padre está en grave peligro.

—¿En grave peligro...? —repitió Twig ansiosamente.

419

—La Gran Tormenta nunca lo soltó de su terrible garra —explicó el aveoruga—. La última vez que lo vi, se lo estaba llevando; lo seguí tan lejos como pude...

—¿Adónde?

—Lejos de aquí. Demasiado lejos.

—No será a...

—Sí, Twig, más allá del Límite, más allá de donde jamás haya ido nadie, lejos, muy lejos en el cielo inexplorado.

Twig observó el infinito mientras el corazón le latía alocadamente. Su padre... perdido en el monstruoso páramo, sumergido en la niebla, que se extendía más allá del Límite... era demasiado terrible para imaginárselo.

—Debo ir a rescatarlo —dijo con resolución.

—Será una empresa peligrosa, maestro Twig... —opinó el aveoruga.

—Capitán Twig —lo corrigió él con frialdad—. Y no hay peligro lo suficientemente grande para hacerme desistir. El *Danzalímites* está preparado, la tripulación está preparada, y yo también.

—Entonces partamos sin demora —propuso el aveoruga.

—¿Partamos? ¿Es que acaso tienes la intención de viajar con nosotros?

—Estuviste en mi capullo —le recordó el aveoruga—, de modo que debo cuidar de ti... siempre —suspiró—. A veces desearía que no fuera así. Pero ya hemos hablado bastante. Tenemos que darnos prisa; busca una cuerda y ata un extremo alrededor de mi barriga y el otro al bauprés. Te llevaré hasta tu padre a través del cielo. —Hizo una pausa y se estremeció—. Eso significará volar más lejos de lo que nunca he ido, pero te llevaré hasta él. Quieran los cielos que no sea demasiado tarde.

—Quieran los cielos... —repitió Twig en voz baja.

Entonces, sin una palabra más, bajó los pesos del casco de estribor y agarró la rueda del timón.

—¡Todo a punto! —gritó el aveoruga antes de lanzarse desde la balaustrada y echar a volar con las alas desplegadas.

Mientras la cuerda se tensaba, Twig tiró del timón hacia abajo y el *Danzalímites* surcó el firmamento.

Con el aveoruga al frente, el barco aéreo se aproximaba cada vez más al Límite. Bajo ellos, el agua del río

421

del Límite caía con brusquedad en cascada en la oscuridad. Soplaba el viento; las velas se hincharon y el *Danzalímites* se elevó... sobre el Límite y más allá.

—Que los cielos nos protejan —susurró Twig—; ¡que los cielos nos protejan a todos!

ESTE LIBRO UTILIZA EL TIPO ALDUS, QUE TOMA SU NOMBRE
DEL VANGUARDISTA IMPRESOR DEL RENACIMIENTO
ITALIANO ALDUS MANUTIUS. HERMANN ZAPF
DISEÑÓ EL TIPO ALDUS PARA LA IMPRENTA
STEMPEL EN 1954, COMO UNA RÉPLICA
MÁS LIGERA Y ELEGANTE DEL
POPULAR TIPO
PALATINO

* * *

* *

*

LAS CRÓNICAS DEL LÍMITE. EL CAZATORMENTAS
SE ACABÓ DE IMPRIMIR EN UN DÍA DE VERANO
DE 2007, EN LOS TALLERES DE BROSMAC, S. L.
CARRETERA VILLAVICIOSA - MÓSTOLES, KM 1
VILLAVICIOSA DE ODÓN
(MADRID)

* * *

* *

*